위대한 소원

V

위대한소원 5

초판 1쇄 인쇄 2019년 5월 8일
초판 1쇄 발행 2019년 5월 22일

지은이 하늘가리기
발행인 오영배
편집 편집부
디자인 Another
본문편집 오정인
제작 조하늬

펴낸곳 (주)삼양출판사 · 피오렛
주소 서울시 강북구 도봉로 173
대표 전화 02-980-2112 / **팩스** 02-983-0660
편집부 전화 02-987-9393 / **팩스** 02-980-2115
블로그 blog.naver.com/dan_gul
출판등록 1999년 3월 11일 제9-00046호

ISBN 979-11-283-9656-4 (04810) / 979-11-283-9651-9 (세트)

+ (주)삼양출판사 · 피오렛의 서면 허락 없이는 어떠한 형태나 수단으로도 이 책의 내용을 이용하지 못합니다.
+ 지은이와 협의하에 인지는 생략합니다. 잘못된 책은 구입한 곳에서 바꾸어 드립니다.
+ 이 도서의 국립중앙도서관 출판시도서목록(CIP)은 서지정보유통지원시스템홈페이지(http://seoji.nl.go.kr)와
+ 국가자료공동목록시스템(http://www.nl.go.kr/kolisnet)에서 이용하실 수 있습니다. (CIP제어번호: CIP2019017024)

fioret 은 (주)삼양출판사의 로맨스 판타지 문학 브랜드입니다.

ROMANCE FANTASY NOVEL

하늘가리기
로맨스 판타지 장편 소설

위대한 소원

The Great Wish

V

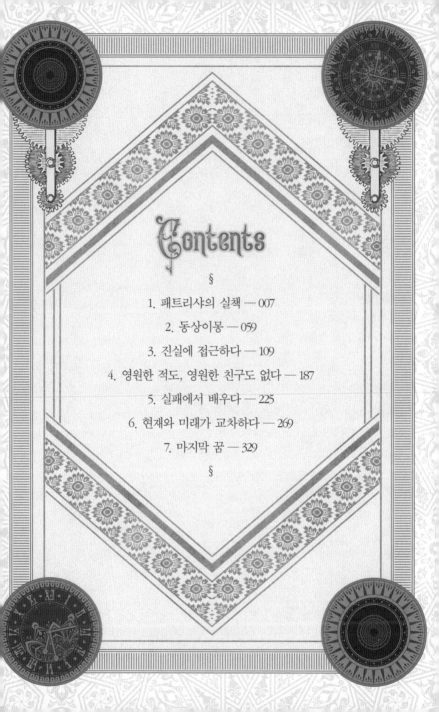

Contents

§

§

파티마는 고개를 들었다. 편안한 마음으로 가면을 벗자 표정이 훨씬 부드럽게 바뀌었다.

"제가 전하의 입장이었다면 저는 어떻게 행동했을지 모르겠습니다. 하지만 전하처럼 하지는 못했을 겁니다."

파티마는 기분이 훨씬 홀가분해졌다. 남아 있던 약간의 미련도 홀홀 털어 버릴 수 있을 것 같았다.

그 남자와는 인연이 아니었다. 그 사람에게는 진짜 인연이 따로 있었다. 그렇게 마음이 정리되었다.

"제 앞날은 아직 결정하지 못했습니다. 제국에 남게 된다면 전하께 도움을 청할 것이고 돌아가게 되면 꼭 전하를 뵙고 마지막 인사를 드리겠습니다."

"언제든 오시오. 그대를 귀빈으로 맞이하라고 시녀에게 말해 두 겠소."

파티마는 은왕의 배포가 큰 것인지, 야만족의 공주를 경쟁 상대로도 여기지 않는 것인지, 은왕의 속마음은 알 수 없었다.

하지만 한 가지 사실은 분명했다. 은왕은 감정이 없는 인형이 아니었다. 드러내지 않았을 뿐 뜨거운 심장을 가진 사람이었다.

"쉽지는 않으실 겁니다. 적왕께서 두 분 관계를 관망하지는 않으실 테니까요."

파티마는 두 사람을 위한 충고를 남기며 일어났다.

"무슨 뜻이오?"

파티마의 머뭇거리는 태도에서 시에나는 묘한 예감을 받았다. 단순한 인사말이라기엔 뼈가 있고 그렇다고 심술궂은 악담 같지도 않았다.

"내 어머니를 만났소?"

파티마의 눈동자가 데구루루 굴렀다.

"언제?"

"……열흘쯤 되었습니다."

"무슨 일로? 어머니가 그대에게 무슨 말씀을 하셨소?"

파티마가 곤란한 표정으로 주저했다. 괜히 모녀 사이에 말을 옮기는 짓을 했다가 좋을 꼴을 보지 못할 것이다.

파티마는 은왕궁에서 나간 후 적왕을 만나면 제안을 거절하려고 했다. 적왕과 찜찜한 거래를 하느니 은왕의 도움을 받는 편이 나았다.

"괜찮소. 말 하시오. 그대에게 책임이 갈 일은 없을 거요."

파티마는 작은 한숨을 내쉬었다.

은왕의 단호한 표정으로 짐작건대 말하지 않으면 보내 주지 않을 기세였다.

"제가 라드 후작님과 이루어지도록 돕겠다고 하셨습니다."

시에나의 눈이 가늘어졌다.

"무슨 수로?"

시에나는 어머니가 파티마의 마음을 이용하려는 계략 정도로 단순하게 짐작했다. 하지만 이어지는 파티마의 설명을 듣고 경악했다.

"후작님께 약을 써서 저와 밀실에 단둘이 있는 상황을 만들어 준다고 하시더군요. 그리고 다수의 목격자를 동원해서 소문을 내면 후작님이 저를 책임질 수밖에 없을 거라고 하셨습니다."

시에나는 한참 말을 잇지 못하다가 헛웃음을 터뜨렸다.

"쿤……. 라드 후가 간단히 함정에 빠질 사람이 아닌데?"

"자세한 내용은 듣지 못했습니다. 제가 확답을 아직 하지 않았습니다."

시에나는 긴 한숨을 내쉬었다. 어이가 없고 파티마의 얼굴을 보기도 낯부끄러웠다. 목적을 위해 수단을 가리지 않는 패트리샤의 심성을 재확인할 때마다 그나마 남아 있던 혈육의 정이 뚝뚝 떨어졌다.

'쿤에게 경고를……. 아니야. 이 계획이 실패한다고 어머니가 포기할까?'

파티마는 은왕이 자신을 뚫어지게 쳐다보자 모아 쥔 손을 만지작거렸다. 은왕의 표정을 읽을 수가 없었다.

"공주."

"예."

"날 도와줄 수 있겠소? 어머니의 그 작전을 내가 역으로 써 볼까 하는데."

"전하를 도와드려서 제게 무슨 이득이 있습니까?"

시에나는 생각에 잠겼다.

긴 침묵 끝에 대답했다.

"득보다는 실이 많소. 날 도우면 그대는 어머니의 눈 밖에 나게 될 거요. 어머니가 사교계에 미치는 영향력은 현재 내가 당해 낼 수 없소. 그대가 제국에 남고자 한다면 아마 상당히 곤란한 일을 겪을지도 모르오. 하지만 내가 할 있는 모든 노력을 다해서 그대를 지켜 주겠소."

깊은 고민이 담긴 대답이었다.

'모녀가 어쩌면 이렇게 다를까.'

파티마는 극과 극으로 다른 적왕과 은왕의 거래 방식을 비교했다. 적왕은 달콤한 결실을 약속했고 은왕은 불리한 현실을 강조했다. 조건만 따지면 적왕과 손잡는 편이 이득일 텐데 이상하게도 은왕의 제안에 훨씬 마음이 끌렸다.

"제가 무엇을 도와드릴까요?"

결정을 내렸다.

이쪽이 훨씬 흥미진진했다.

'은왕과 적왕 사이에 내가 모르는 갈등이 있는 모양이야.'

수면 아래에 백조의 발이 얼마나 필사적으로 물을 휘젓고 있는지, 수면 위의 우아한 백조만 바라보는 사람들은 모른다.

파티마는 사막에서 그런 삶을 몸소 겪었다. 그래서 보이는 것만으로 판단하지 않았다. 은왕이 남자 문제만으로 어머니한테서 돌아설 리가 없었다.

은왕을 만난 그날 밤, 파티마는 적왕궁에서 보낸 심부름꾼을 따라 입궁했다. 어둑하게 불을 밝힌 응접실에 앉아 있는 패트리샤는 어둠을 지배하는 마녀 같았다.

"적왕께 인사 올립니다."

"어서 오시오, 공주. 오랜만이군."

"예. 그간 평안하셨습니까?"

"내 평안함은 그대의 대답에 달렸소. 지난번 나누었던 얘기를 이어 하기 전에."

파티마를 바라보는 패트리샤의 눈빛이 차갑게 빛났다.

"오늘 은왕을 왜 만났는지부터 들어야겠소."

'나를 감시한 건가? 아니면 은왕을?'

파티마는 분노와 슬픔을 눌러 참는 표정으로 말했다.

"경고를 들었습니다."

"경고라니?"

"은왕 전하께서 후작님을 흠모하는 제 마음을…… 누군가에게 귀띔받으신 모양인지……."

패트리샤의 눈이 커졌다.

"은왕이…… 그 문제로 공주를 불러 경고를?"

"대놓고 표현하시지는 않았으나 사막으로 돌아가라는 식으로 말씀하셨습니다."

패트리샤의 가슴이 덜컥 내려앉았다. 생각했던 것보다 훨씬 문제가 심각했다. 은왕이 투기를 하다니.

'그놈에 대한 은왕의 감정이 그 정도로 깊어졌다는 건가?'

절대 이대로 놔둬서는 안 되겠다.

*   *   *

은왕의 생일 축하연 하루 전.

연회 준비로 황궁은 온종일 들썩일 터이다. 황궁 연회 전날은 행관에 숙직하는 자들을 제외하고 관리들은 입궁하지 않았다. 분위기에 휩쓸려 일이 손에 잡힐 리가 없었다.

쿤도 딱히 중요한 일은 없으므로 다음날 연회 참석 준비를 위해 입궁하지 않으려 했다. 그런데 황궁에서 나온 사람이 아침 일찍 저택을 방문했다. 예상 못 한 손님이었다.

"적왕궁에서 내게 무슨 볼일인가?"

"적왕께서 후작님을 만나고자 하십니다. 내일 은왕 전하의 탄생 축하연 준비로 분주하여 적왕께서 시간이 오전밖에 나지 않으십니다. 부득이하게 이른 시간이지만 후작님을 모셔 가기 위해 찾아뵈었습니다. 부디 너그럽게 이해하여 주시옵소서."

중년 여자의 태도는 내뱉은 말과 자못 달랐다. 마치 제가 명령권자인 것처럼 허리는 뻣뻣하게 세웠고 목소리의 톤은 고저가 없이 일정했다.

쿤은 눈앞의 시녀를 은왕궁에서 본 기억이 났다. 적왕의 신임을 한 몸에 받는 최측근이며 시녀들의 우두머리일 것이다. 적왕의 위세가 참으로 대단하긴 하다. 고작 시녀가 후작 앞에서 이토록 교만한 태도라니.

"은왕 전하에 관한 중요한 일이니 반드시 오셔야 할 것이라고 말씀하셨습니다."

"……알겠네. 곧 준비하지. 잠시 기다리게."

시녀가 나간 후 차 시중을 들던 발터가 오만상을 찌푸리며 방방 뛰었다.

"쿤. 저 여자는 시녀 주제에 왜 저렇게 방자합니까? 쿤은 제국의 황제한테 직접 작위를 받은 후작님이란 말입니다!"

"원래 어깨에 힘주는 자들은 주인이 아니라 주인을 등에 업은 하인이지."

고개를 기울여 한 손으로 관자놀이를 누르던 쿤이 시선을 돌렸다.

"입궁할 거니까 차비 해."

"예? 지금요? 이런 법은 없습니다. 적왕이 뭔데 쿤을 오라 가라 합니까? 황제도 그렇게는 못 합니다."

쿤이 피식 웃었다.

"못 하기는. 황제가 오라 그러면 가야지."

"어쨌든 부른다고 쪼르르 달려가시면 안 되죠! 사전에 약속한 것도 아니고 시녀 하나 보내서 통보라니요."

"두 번 말하게 하지 마. 입궁 준비해."

"……옷 가져오겠습니다."

발터가 퉁퉁 부은 얼굴로 꿍얼거리며 나갔다.

쿤은 한숨을 내쉬었다. 적왕은 정말 교활한 여자다. 상대의 약점을 찾아 공략하는 탁월한 재주가 있었다. 은왕에 관한 일이라는데 버틸 재간이 없다.

쿤은 적왕궁의 시녀와 함께 입궁했다. 그래도 이번에는 적왕궁 바깥에 세워 두지 않고 바로 안으로 들여보내 주었다. 응접실로 안내한 시녀가 말했다.

"적왕께서 지금 자리를 비우셨습니다. 곧 돌아오실 터이니 잠시만 기다리시옵소서."

쿤은 응접실에 홀로 앉아 기다렸다. 시녀가 가져온 찻잔에서 모락모락 김이 올라왔다. 응접실 내부의 공기가 후덥지근했다. 벽난로가 활활 타고 있었다.

금방 온다던 적왕은 나타나지 않았다. 차가 식어 시녀가 몇 번을 교환했다. 응접실에 쌉쌀한 차향이 가득 찼다. 쿤은 갈증이 났지만, 차에 손대지 않았다.

'참 나, 이런 식으로 골탕을 먹이네.'

그래도 이 정도 수준이면 웃으며 넘길 수 있겠다. 적왕의 해코지치고는 얌전했다.

쿤은 거의 꼬박 두 시간이 넘도록 앉아 있었다. 끝내 적왕은 오지 않았다.

시녀가 다가와 고개를 숙였다.

"각하. 적왕께서 시급한 일을 처리하는 중이십니다. 아무래도 오래 걸릴듯하니 오늘은 그만 돌아가라고 하십니다."

쿤은 말없이 일어났다.

온종일 앉혀 두지 않는 것만으로 감지덕지다.

'이런 짓을 아무리 해 봤자 그다지 내게 효과적인 공격은 아닐 텐데.'

쿤은 몇 시간을 허탕 치는 일 정도로 속을 끓이지 않았다. 상거래를 하다 보면 계약자가 한나절을 기다리게 해 놓고 바람맞히는 경우는 이야깃거리도 되지 않았다. 시간 싸움이 곧 기세 싸움이다. 조바심을 내는 자가 진다.

그는 손대지 않은 찻잔을 응시했다. 석연치 않은 느낌이 들었다.

'설마.'

너무 얄팍한 수작이었다. 적왕은 멍청이가 아니다.

적왕궁을 나와 복도를 걷던 쿤이 다가오는 사람의 기척을 느끼고 멈추어섰다. 돌아보니 아는 얼굴이었다.

"시종장 아니시오."

"예, 각하."

시종장이 정중히 허리를 숙였다.

"각하의 입궁 소식을 들으시고 긴히 이를 말씀이 있다 하시며 모셔 오라고 하셨습니다."

"알았소. 갑시다."

쿤은 별다른 의심 없이 시종장을 따라갔다.

황제라면 당연히 자신의 입궁 사실을 알았을 것이다. 그리고 시종장은 지금껏 누구도 포섭하지 못한 황제의 가장 충성스러운 수족이었다.

"어디로 가는 거요?"

시종장은 황제의 서재나 집무실 쪽 방향이 아닌, 태양궁 바깥으로 나갔다.

"조용히 말씀을 나누고자 하십니다. 혹시 폐하의 별궁에 관해 아시는지요?"

쿤은 전에 디안이 했던 말을 기억했다. 세 개의 창건궁 중 하나는 황제가 광왕이었던 시절의 처소였으며 현재 황제가 별궁으로 쓴다고 들었다.

"아……. 얼핏 들었소."

"별궁으로 모시겠습니다."

쿤은 왜 황제가 따로 보자고 하는지 짚이는 데가 없었다. 하지만 전혀 생뚱맞지도 않았다. 얼마 전에 황제가 제프리와 만나서 나눈 대화와 관련 있을지도 모른다고 생각했다.

'안톤이 가져온 서신 해석이 더디군. 내용을 알면 오늘 황제가 무슨 말을 할지 예측할 수 있을 텐데. 아쉬워.'

태양궁을 중심으로 세 개의 창건궁이 남쪽, 동쪽, 북서쪽에 있었다. 그중 별궁으로 쓰는 북서쪽의 창건궁은 다른 두 곳에서 가장 거리가 멀었다.

쿤은 은왕과 철왕이 처소로 쓰는 두 곳은 여러 번 갔으나 세 번째 창건궁은 처음 방문했다. 근처를 지날 일도 없어서 외관 자체도 처음 봤다.

'크군. 셋 중 가장 큰 것 같은데.'

궁을 중심으로 사람 키 높이의 벽이 둘러쌌다. 벽이 낮아서 안쪽에 우뚝 솟은 궁의 형태가 보였다. 벽을 통과하는 바깥 출입문 앞에는 아무도 없었다. 쿤은 그 점이 이상했다. 황제 주변의 호위가 이토록 허술할 리가 없었다.

"왜 지키는 자가 없소?"

"아직 납시지 않았습니다."

쿤은 감각을 끌어올려 주변을 감지했다. 함정이라면 무장한 자들이 숨어 있을 것이다.

하지만 그는 아무도 발견하지 못했고 곧 긴장을 풀었다. 압도적인 숫자로 밀리지만 않으면 얼마든지 위기에서 벗어날 자신이 있었다.

"폐하의 별궁인데 근위병이 상주하지 않소?"

"폐하께서는 평소 별궁에 거의 들르지 않으십니다. 그래서 별궁은 최소한의 관리만 합니다."

별궁에 들어서자마자 입구에서 정면, 좌, 우, 세 군데로 복도가 갈라졌다. 시종장은 오른쪽으로 방향을 꺾었다. 쿤은 시종장과 긴 복도를 따라 걸어 들어갔다.

복도의 끝에는 문이 하나만 있었다. 시종장이 문을 열었다. 고풍스럽게 꾸며진 응접실이 나왔다. 짙은 차향이 방 안에 가득했다. 소파 테이블 위에는 차 한 잔이 준비되어 있었다.

"잠시 기다리시면 곧 뵐 수 있을 것입니다."

"알았소."

쿤이 소파에 앉았다.

그를 바라보는 시종장의 시선이 다소 길게 머물렀다. 돌아서는 시종장의 눈 밑 근육이 파르르 떨렸다.

*　　　*　　　*

라드 후작이 적왕궁에서 나간 후 시녀들은 부산스럽게 움직였다. 가장 먼저 벽난로의 공기 순환로를 막았다. 타오르던 불길이 빠르게 작아지다가 곧 꺼졌다. 시녀가 남은 재를 삽으로 박박 긁어모아 가지고 나갔다. 다른 시녀는 창문을 활짝 열어 내부를 환기했다.

응접실의 공기 중에 떠돌던 차향이 말끔하게 가시고 난 뒤, 패트리샤가 들어왔다.

"차는?"

패트리샤가 물었다. 담쟁이 저택으로 심부름 나갔던 중년의 시녀, 소냐가 대답했다.

"마시지 않았습니다."

패트리샤는 코웃음 쳤다. 어차피 차에 손대지 않을 거라고 예상했다.

일부러 갈증이 나는 상황을 유도했다. 은왕의 일로 만나자고 했으니 바짝 긴장했을 것이다. 적진이나 다름없는 곳에 혼자 앉아 있는 동안 긴장감은 극에 달했을 터. 요즘처럼 따뜻하고 건조한 날씨에 벽난로까지 태웠다.

주의 깊은 자는 이런 상황에서 절대 음료에 손대지 않을 것이다.

'그자의 경계심이 오히려 제 목을 조른 꼴이지.'

차는 일종의 미끼였다. 경계심을 차에 집중시키려는 의도였다. 차에 아무것도 타지 않았다. 마셨으면 갈증이나마 해소했을 텐데.

곧 자신이 함정에 빠진 사실을 알겠지만, 적왕궁을 의심할 증거는 없을 것이다. 본인이 적왕궁에서 어떤 음식물도 섭취하지 않았으니 스스로 적왕의 결백을 증명한 꼴이다

진짜는 벽난로였다. 패트리샤가 꼼꼼하게 계획한 작전 중 하나였다. 벽난로는 목적은 실내 온도 상승이 아니라 특수한 독초를 태우기 위해서였다.

벽난로는 향로만큼 적절한 도구가 아니었다.

불길이 강해서 효과를 내려면 많은 양의 독초가 필요했다.

'아깝군.'

이번 일에 오랫동안 비축한 독초를 거의 소진했다. 다량 생산이 불가능한 독초라 돈으로는 가치를 따질 수 없다. 손실이 컸다. 하지만 향로에 태우면 향이 훨씬 강렬하고 나중에 증거가 남을 수 있다.

'보통 놈이 아니니까 조심하는 게 낫지.'

독초의 연기는 특수했다. 냄새는 차향과 비슷하다. 단독으로 흡입했을 때는 몸에 아무런 영향이 없고 흡입 후 반나절만 지나도 전부 배출된다.

하지만 또 다른 독초의 연기를 추가로 흡입하면 두 가지 성분이 결합하여 마약성 최음제의 효과가 나타난다.

'고매한 성직자조차도 발정 난 개로 만들어 버리지. 여자가 알몸으로 덤벼들면 제 놈이 어찌 견딜 것이야.'

실험과 개량을 통해 만들어 낸 약초다. 효능을 알아내기 위해 여러 번의 인체 실험을 거쳤다. 원래는 은밀하게 유통해서 뒷돈을 만들어 보려고 만들었는데 생산성이 너무 낮았다. 한데 이런 식으로 유용하게 쓸 줄이야.

독초의 효과는 강력하고 확실한 대신 섭취 방식이 까다로웠다. 두 가지 독초를 흡입하는 순서가 바뀌어서는 안 된다. 파이프 담배처럼 연기를 직접 들이마셔서도 안 된다.

오직 호흡을 통해 간접 흡입하되 첫 번째 독초의 연기를 최소한 한 시간 이상 마신 후 두 번째 독초의 연기를 맡아야 한다.

'독초는 또 마련하면 그만이지만, 시종장의 패를 이번 일로 쓴 게 가장 아까워.'

적왕궁에서 일을 벌이게 할 수는 없었다. 후작을 적왕궁과 전혀 관계없는 장소로 데려가야 하는 문제가 가장 난제였다. 딱 적격으로 시종장이 떠올랐다. 시종장이 유인하면 후작은 의심하지 않을 것이다.

후작이 시종장을 따라가더라는 시녀의 보고를 들었다. 아마 지금쯤 황제의 별궁에 도착했을 것이다.

'아깝지만 잘한 거야. 이만한 대가를 치러서라도 지금 그자를 은왕에게서 떼어 내면 손해는 아니지. 그냥 두면 훗날 반드시 후회할

것 같으니까.'

후작이 시종장을 따라 별궁으로 가면 그곳에서 두 번째 독초의 연기가 그를 맞이할 것이다. 그 후 파티마 공주가 약에 취한 그자를 유혹하면 된다.

시녀가 들어와서 고했다.

"적왕. 일을 완수했습니다."

엊그제 파티마를 만나 거래한 후 패트리샤는 시녀 하나를 파티마에게 붙였다.

시녀는 혹시 중간에 파티마가 딴마음 먹지 않도록 온종일 곁에서 감시했다. 그리고 오늘 파티마를 별궁의 비밀 통로를 통해 안으로 들여보내고 확인하는 역할을 맡았다.

"수고했다."

고개를 숙인 시녀의 눈빛이 급격히 흔들렸다. 패트리샤는 언제나 그렇듯 보고를 마치고 물러가는 시녀에게 관심 두지 않았다. 또다른 시녀가 들어와 보고했다.

"적왕. 마차들이 입궁했습니다."

패트리샤가 고개를 끄덕였다.

'무대는 마련되었군.'

마지막으로 구경꾼들이 대미를 장식하면 모든 것이 완벽하다.

내일 은왕의 탄생연 참석을 위해 제후국의 많은 귀족이 수도에 입성했다. 제국과 제후국 귀족들 간의 활발한 교류를 지원하기 위해 황궁에서 주도하는 행사가 있었다.

제국과 제후국의 귀부인들을 다수로 묶어 황궁 내부를 구경시켜 주었다. 명성이 자자한 황궁의 정원, 적왕의 온실, 황제의 별궁 등이 대상이었다.

오늘 그들이 황제의 별궁에 방문할 예정이다. 그리고 대낮에 밀실에서 정사를 벌이는 남녀를 발견할 것이다. 한두 사람이 아니니 입을 막을 수도 없을 테고. 그들의 목격담은 내일 연회에서 모르는 사람이 없도록 퍼져 나갈 것이다.

'은왕의 성격상 그런 추문의 주인공이 된 후작을 당장 내치겠지.'

패트리샤가 소파에 기댔다.

입술 끝을 끌어올리며 만족스럽게 미소 지었다.

느긋하게 관객이 될 준비를 마쳤다.

*　　*　　*

패트리샤가 간과한 사실이 있었다. 쿤은 곱게 자란 귀족 도련님이 아니었다.

그는 항상 주의 깊은 관찰력으로 주변을 살폈다. 황제를 기다리는 동안 방 안을 꼼꼼히 둘러보았다. 활활 타고 있는 벽난로에 시선을 고정했다.

'여기도 벽난로를 태우고 있군.'

적왕궁에서도, 여기에서도. 우연이 겹치는 것은 수상했다. 지금은 늦봄이었다. 난방은 자연스럽지 않았다. 담쟁이 저택 내부가 서늘한 편인데도 이 계절에 들어서면 난방을 하지 않았다.

덥다.

조금 전부터 몸에서 열이 났다. 가슴까지 답답해져서 그는 손으로 목을 감싼 셔츠를 잡아당겨 느슨하게 했다.

'아무래도 저걸 꺼야겠어.'

쿤은 자리에서 일어났다. 벽난로로 다가갔다. 가까이 갈수록 달콤한 차향이 짙어졌다.

그는 걸음을 멈추었다. 소파 테이블에 놓인 찻잔과 벽난로를 번갈아 보았다. 그의 미간이 일그러졌다. 찻잔에서 퍼진 향이 아니었다.

'당했구나.'

암거래로 유통되는 마약 중에는 불에 태워 흡입하는 유형이 꽤 많았다. 그런데 마약 특유의 냄새는 독특해서 금방 알 수 있다.

'차향이라니. 신종 마약인가.'

그는 우선 벽난로 옆의 손잡이를 조절해 공기구멍을 막았다. 작아지는 불꽃을 바라보는 그의 호흡이 점점 거칠어졌다.

'젠장.'

그는 신경질적으로 머리카락을 쓸어 넘겼다. 숨을 가다듬으며 자신의 몸 상태를 살폈다.

'독은 아니야. 호흡기 흡입만으로 효과적인 독은 없어. 마약 종류 같은데.'

이게 무슨 꼴인가. 요즘 너무 긴장을 풀고 지냈나 보다. 이런 잡스러운 수법에 걸려들다니. 수치심이 밀려왔다.

'메이슨 귀에는 절대 들어가지 못하게 해야지.'

엄청난 잔소리를 듣게 될 거다.

중독되었다는 자각을 해서 그런지 효과는 더 빠르고 강력하게 나타났다.

온몸이 후끈후끈하고 뱃속이 간지러웠다. 쿤은 주먹을 쥐었다가 폈다. 손이 저렸다. 몸에 나타나는 반응으로 마약의 정체를 추측했다.

'최음 효과가 있는 마약.'

기가 막혔다. 그리고 짜증도 났다.

그가 최악으로 싫어하는 유형이었다.

'적왕인가? 적왕이겠지. 적왕 말고 누구겠어.'

이런 상황이 낯설지는 않았다. 대륙에서 거액이 오가는 거래를 하다 보면 여자를 상납해서 유리한 위치를 점하려는 자들이 있었다. 자는 방에 여자를 들여보내는 일은 그나마 온건했고 음식이나 음료에 약을 타는 일도 비일비재했다.

하지만 쿤은 그런 수작에 당한 적이 없었다. 어릴 때부터 성년이 될 때까지 다양한 독을 소량씩 섭취하여 내성을 길렀다. 매일 배앓이를 하는 괴로움은 겪어 보지 않으면 모른다.

고생한 만큼 성과는 있었다. 아예 독이 안 듣는 것은 아니지만, 보통 사람이면 즉사할 극독에 중독되어도 살아남을 확률이 높았다. 비교적 치명적이지 않은 마약류에는 거의 반응하지 않았다. 그래도 기분은 몹시 더러웠다.

그는 굳게 닫힌 문을 노려보았다. 아득히 멀어 보였다. 마음 같아서는 당장 뛰쳐나가고 싶었다.

'감이 좋지 않아.'

움직이면 더 빠르게 약 효과가 퍼질 것 같다.

약 기운이 가라앉을 때까지 기다려야겠는데 그를 미약에 중독시킨 자가 이 정도로 만족할 리가 없었다.

반드시 정해진 순서로 여자가 나타날 것이다.

'하아…… 역시.'

뒤에서 누군가 조용히 들어오는 기척을 느꼈다. 하지만 저기 보이는 출입문은 닫힌 그대로였다.

'다른 통로가 있었나?'

보기 좋게 함정에 빠졌다. 작정하고 여기로 유인한 거였다.

'죽이면 안 되겠지.'

황제의 별궁 안에서 살인이라니. 큰 문젯거리가 될 것이다. 죽이지는 말고 제압만 해야겠다.

그는 심호흡하고 돌아섰다. 숨이 멎었다. 눈앞에 보이는 광경을 믿을 수 없어 인상을 찡그렸다.

'환상을 보여 주는 마약인가?'

이 자리에 있을 리 없는 사람이 나타났다.

긴 망토를 걸쳐 입은 여자의 황금색 눈동자가 선명했다. 그녀는 쿤과 눈을 마주치며 후드를 벗었다. 푸른색이 섞인 은발이 드러났다.

"……시에나?"

그녀가 한 걸음 다가오자 쿤이 반사적으로 뒤로 물러났다. 그는 극한의 상황에 놓인 경험이 많았다. 살아남기 위해서는 자신의 몸 상태를 정확히 파악하는 것이 가장 중요했다. 현재 약 기운은 몸에 돌고 있지만, 인지 능력은 문제없었다.

쿤은 눈을 꽉 감았다가 떴다.

틀림없이 그녀였다.

"괜찮아?"

시에나는 그에게 한 걸음 더 다가갔다. 쿤이 즉시 물러났다.

"오지 마."

등 뒤에서 식은땀이 흘렀다.

중독된 약 때문인지 이 상황의 난감함 때문인지 확실치 않았다. 어쨌든 최악이었다.

그녀의 등장은 어떤 최음제보다 강력했다. 최음제 따위 없이도 아침부터 밤까지, 심지어는 꿈에서까지 그녀를 안고 싶은 욕망이 충만했다. 십 대 초반에도 요즘처럼 충동적인 성욕에 시달린 적이 없었다.

시에나의 등장은 바짝 마른 낙엽 더미 위에 불을 붙인 것과 다름 없었다. 의식적으로 단단히 쌓은 마음속 둑이 터졌다. 휩쓸려 나오는 물줄기처럼 약 기운이 순식간에 온몸을 타고 돌았다. 눈앞이 어질어질했다.

"쿤. 혹시 저 차 마셨어?"

시에나는 테이블에 놓친 찻잔을 흘끗 보며 말했다.

패트리샤가 어떤 방식으로 쿤에게 약을 먹일지는 알아내지 못했다.

쿤이 고개를 저었다.

"다행이다. 아직 괜찮구나."

"······저 차 아니야."

"아니라니?"

시에나가 다시 다가왔다. 이번에는 한 걸음이 아니라 거침없이 그에게 걸어갔다.

"오지 말라니까. 시에나."

그는 계속 뒷걸음질 치다가 벽이 등에 닿고서야 멈추었다.

'······아무래도 보통 마약이 아닌 것 같아.'

쿤은 다시 주먹을 쥐었다가 폈다. 저릿한 느낌이 더 심해졌다. 이 정도로 강한 약은 처음이다. 배 속의 간지러움이 점점 그를 자극했다. 온몸의 감각이 예민하게 곤두섰다.

자신에게 이 정도 효능을 발휘할 정도라면 보통 사람은 어떤 반응일지 짐작이 갔다. 이성을 잃고 약물에 사로잡혀 무슨 짓을 저지르는지 자각 못 하고 폭주할 것이다.

도대체 적왕은 어디서 이런 약을 입수했을까. 그렇다면 시에나도? 쿤은 놀라 소리쳤다.

"당장 이 방에서 나가!"

그는 벽난로를 손으로 가리켰다.

"저기서 독초를 태웠어. 마약 같은 거야. 냄새를 맡으면 중독돼."

시에나는 놀란 눈으로 벽난로를 쳐다봤다. 오히려 더 크게 숨을 들이쉬는 그녀의 태도에 쿤은 어이가 없었다.

시에나가 쿤을 보며 싱긋 웃었다.

"난 아무렇지도 않은데. 중독되어도 죽는 건 아니잖아. 상관없어."

"시에나."

쿤은 그녀를 끌어들이고 싶지 않았다. 절박한 자신의 마음을 몰라주는 그녀가 원망스러웠다. 그는 평소의 느긋함을 잊었다. 몹시 초조하고 두려웠다.

시에나는 벽에 등을 지고 서 있는 그의 한 걸음 앞에 있었다. 그녀가 더 바짝 다가가 인상을 잔뜩 쓰고 있는 그의 주름진 미간에 손을 댔다.

쿤이 그녀의 손을 붙들었다가 화들짝 놀라 뿌리쳤다. 그녀는 못마땅한 표정으로 고개를 갸우뚱 기울였다. 그 모습이 미치게 사랑스러워서 그는 정말 딱 미칠 것 같았다.

"여기서 나가자. 당신이 들어온 다른 통로가 있는 거지?"

"아니."

시에나는 두 손으로 그의 얼굴을 감싸 쥐었다.

"우린 나가지 않을 거야."

"지금……."

쿤은 말을 잇지 못하고 숨을 헐떡였다. 목소리의 울림조차 미세한 진동이 되어 온몸을 자극했다. 모기떼가 기승을 부리는 초가을의 습지에 알몸으로 서서 온몸을 뜯기는 간지러움이 이와 같을 것이다.

"함정에……."

시에나는 말하기 힘들어하는 그의 심정을 이해하는지 쿤의 뒷말에 덧붙여 말했다.

"어머니가 당신을 함정에 빠뜨렸지."

"어떻게 그걸……."

"이미 알고 있었어. 어머니의 계획은 미리 알았지만, 시각과 장소는 조금 전에 알았으니까 내가 전부를 꿰뚫어 본 건 아니야."

시에나는 패트리샤가 파티마를 감시하려고 붙여 둔 시녀를 회유했다. 정확히는 협박했다.

시녀를 불러 놓고 말했다.

> 「네가 끝까지 적왕과의 의리를 지키겠다면, 그것도 좋다. 하지만 내 눈 밖에 난 너를 적왕께서 끝까지 지켜 줄 것 같으냐? 네 쓸모가 다하면 적왕은 너를 버릴 것이다. 오랫동안 곁에서 모셨으니 그분 성정은 네가 더 잘 알 터이지. 그분께 넌 아무것도 아니야. 이번에만 날 도와주면 네가 황궁을 떠나 평생 부유하게 살도록 해 주겠다. 라드 후작의 상단이 제국뿐 아니라 대륙 곳곳에 있다는 사실을 알지? 나는 약속을 반드시 지킨다.」

협박과 회유에도 시녀가 굴하지 않으면 해코지할 생각까지는 없었다. 섬기는 대상이 누구든 충정은 마땅히 존중받을 가치가 있다.

시녀는 망설이지 않고 협상에 응했다. 대가로 얼만큼의 재물을 얻을 수 있는지 따지는 계산속까지 드러냈다. 어머니의 사람이 고작 이런 자들인가, 실망스러웠다.

"어머니의 모략을 망치기만 하는 것은 재미없잖아. 난 이걸 이용할 생각이었고 그래서 당신에게는 알려 줄 틈이 없었어."

시에나는 패트리샤가 왜 이런 짓까지 해서 쿤을 더러운 염문설의 주인공으로 만들려는 걸까, 고민하다가 답을 찾았다. 패트리샤의 궁극적 목적은 라드 후작의 도덕적 신뢰도를 망가뜨리는 것이 아니었다.

'어머니는 쿤을 내게서 떼어 내려는 거지. 내가 그에게 환멸을 느껴서 그와 멀어지는 상황을 꾸미는 거야.'

그렇다면 어머니가 제일 우려하는 상황이 무엇인지 결론이 나왔다. 어머니는 자신과 쿤의 관계가 깊어질까 봐 안절부절못하고 있다.

그렇다면 계략이 역이용당해 오히려 어머니가 생각하는 최악의 상황으로 변질되면 어머니의 반응은 어떨까.

시에나는 자신이 패트리샤한테 받은 배신감과 상실감이 꽤 크다는 사실을 새삼 깨달았다. 받은 상처를 되돌려 주고 싶었다. 난 당신의 인형이 아니라고 선언하고 싶었다.

밀실 염문설의 주인공은 라드 후작과 파티마 공주가 아니라, 라드 후작과 은왕이 될 것이다.

쿤은 몹시 혼란스럽게 흔들리는 눈으로 시에나를 응시했다. 약 때문인가. 귀로는 듣고 있으나 머릿속에서 제대로 정리가 되지 않았다.

시에나가 두 팔로 그의 목을 감았다. 서로의 가슴이 맞닿도록 그를 안았다.

"쿤. 참지 않아도 돼. 당신 마음 가는 대로 해도 괜찮아."

그녀의 허락은 팽팽하게 당겨지던 그의 이성의 끈을 끊었다.

그의 팔이 다급히 그녀의 허리를 끌어안았다.

그가 얼마나 힘을 주었는지 시에나는 그의 억센 몸에 가슴이 짓눌리는 압박감을 느꼈다.

이미 그와 많은 밤을 보냈다. 그에게 더는 부끄러울 것이 없을 정도로 자신의 모든 것을 그에게 열었다. 남녀의 정사는 본디 원초적이지만, 굳이 등급을 매기면 두 사람이 보내는 밤은 아주 적나라하고 저속한 단계에 속할 것이다.

단단한 성기가 내벽을 파고들 때의 저릿한 감각을 알고 있다. 그가 파정할 때 울리는 낮은 신음 소리를 기억한다. 곧 다가올 정사의 쾌락을 기대하는 몸이 반응하며 질구 안쪽이 따끔하게 조여들었다.

그러나 곧 수많은 구경꾼이 들이닥칠 것이다. 단단히 마음먹었지만, 구경거리가 될 상황이 유쾌하지는 않았다.

쿤은 시에나를 안은 자세로 꼼짝하지 않았다. 필사적으로 다른 생각을 했다.

'시종장은 뭐지? 설마 시종장이 적왕의 사람이었나? 감히 황명을 사칭하다니. 대체 뒷감당을 어찌하려고. ……아니야. 시종장은 단 한 번도 명확하게 황제라는 말을 꺼낸 적이 없어.'

상인 중 사기죄가 성립하지 않는 한도에서 상대를 교묘하게 후려치는 자들이 많았다. 그들이 말할 때 주어가 명확한지는 가장 기본적으로 확인해야 하는 사항이었다.

'기본 원칙을 잊었어. 정신을 어디다 빼놓고 다니는 거냐.'

자기 자신을 호되게 질책하다 보니 쿤은 조금 머릿속이 맑아진 듯했다.

시에나는 그가 자신을 꽉 안고 더는 아무 행동도 하지 않기에 직접 움직였다. 그의 목을 감았던 손으로 그의 어깨를 만지다가 재킷 위로 가슴을 더듬어 복부로 내려갔다.

복부 더 아래에 팽팽하게 부푼 바지 앞섶에 그녀의 손이 닿았다. 완전히 단단해진 그의 거대한 성기는 그녀의 손아귀에 전부 잡히지 않았다.

"시에나."

쿤이 헛숨을 들이켰다.

그녀를 안은 팔에 힘을 풀고 밀착한 몸을 뗐다. 자신의 이마를 그녀의 이마에 맞댔다.

"내 여왕님."

그는 가쁘게 숨을 쉬었다.

"난 당신을 이 이상 만지지 않을 거야. 이런 상황에서 이런 상태로 당신을 안을 수는 없어."

"……하지만 당신은 힘들어 보여."

맞닿은 그의 이마는 뜨거웠다. 그의 심장 박동 소리도 비정상적으로 빨랐다.

"견딜 수 있어. 어릴 때부터 독의 내성을 기르는 훈련을 했거든. 그 지긋지긋한 과정을 견디길 잘했지."

"해독제를 가져오려 했어. 그런데 중독된 약이 뭔지 모르는 상태에서 함부로 복용했다가는 오히려 큰일 난다고……."

"그 말이 맞아."

"내가 뭘 도와줄까?"

"그냥 이대로."

쿤이 다시 그녀를 품으로 꽉 끌어안았다.

"내 몸이 스스로 해독할 때까지. ⋯⋯그런데 시간은 좀 걸릴 것 같아. 그러니까 당신은 이 방에서."

"싫어. 당신만 혼자 두고 가지 않을 거야."

시에나가 두 팔을 그의 등 뒤에 둘러 힘을 주었다. 두 사람은 꼭 끌어안은 채 한참 말이 없었다.

'힘든가 봐.'

시에나는 그가 안쓰러웠다.

그의 등은 땀으로 축축했고 귓가에 들리는 호흡 소리는 억누르는 듯 거칠었다.

그녀는 며칠 동안 미약에 관해 자세히 알아봤다.

시중에 팔리는 미약 대부분은 흥분제였다. 분위기를 돋우는 역할 정도만 한다.

절제할 수 없는 강력한 약은 구하기 어렵고 해독도 어렵다. 그나마 정사를 통한 배출이 가장 좋은 해독 방법이라고 했다. 미약은 독약과는 달라서 내버려 두면 저절로 해독은 된다. 하지만 그 과정에 고통스러운 인내가 필요했다.

시에나는 그가 인내하는 이유를 알 수 있었다. 그는 자신을 소중히 지켜 주고 있다. 미약 따위에 휩쓸려 두 사람의 사랑을 더럽히지 않으려는 것이다.

심장이 아릿하게 아프다. 시에나는 그와 함께 있을 때 간혹 느꼈던 이 통증의 정체가 무엇인지 확실히 알았다.

'이것이……. 이렇게 아픈 게 사랑이구나.'

아프지만 고통스럽지 않았다.

행복했다.

사랑한다.

이 남자를 사랑하고 있다.

꿈을 보여 준 신께 감사했다. 그를 만나고 사랑할 수 있게 해 준 모든 인연이 고마웠다. 이런 황홀한 감정을 깨우치다니. 얼마나 축복인가.

'돕고 싶은데 방법이 없을까?'

평소의 그라면 이렇게 조용하지 않을 것이다. 지금까지 겪은 일들을 말해 주었을 텐데. 말조차 하기 힘든 모양이다.

'아!'

번뜩 떠오르는 생각이 있었다.

"쿤. 잠시만."

시에나는 그는 밀어냈다. 그녀를 꽉 붙들고 있던 손에서 힘이 빠졌다. 그녀는 소파로 가서 테이블 위에 놓인 찻잔을 들어 바닥에 던졌다. 찻잔은 깨지는 소리와 함께 조각조각 나서 흩어졌다.

시에나는 그중 끝이 날카로운 파편을 하나 주워 들고 벽에 기대서 있는 그에게 다가갔다.

"쿤."

쿤이 숙이고 있던 고개를 들었다. 그의 눈빛이 탁했다.

시에나는 그의 눈앞에 잘 보이도록 손을 펴고 파편의 끝으로 손가락 끝을 찔렀다. 붉은 피가 방울로 맺혔다가 또르륵 흘러 떨어졌다.

멍하게 바라보던 쿤이 미간을 일그러뜨렸다.

"지금 뭐 하는!"

"역대 제국의 황제들은 음독으로 죽은 예가 없어. 지난번에 황족은 술에 잘 취하지 않는다고 말했었지? 황족은 태생적으로 독에 강한 저항력이 있는 것 같아."

"……그래서?"

"도움이 될지도 몰라."

쿤은 그녀의 얼굴을 물끄러미 바라보다가 느릿하게 시선을 내렸다. 붉은 피로 물든 새하얀 손가락 끝에서 피는 계속 뚝뚝 떨어졌다.

그럴 리가 없는데도 그는 붉은 핏방울에서 풍기는 향기에 코가 마비되고 눈앞이 어지러울 정도로 취하는 듯한 환각에 빠졌다. 저 한 방울의 피가 말라붙을 것처럼 타는 목을 시원하게 해갈해 줄 것 같았다.

천천히 손을 뻗어 그녀의 손을 쥐었다. 그가 고개를 숙였다. 시에나는 자신의 손가락이 그의 입안으로 들어가는 광경을 응시했다. 혀가 조심스럽게 상처 부위를 핥았다. 그녀의 손가락 두 마디가량이 그의 입안으로 들어갔다.

그의 따끈한 입안에서 유연하게 움직이는 혀가 그녀의 손가락을 감쌌다. 혀와 입천장 사이에 그녀의 손가락을 물고 빨아들였다.

'읏.'

시에나가 미간을 살짝 찡그렸다.

빨려 드는 압력이 상처를 자극해 따끔했다. 동시에 찌릿한 감각이 팔을 타고 올라갔다.

손가락을 빨리는 게 처음은 아니다. 그는 그녀의 몸 이곳저곳에 입 맞추고 입술을 붙여 쪽쪽 빠는 애무를 좋아했다. 그의 정수리를 내려다보면서 점점 얼굴이 화끈거렸다.

쿤이 손가락 끝에 입을 맞추며 고개를 들었다. 시에나는 그와 눈이 마주치자 움찔했다. 효과가 없는 것일까. 그의 눈동자가 아까보다 더 이글거렸다.

"당신은 피도 달군."

"……피에서 단맛이 날 리가 없잖아."

"정말 달아."

"……차에 설탕을 너무 많이 넣어 마셨나?"

시에나는 아직 그의 손에 잡혀 있는 손을 빼냈다.

정말 단 맛이 나나? 그녀는 조금 전까지 그의 입안에 있었던 손가락을 자신의 입안에 쏙 넣었다가 인상을 썼다. 비릿한 피 맛이 났다.

"달긴 뭐가……."

허리가 확 끌어 당겨지고 그가 입술을 겹쳤다. 그녀의 입안에 깊이 혀를 넣고 안을 훑었다. 그녀의 작은 혀를 삼킬 기세로 빨아들였다가 얼른 놓아주었다. 짧고 강렬한 키스였다.

쿤은 그녀의 어깨에 이마를 댔다. 숨이 찬 사람처럼 짧고 빠르게 호흡했다.

기분 탓인가? 아슬아슬하던 느낌이 옅어졌다.

그는 주먹을 쥐었다가 폈다. 확실히 나아졌다. 그녀가 가까이 있는 것만으로도 온몸의 피가 끓어오르는 것 같았는데 키스를 해도 괜찮았다.

얼떨떨했다.

정말 그녀의 피가?

"당신의 처방……. 효과가 있는 것 같아."

"정말? 이건 대단한 발견이야. 황족의 피에 해독 작용이 있다니."

기뻐하는 목소리를 들으며 쿤은 고개를 들었다.

"시에나. 우리만 아는 걸로 하자. 다들 당신 피를 뽑겠다고 달려들면 어떻게 해."

시에나는 쿡쿡 웃었다. 농담을 하다니. 정말 괜찮은가 보다. 마음을 놓은 그녀의 표정이 훨씬 환해졌다. 그녀는 그와 시선을 마주치며 고개를 갸웃했다.

"효과가 있는 건 맞아?"

"왜?"

"당신 눈이……."

"눈이."

"아까보다 더 엉큼해. 미약에 완전히 취한 사람처럼 보여."

"그럼 정상이군. 평소대로 돌아왔네."

그가 씨익 웃으며 가볍게 키스했다. 이어서 잠시 입술만 붙였다가 떼는 키스를 했다. 한 번 더, 또 한 번 더. 횟수가 반복될수록 입술이 맞닿는 시간이 길어졌다.

두 사람은 부둥켜안고 키스에 빠져들었다. 모든 오감이 오직 상대방에게만 집중되었다. 서로의 호흡 소리만 들리고 서로의 모습만 보였다.

별궁을 구경하기 위해 도착한 귀부인들 무리가 어느새 문을 열고 안으로 들어와 밀회 중인 연인을 발견한 사실조차 알아차리지 못했다.

*   *   *

시녀가 적왕궁으로 달려 들어갔다.

얼굴에 핏기가 없었다.

패트리샤는 응접실에서 손님 대접 중이었다. 일부러 이 시간에 맞추어 라드 후작의 흥미로운 스캔들을 함께 들을 귀부인들을 몇 명 초대했다.

시녀에게 간략하게 사정 설명을 들은 소냐의 표정이 딱딱하게 굳었다. 소냐가 패트리샤의 곁으로 다가갔다. 패트리샤가 일부러 과장된 표정으로 목소리를 높였다.

"무슨 일인가?"

함께 차를 마시던 귀부인들의 시선이 모두 소냐에게 향했다. 소냐는 패트리샤만 바라보며 말했다.

"긴히 드릴 말씀이 있습니다. 시급한 일입니다."

패트리샤의 눈썹이 꿈틀했다. 일이 틀어졌음을 눈치챘다.

귀부인들을 향해 미소 지었다.

"그대들과 더 느긋하게 시간을 보내려 했소만. 내일 연회 준비에 사소한 문제가 생긴 모양이오."

"마땅히 급한 일부터 처리하셔야지요."

"그럼요. 은왕 전하의 탄생 연회인걸요. 언제나처럼 최고의 파티 겠지요. 기대하고 있답니다. 적왕."

귀부인들이 모두 찻잔을 내려놓고 자리에서 일어났다. 그들이 돌아간 후 시녀들이 테이블을 정리했다. 패트리샤가 손을 내저었다.

"두어라. 일단 얘기부터 듣자. 무슨 일이냐?"

소냐가 손이 덜덜 떨렸다.

적왕의 성질을 아는 만큼 보고 후 몰아칠 폭풍이 두려웠다. 떨리는 목소리로 황제의 별궁에서 벌어진 일을 소상히 아뢰었다.

이야기를 듣는 패트리샤의 얼굴에서 표정이 사라졌다.

얼핏 아무렇지 않아 보이지만, 패트리샤의 손이 부들부들 떨리고 있었다.

하늘이 무너진다 해도 이보다 더 충격일까.

머릿속이 하얗게 비었다. 가슴을 움켜쥐고 몸을 숙이자 소냐가 '적왕!' 하고 부르며 부축했다. 패트리샤가 신경질적으로 소냐의 손을 뿌리쳤다.

"그⋯⋯."

목소리가 제대로 나오지 않았다.

명치가 꽉 막힌 것처럼 숨이 막혔다.

"당장 데려와라. 공주에게 붙였던 그⋯⋯."

파티마 공주를 별궁에 들여보냈다고 보고했던 그 시녀.

소냐가 알아듣고 얼른 대답했다.

"예, 전하. 당장 끌고 오겠습니다."

소냐는 적왕궁의 시녀들을 모두 불러 모았다. 하지만 그중에 찾는 얼굴이 없었다. 시녀들을 닦달했지만, 아무도 그 시녀의 행방을 알지 못했다.

"없다고?"

"……예. 적왕."

소냐가 패트리샤의 앞에 무릎을 꿇었다.

패트리샤가 살기등등한 눈으로 노려보다가 있는 힘껏 팔을 휘둘러 소냐의 뺨을 후려쳤다.

"아랫것들 관리를 어떻게 하는 게야!"

얻어맞는 힘에 못 이겨 쓰러진 소냐가 발딱 다시 몸을 일으켰다. 패트리샤가 또 한 번 뺨을 쳤다. 다시 일어난 소냐의 뺨을 또 후려쳤다.

숨 막힐 것처럼 조용한 응접실에 철썩철썩 뺨을 치는 소리만 울렸다. 고개를 숙이고 숨죽여 서 있는 시녀들은 모두 겁에 질렸다.

패트리샤는 제 손이 아플 정도가 되어서야 매질을 멈췄다. 소냐의 얼굴은 엉망이었다. 볼이 퉁퉁 붓고 코와 입에서 흘러내린 피로 범벅이 되었다. 소냐를 쏘아보는 패트리샤의 눈빛에는 약간의 동정도 없었다. 아직 분이 풀리지 않은 노여움만 가득했다.

"황궁 전부를 뒤져서라도 그년을 찾아서 내 앞에 끌고 와! 아니면 네년들이 죽을 줄 알아라!"

소리치는 적왕의 잔인하게 번뜩이는 눈빛이 나열해 서 있는 시녀들을 훑었다. 뱀 앞에 놓인 개구리처럼 고개를 더 깊이 숙이는 시녀들의 몸이 부르르 떨렸다.

적왕궁의 모든 시녀가 정신 나간 사람처럼 창백한 낯으로 사라진 시녀의 행방을 찾아 헤맸다. 찾지 못하면 너희가 죽는다는 적왕의 말이 괜한 엄포가 아님을 알고 있었다.

패트리샤는 응접실 소파에 앉아 꼼짝하지 않았다. 새파란 눈으로 허공을 노려보며 기다렸다. 꽉 쥔 주먹에 힘줄이 불거졌다. 드디어 시녀가 답을 가져왔다.

"은왕궁에?"

패트리샤가 싸늘하게 되물었다.

"예. 적왕. 은왕궁으로 들어가는 모습을 봤다는 목격자가 있습니다."

하, 패트리샤가 헛웃음 쳤다.

"쥐새끼 같은."

이가 갈렸다. 패트리샤는 고작 시녀 따위가 자신의 계획을 망친 사실을 믿을 수 없었다. 그년을 눈앞에서 찢어 죽여도 분이 풀리지 않을 것 같다.

"은왕궁으로 간다."

패트리샤가 일어났다.

반드시 그년을 끌고 와야겠다. 편안한 죽음이 얼마나 사치인지 알게 해 줄 것이다.

* * *

시에나는 쿤을 데리고 은왕궁으로 왔다. 두 사람의 밀회를 목격 자들에게 노출한다는 그녀의 계획은 달성했다. 쿤의 중독 증세는 상당히 나아졌으나 아직 완전하지는 않아서 회복할 시간이 필요했 다.

두 사람은 응접실 소파에 나란히 앉았다.

쿤은 오늘 벌어진 일에 관한 자세한 설명을 들었다.

"정말 당신이…… 적왕궁의 시녀를 협박했단 말이야?"

"좀 강하게 말했을 뿐이야. 그 정도는 협박이라고 할 수도 없어."

쿤이 한숨을 내쉬며 두 손으로 얼굴을 쓸었다.

"당신은 그런 일을 할 수 있는 사람이 아닌데. 난 당신에게 나쁜 영향만 주는 걸까."

시에나가 미간을 찡그렸다. 그녀가 뭐라고 한마디 하려는데 쿤 이 고개를 들어 말했다.

"당신이 나서지 않았어도 내가 적왕의 함정에 빠질 일은 없었을 거야. 그 약물이 날 좌지우지하지는 못해."

"하지만 당신과 파티마 공주가 함께 있는 광경을 누군가 봤겠지. 그건 문제가 되지 않았을까? 둘 사이에 아무 일이 없었더라도 파티 마 공주의 옷차림이 흐트러져 있었다면 다들 눈에 보이는 상황만으 로 판단하겠지."

"……그랬다고 해도. 그건 나 혼자로 끝날 일이야. 하지만 당신 이 소문의 당사자가 되면 당신의 명예는?"

시에나는 쿤의 반응이 당혹스러웠다. 그가 손뼉 치며 환영할 거라고는 생각하지 않았지만, 이토록 완강하게 우려를 표시할 줄은 몰랐다.

"별궁에서 미적거리지 말고 당신을 얼른 데리고 나왔어야 했어."

"쿤."

"이 일이 당신과 당신 어머니와의 관계에 미치는 영향은 생각해 본 거야?"

"쿤."

"나는 나 때문에 당신이 어떤 것도 잃게 하고 싶지 않아. ……내가 앞뒤가 안 맞는 말을 하고 있군. 이미 나 때문에 당신이 잃은 것이 엄청난데 말이지."

"쿤!"

시에나가 목소리를 높였다.

계속 혼잣말처럼 떠들던 쿤이 고개를 들어 시선을 맞췄다.

"잠자코 들으려니 정말 못 들어 주겠네. 누가 뭘 잃어?"

"……."

"내 명예? 어차피 당신과 난 연인으로 소문이 나 있어. 연인이 연인다운 행동을 한 게 뭐가 문제야?"

"하지만……."

"내 말 더 들어."

쿤이 얌전히 입을 다물었다.

"당신의 논리대로라면 당신도 내게 화를 내야지. 난 당신이 함정에 빠질 것을 알면서도 미리 경고하지 않았어. 그 함정을 내가 이용할 계획이라고 당신의 동의를 구하지 않았다고."

"그건 괜찮아."

"왜? 당신이 미리 알았으면 아예 피할 수 있었어. 그 불쾌한 약에 중독되지 않아도 되었지."

"······."

"이것 봐. 앞뒤가 안 맞잖아."

"시에나. 그건 같지 않아."

"다를 게 없어."

시에나는 강하게 일축했다.

"그리고 내가 잃은 것. 혹시 황위를 말하는 거야?"

쿤이 아무 대답도 하지 못하자 시에나의 눈초리가 더 싸늘해졌다.

"분명히 내가 전에 말했어. 황제는 하늘이 내리는 자리야. 그리고 그 자리가 마땅히 내 것이라고 생각했다면 난 누구에게도 그걸 빼앗기지 않아. 나는 내 의지로 움직여. 날 움직일 수 있는 사람은 오직 나뿐이야."

말문이 막힌 표정으로 시에나를 바라보던 쿤이 한숨처럼 웃었다. 쿤은 그녀와 함께 손잡고 걸어가는 미래를 꿈꾸었다. 그런데 그 꿈의 방향이 약간 바뀌었다.

그녀가 바라보는 곳을 함께 보고 싶어졌다.

"그리고 어머니와 나는······."

시에나는 효과적으로 설명할 방법을 고민했다.

그동안 있었던 여러 가지 일들과 어머니로 인해 겪어야 했던 감정적 부침을 구구절절 늘어놓고 싶지 않았다. 그녀는 이미 지나간 일로 하소연하는 성격이 아니었다.

그녀는 일어나서 물병과 유리잔 가져왔다. 유리잔을 내려놓고 물을 따르며 말했다.

"이 유리잔을 나라고 할게. 여기 따르는 물은 내 어머니야."

유리잔에 물이 점점 차올랐다. 시에나는 점점 양을 줄여 아슬아슬 넘치기 직전까지 따랐다.

"오늘 일어난 사건은 이거였어."

시에나가 넘치기 직전의 유리잔에 약간의 물을 더 부었다. 물이 그대로 흘러넘쳤다.

"갑자기 벌어지는 일은 없어. 오늘 일은 그냥 계기인 거야. 이미 한계까지 차 있었고 한 방울의 물로 흘러넘쳤지. 어머니와 내 관계가 그래."

쿤이 멍한 시선으로 흘러넘친 유리잔을 응시했다.

"내 말 이해했지?"

쿤이 고개를 끄덕였다.

그녀가 적왕과 무슨 일이 있었는지 한마디도 하지 않았지만, 충분히 알아들었다.

"그런데."

유리잔을 바라보는 그의 눈빛이 흔들렸다.

"물이 흘러넘치기 전에 나에게는 미리 경고를 해 주면 안 될까?"

"응?"

"반……. 아니, 몇 방울이라도 차면 말해 줘."

시에나가 피식 웃었다.

하지만 쿤은 농담이 아니라 정말 무서웠다. 그녀는 아무 말 없이 속으로만 쌓고 쌓다가 하루아침에 차갑게 돌아설 것 같았다.

"어머니는······."

시에나는 크게 한숨을 내쉬었다. 마음이 복잡했다.

자신을 낳아 준 친어머니였다.

너를 사랑했기에 그랬다는 어머니의 말 전부가 거짓이라고 생각하지는 않았다.

자신이 그지 여느 귀족 가문의 아가씨였다면 그래도 내 어머니니까 보듬어 안았을 것이다. 하지만 자신은 신족이며 신족에게는 책임이 따랐다. 꼭 황제가 되지 않더라도 이 황실과 제국의 안녕을 먼저 생각해야 한다.

"난 어머니가 제국과 황실에 해로운 사람이라고 결론을 내렸어. 어머니가 잘못을 깨달을 때까지 어머니와 싸울 거야."

'어쩌면······. 아니, 분명히 화해할 날은 영영 오지 않겠지.'

시에나는 꿈속에서도 변함없었던 어머니를 떠올렸다.

쿤은 아무 말 없이 시에나를 바라보다가 팔을 뻗어 그녀를 안았다.

결연한 표정으로 어머니와의 관계를 끊겠다고 말하기까지 얼마나 많은 고뇌로 힘들었을까. 차라리 그녀가 괴로워하며 말했다면 이보다 가슴이 덜 아팠을 것 같다.

그녀가 감정 표현에 인색하다고 해서 감정이 메마른 사람이 아니라는 것을 누구보다도 잘 알고 있다. 어떤 말로도 그녀를 위로할 수 없을 것이다. 쿤은 그냥 지금 그녀를 안아 주고 싶었다. 조금이라도 기댈 수 있는 사람이 되어 주고 싶었다.

"전하. 들어가겠습니다."

바깥에서 문을 두드리며 베스가 말했다. 끌어안고 있던 두 사람이 나란히 앉은 자세로 몸을 돌려 앉았다.

베스가 안으로 들어왔다. 개량한 이동의자가 손에 익어 이제 짧은 거리는 홀로 움직였다.

"전하. 적왕께서 오셨습니다."

"어머니가?"

패트리샤가 올 거라고는 예상하지 못했다.

"죄를 지은 적왕궁의 시녀가 여기 있으니 내어 달라고 하시더군요."

시에나가 냉소를 지었다.

요란한 스캔들의 당사자가 된 딸이 염려되어서가 아니라 괘씸한 시녀를 잡으러 온 것이다.

"안으로 모셨소?"

베스가 멈칫했다.

"……기사들과 대치하고 있습니다. 송구합니다. 전하. 제가 멋대로 전하의 명을 사칭하여 기사들에게 막으라고 했습니다."

"잘했소. 내가 나가 보지."

응접실에서 나가는 시에나의 뒤를 베스는 따라가지 않았다. 베스가 이동의자의 방향을 쿤이 앉은 소파 쪽으로 돌렸다.

"후작님. 좀 어떠십니까?"

시에나는 쿤이 음독 당해 휴식이 필요하다고 말했다. 최음제라고는 알려 주지 않았다. 베스는 그저 치명적이지는 않은 독에 중독되었다고만 생각했다.

"많이 나아졌습니다."

쿤을 바라보는 베스의 시선에 복잡한 감정이 담겼다. 베스는 여전히 시에나가 걱정스러웠다. 베스는 오늘 벌어질 사건을 미리 알았던 유일한 사람이었다.

오늘 아침, 시에나는 은왕궁을 나서면서 베스에게 말했다.

「백작부인. 오늘 이후로 나와 어머니와 관계는 전과 달라질 거요.」

적왕이 계략을 써서 라드 후작을 위기에 빠뜨리려 하며 그걸 저지하러 간다고 했다.

"후작님."

"예."

"……."

"말씀하십시오."

"전하께서 후작님을 위해 무엇을 희생하셨는지 아십니까?"

베스는 깊은 내막까지는 알지 못했다.

그래서 시에나가 적왕과 갈라서는 결정적인 이유가 라드 후작 때문이라고 생각했다.

시에나가 적왕에게 거리를 두는 것을 알았지만, 베스는 단 한 번도 모녀의 결별을 상상한 적이 없었다. 적왕은 은왕의 친모이자 가장 큰 힘이었다. 베스는 일이 이렇게 되어 무척 속이 상했다.

쿤이 천천히 고개를 끄덕였다.

"예. 알고 있습니다."

베스는 울컥 치미는 속을 달랬다.

대체 왜 전하 앞에 나타났느냐고. 두 분은 만나지 말았어야 했다고, 후작에게 쓴소리하고 싶었다.

하지만 후작에 관해 얘기할 때 생기 있게 반짝거리는 시에나가 참 예뻤다. 그 모습이 정말 보기 좋았다.

"전하의 마음을 아프게 하지 마세요. 전하께서 후작님 때문에 아파하시면 절대 후작님을 용서하지 않을 겁니다. 제가 두 다리를 못 쓴다고 우습게 보지 마세요. 반드시 후작님을 제 손으로 응징할 거예요."

베스의 살벌한 경고를 들으며 쿤은 미소 지었다.

비웃음이 아니었다. 기꺼이 순응하는 대답이었다. 그는 한 손을 가슴에 얹고 고개를 숙였다.

"예. 백작부인. 명심하겠습니다."

* * *

시에나가 나오자 기사들을 지휘하던 길버트가 팔을 휘둘렀다. 기사들이 일제히 물러서며 시에나를 향해 고개를 숙였다.

"은왕."

패트리샤가 반색했다. 그리고 눈이 마주치자마자 애처로운 표정을 지었다.

"우리 모녀를 이간질하려는 자들이 많아요. 어미가 딸을 찾아왔는데 출입구에서 막아서다니요."

시에나는 패트리샤의 뒤쪽에 서 있는 시녀들을 봤다. 얼핏 봐도 스무 명은 넘었다. 이곳이 전쟁터라면 무장한 병사들을 잔뜩 끌고 온 모양새였다.

"제가 오늘은 아무도 만나지 않겠다고 했습니다. 기사들은 제 지시에 따랐을 뿐입니다. 어쩐 일이십니까?"

"은왕. 계속 이렇게 세워 두실 건가요? 손님을 맞이하는 올바른 예의가 아닙니다."

'그러는 어머니는 라드 후작을 바깥에 세워 두고 구경거리로 삼았지요.'

그 일을 굳이 지금 따질 생각은 없지만, 삐딱하게 속으로 대꾸했다.

"들어오세요. 하지만 적왕궁의 시녀들은 출입을 허락할 수 없습니다."

"은왕. 저들은 내 수족이에요."

"여기는 적왕궁이 아닙니다. 저 많은 수의 외부인을 제 궁 안으로 들이지 못합니다."

패트리샤가 쓴웃음을 지었다.

"은왕께서 이 어미의 방문이 달갑지 않은 모양입니다."

"말씀드렸듯이 오늘은 아무도 만나지 않을 생각이었습니다."

패트리샤가 한숨을 내쉬었다.

부드러운 표정으로 사근사근 말했다.

"알겠습니다. 쉬고 싶은 은왕을 내가 방해했군요. 내가 몹시 황망한 소리를 들어 감정을 다스리지 못하고 달려왔습니다. 나이가 들면 이런답니다. 사람 한 명을 찾으러 왔습니다. 그 사람만 내어 주면 돌아가지요."

"왜 이곳에서 사람을 찾으십니까?"

"적왕궁의 시녀가 이곳에 있습니다. 죄를 짓고 벌이 두려웠는지 도망쳐 여기 숨었다고 합니다."

"처음 듣는 얘기입니다."

"은왕. 그대는 모르실 겁니다. 넓은 궁 구석구석을 어찌 다 파악하겠어요. 아마 몰래 숨었거나 은왕궁의 시녀가 숨겨 주었겠지요."

시에나는 길버트에게 시선을 돌렸다.

"경. 내가 모르는 침입자가 있는가? 궁의 경비가 그토록 허술한가?"

"아닙니다. 전하. 궁의 경비를 책임지는 소신이 직책을 걸고 말씀 올립니다. 절대 전하께서 모르시는 침입자는 있을 수 없습니다."

시에나가 다시 패트리샤를 쳐다보았다.

"잘못된 정보를 들으셨나 봅니다."

"은왕. 이러시면 안 됩니다. 죄인인 데다가 엄연히 적왕궁에 소속된 내 사람입니다."

패트리샤의 미간에 주름이 잡혔으나 아직 애써 웃는 표정은 깨지지 않았다.

"억지 부리지 마세요. 저는 제 사람을 믿습니다. 길버트 경이 모른다고 하면 모르는 일입니다."

"억지는 은왕이 부리고 있어요. 인접한 영지의 영주들이 정치적 정적 관계라 해도 서로의 죄인은 넘겨줍니다. 은왕께서 정말 숨기는 일이 없다면 당당히 증명할 수 있겠군요. 내가 직접 죄인을 찾아보겠습니다. 내가 찾아내지 못하면 내 실수를 인정하고 다시는 그 죄인 얘기를 꺼내지 않겠어요."

은왕궁으로 들어가는 바깥 출입문을 사이에 두고 모녀가 마주 서서 시선을 부딪쳤다. 패트리샤의 뒤에는 적왕궁의 시녀들이, 시에나의 뒤에는 기사들과 시녀들이 마치 세력을 나누는 것처럼 서 있었다.

전부 숨소리도 죽였다.

이상한 긴장감이 감돌았다.

시에나가 훗, 가볍게 웃었다.

그녀의 웃음을 긍정적인 대답으로 해석한 패트리샤의 안색이 밝아졌다.

"감히 내 궁을 뒤지겠다는 겁니까, 적왕."

패트리샤의 표정에서 웃음기가 싹 사라졌다. 거짓 웃음조차 짓지 못했다. 순식간에 핏기가 사라진 창백한 안색이 기괴했다.

패트리샤는 경악하여 눈을 부릅떴다. 시에나는 항상 패트리샤를 어머니라고 불렀다. '적왕'이라는 호칭에 담긴 의미가 심상치 않음을 눈치챘다.

"시녀들을 잔뜩 데려와 위세를 과시하며 죄인을 찾기 위해 내 궁을 수색하겠다니. 적왕께서는 엄격한 제국의 신분 질서를 어지럽히고 있습니다. 내게 명령을 내릴 수 있는 분은 오직 황제 폐하뿐이십니다."

"으, 은왕. 그게 아닙니다. 명령이 아니에요. 나는 그런 뜻으로……."

"이런 무례는 두 번은 용서하지 않겠습니다. 돌아가세요."

파리하게 질린 패트리샤의 눈에 독기가 차올랐다.

"……내 사람들 앞에서…… 내게 이 망신을 주시고. 내가 은왕을 두 번 다시 볼 것 같습니까?"

시에나는 패트리샤를 무심한 눈으로 잠시 바라보다가 휙 돌아섰다.

"길버트 경. 손님을 배웅하시오."

"예, 전하."

"은왕! 이러실 수 없습니다! 은왕! 정녕 이 어미의 얼굴을 다시 보지 않으실 셈입니까? 이렇게 가시면 안 됩니다!"

소리 지르는 패트리샤의 목소리가 갈라졌다. 시에나는 등 뒤에서 어머니가 체면도 잊고 내지르는 소리를 들으며 그대로 걸었다.

걷는 속도를 늦추지도 걸음을 멈추지도 않았다. 무겁게 감았다가 천천히 뜨는 눈이 후끈거렸다. 속이 헛헛할 거라고 예상했다. 하지만 생각보다 훨씬 아팠다.

어머니는 갈수록 실망을 안겼다. 마음의 거리가 조금도 좁혀지지 않았다. 더 기다리고 지켜본다고 달라지지 않을 것이다. 그러니 계속 미련스레 붙들어 봤자 어리석은 짓이다.

시에나는 따라오는 시녀를 손짓해 불렀다.

"리먼 공작가에 다녀오너라. 리먼 공께 오늘 해진 후, 은왕궁으로 오시라고 전해라."

"예, 전하."

어머니와 리먼 공작. 두 사람을 떼어 놓아야겠다. 지금 어머니와 갈라선다고 리먼 가문까지 적대할 필요는 없었다.

'이용할 수 있는 것은 이용해야지.'

과연 리먼 공작이 권력 대신 오누이의 정을 택할까.

＊　　　＊　　　＊

"쿤. 출궁하면서 사람 한 명을 몰래 데리고 나갈 수 있지?"

시에나는 쿤에게 패트리샤가 찾아온 이유를 말했다. 패트리샤가 짐작한 대로 그 시녀는 시에나의 지시에 따라 은왕궁에 숨어 있었다.

시에나는 궁 밖으로 도망치는 것보다는 은왕궁에 있는 편이 안전하다고 생각했다. 파티마도 걱정되지만, 일단 파티마는 외국인이며 외교적 문제가 있으니 패트리샤가 섣부르게 건드리지 못할 것이다.

자세한 설명을 들은 쿤이 흔쾌히 고개를 끄덕였다. 도와주지 않으면 시녀는 틀림없이 죽게 될 것이다. 패트리샤가 배신자를 살려 두지 않을 테니까.

"나는 그 시녀에게 안전과 안락한 삶을 약속했어. 가능해?"

"물론이지. 제국을 떠나고 싶다고 하면 다른 신분을 만들어서 대륙의 어느 나라에서도 자리 잡고 살게 해 줄 수 있어."

라드 상회의 분점은 제국뿐 아니라 대륙의 곳곳에 있었다. 게다가 대륙의 구석구석에 라드 일족이 흩어져 살아가고 있으니 어지간한 곳에는 전부 기반이 있었다.

"어머니는 그 시녀를 믿었으니 중요한 임무를 맡겼겠지. 그런데 왜 그토록 쉽게 어머니한테서 돌아선 걸까."

"아마 적왕의 지배 방식이 공포에 근거했을 거야. 가장 강력하지만 가장 약하기도 하지."

"……."

시에나는 말없이 고개를 끄덕였다.

"파티마 공주의 도움이 가장 컸어. 당신이 따로 인사를 전하도록 해."

쿤은 대답하지 못하고 머뭇거렸다.

"당신과 함께 만날게."

시에나는 의아한 표정으로 그를 보았다.

"도움받은 사람은 나 혼자만이 아니니까."

"그럼 그렇게 해."

쿤은 그녀의 마음속에 있는 물컵을 채울만한 짓은 무엇도 하고 싶지 않았다.

시에나가 숨어 있는 시녀를 데려오라고 지시했다.

시녀는 패트리샤가 찾아온 사실을 전해 듣고 잔뜩 겁을 먹은 상태였다.

"너는 라드 후작과 출궁하여 후작 저로 가라. 후작이 네 살길을 마련해 줄 것이다."

"저……. 저는 어찌 되는 것입니까?"

시녀는 막상 일은 크게 저질러 놓고 뒤늦게 후회했다. 적왕의 무시무시한 얼굴만 머릿속에 맴돌았다. 적왕을 배신하는 대가로 잔뜩 욕심을 부렸던 과거의 자신을 꾸짖었다. 그저 아무것도 필요 없으니 살려 달라고만 매달릴 것을 그랬다.

생각해 보니까 재물을 쥐어 주는 것보다 죽여 없애는 편이 훨씬 간단했다. 높은 분들에게 시녀의 목숨 따위는 벌레나 다름없을 것이다.

곧 죽을지 모른다는 공포로 시녀는 온몸을 덜덜 떨었다.

"나는 네게 넉넉한 재물을 약속했다. 너는 그 재물로 어떤 위협도 없이 편안한 여생을 보낼 수 있을 것이다. 나는 약속을 지킨다."

시녀가 푹 숙이고 있던 고개를 들었다.

은왕의 인형처럼 아름다운 얼굴에는 표정이 없었다. 그런데 적왕의 그림 같은 미소보다 훨씬 믿음이 갔다.

눈물이 핑 돌아 그 자리에 주저앉았다.

"감사합니다. 전하. 감사합니다."

시녀는 시에나가 그만하라는 말을 할 때까지 울면서 감사 인사를 반복했다.

패트리샤가 이대로 포기하지는 않을 거라는 점에서 시에나와 쿤의 의견이 일치했다. 양동 작전을 펼쳤다. 쿤은 은왕궁의 다른 시녀의 얼굴을 가려서 데리고 나갔다. 쿤이 시선을 끄는 동안 길버트가 적왕의 시녀를 후작의 마차로 데려갔다.

　시에나는 쿤이 은왕궁을 나선 후 한참 만에 그가 보낸 서신을 받았다.

　　—무사 귀환.

　서신의 유출을 염려해서인지 자세한 설명은 전혀 없이 짤막했다. 시에나는 짧은 문장을 몇 번이나 읽으며 미소 지었다.

2장

동상이몽

매년 늦봄.

계절의 여왕이라고 불릴 이 시기에 열리는 은왕의 탄생 연회는 제국의 귀족들이 누구나 손꼽아 기다리는 파티였다.

적왕은 항상 은왕의 생일 연회에 가장 정성을 들였다. 규모가 크고 화려했으며 뭐든 최고로 갖추어 준비했다.

매년 은왕의 드레스도 귀부인들이 놓칠 수 없는 구경거리였다. 은왕이 생일에 입고 나타나는 드레스가 그해의 유행을 이끌었다.

화제가 되는 파티이니만큼 참석자도 많았다. 사람이 몰려드는 곳은 그것 자체만으로도 흥을 더하는 효과가 있었다. 선순환은 반복되어 은왕의 생일 파티는 매해 대성공이었다.

입장이 가능한 오후부터 얼마 시간이 지나지 않았는데도 이미 넓은 황궁 연회홀에 발 디딜 틈이 없었다.

모인 사람들은 전부 같은 이야깃거리로 수다를 떨었다.

가십에 관심 두지 않는 사람조차도 이번 이야기에는 쫑긋 귀를 세웠다.

"정말 놀라운 일이에요. 은왕 전하께서, 세상에나."

"그분들의 스캔들이 의심스럽다던 분, 어디 계시나요? 남작부인. 지난번에 그러셨죠?"

"어머, 제가 언제……."

오늘 연회에 제국의 대부분 귀족이 참석했다고 해도 과언이 아니었다. 어제 황제의 별궁에서 벌어진 은왕과 후작의 밀회는 사람들의 입을 타고 순식간에 퍼져 나갔다.

"망측하게, 대낮에 황제 폐하의 별궁이라니요."

"그만한 곳이 없긴 하지요. 공교롭게도 어제는 목격자가 있었지만, 평소에는 누가 거기에 가겠어요."

쿤과 시에나는 키스를 나눈 것뿐이지만, 원래 소문이란 덩치를 키운다. 목격담에 살이 붙어 은왕과 후작이 황제의 별궁에서 정사를 벌였다는 게 거의 사실이 되었다.

제국 귀족들의 연애 풍속은 자유로운 편이었다.

그래도 대외적으로는 공개 데이트 정도의 선을 넘지 않았다.

함께 산책하거나, 파티에 에스코트해서 함께 참석하거나, 더 나아가 손을 잡거나 포옹하는 정도까지만 공개했다. 그 외에 늦은 밤, 무도회에서 벌어지는 은밀한 정사는 그저 눈감아 모르는 척해 주었다.

그러나 그런 몇 가지 사례에서 벗어난 형태로 미혼 남녀가 깊은 관계까지 갔다는 정황이 명백히 드러날 경우는 문제가 된다. 그 두 사람이 결혼으로 이어지지 않으면 꼬리표가 되어 평생을 따라다녔다.

다들 신나게 떠들고 있으나 한편으로는 누구도 험한 말은 못 하고 조심했다. 가늠할 수 없는 재력가인 라드 후작, 가장 유력한 차기 황제인 은왕. 둘 중 어느 쪽에도 밉보이고 싶지 않았다.

"은왕 전하, 라드 후작 각하, 입장입니다."

시종의 목소리는 그다지 크지 않았다.

하지만 이제나저제나 화제의 인물들을 기다리던 사람들의 귀에 천둥소리처럼 파고들었다.

술렁거리던 소음이 줄었다. 귀족들은 예의도 잊었다. 은왕과 후작이 이동하는 방향을 따라 노골적으로 관찰하는 시선이 붙어 움직였다.

시에나는 오랜만에 공식 석상에 모습을 드러냈다. 그리고 한 달의 여행을 마치고 돌아온 시에나를 맞이하며 베스가 느낀 변화를 사람들도 알아챘다.

"아……."

말문이 막힌 탄식 소리가 여기저기에서 흘러나왔다. 이유는 알 수 없었다. 그저 은왕을 보니까 저절로 흘러나왔다.

미적 기준은 주관적이지만, 은왕의 미모는 그 차이를 무시하는 절대 기준이었다. 누구나 은왕의 아름다움을 인정했다. 다만 호불호는 갈렸다.

완벽하지만 사람 냄새가 나지 않는다고 말하는 자도 있었다. 하지만 오늘 은왕은 그런 자들의 입조차 닫게 했다.

미소를 띠며 후작과 말을 나누는 은왕은 사랑스러웠다. 사랑에 빠진 스물한 살의 아가씨는 눈이 부셨다. 주변인들을 빛바랜 배경으로 만들었다. 은왕을 바라보는 후작의 눈빛에 애정이 흘러넘쳤다.

연회장을 뜨겁게 달구는 밀회 목격담 때문이 아니더라도 두 사람이 서로에게 푹 빠진 사실을 누구도 부인할 수 없을 듯했다.

은왕과 후작에게 가장 먼저 다가가는 사람은 철왕 부부였다.

"생일 축하합니다. 은왕."

"축하드립니다. 은왕 전하."

디안은 떨떠름한 표정으로, 비올렛은 선망하는 눈빛으로 시에나를 바라보았다.

"고맙습니다. 두 분 다 일찍 오셨군요."

"내가 이상한 소문을……."

디안은 말을 하다말고 한숨을 푹 쉬었다.

"은왕. 잠시만 비올렛과 있어 줄래요? 라드 후. 나와 따로 얘기 좀 합시다."

디안은 말을 끝내자마자 다짜고짜 쿤의 팔을 붙들어 끌고 갔다.

디안은 쿤을 데리고 구석진 발코니로 들어갔다. 남자 둘이 발코니로 들어가는 모양새가 퍽 이상했지만, 지금 디안은 그걸 신경 쓸 정신이 아니었다.

디안은 구겨진 연미복을 툭툭 털어 펴는 쿤을 노려보았다.

멱살을 쥐고 흔들고 싶은 마음을 꾹 눌렀다.

"어떻게 된 거야?"

"뭐가?"

"내가 들은 소문이…… 사실 아니지?"

"무슨 소문?"

"어제……. 은왕과 폐하의 별궁에서 만났어?"

"만났지."

"……만나서 뭐 했어?"

쿤이 픽 웃었다.

"만나서 뭘 했겠냐. 별일도 아닌 거로 호들갑은."

휙 몸을 돌려 발코니에서 나가려는 쿤을 디안이 다시 붙잡았다.

"지금 파다한 소문이 뭔지 알아? 너와 은왕이 별궁에서 알몸으로 얽혀 있는 장면을 한두 사람이 본 게 아니래."

쿤의 눈썹이 스윽 올라갔다. 그리고 헛웃음을 터뜨렸다.

"나 참, 인간들하고는. 봤다는 사람과 삼자대면 하고 싶네."

"아니라는 거지?"

"내가 미쳤냐? 거기서 그런 짓을 하게."

디안이 크게 안도의 숨을 내쉬었다.

"그래. 둘이 연애하는 건 좋지만, 선은 지켜. 알았지?"

쿤의 시선이 슬쩍 돌아갔다. 어제 별궁에서는 키스 이상 하지 않았을 뿐 선을 넘은 지는 이미 오래되었다. 비밀로 꼭꼭 숨길 생각은 아니었다. 그런데 아무래도 디안이 알게 되면 몹시 피곤하게 굴 것 같다.

'말하지 않는 게 낫겠군.'

"네가 참견할 일 아니야."

"왜 아니야? 누이동생 일에 오라버니가 마땅히 나설 자격이 있지."

"은왕만으로도 충분히 벅차니까 너까지 보태지 마."

"어쨌든 믿는다."

"이건 놔."

쿤이 꽉 붙들고 있는 디안의 손에서 팔을 빼려고 했다. 하지만 디안이 끈질기게 잡고 놔주지 않았다.

"그런 소문은 왜 난 거야? 은왕궁에서 보면 될 걸 별궁에서 왜 만났어?"

"그럴 만한 일이 있었어. 더 할 말 없으면 이거 놓으라고. 너와 이러는 시간도 아깝다. 내가 너처럼 보고 싶을 때마다 볼 수 있는 처지인 줄 알아?"

*　　　*　　　*

파트너가 사라진 동안 연회장에 남겨진 시에나와 비올렛은 가벼운 화제로 대화를 나누었다. 시에나는 황궁 생활에 어려움은 없느냐 물었고 비올렛은 생활 공간이 바뀌어 아직은 낯설다고 대답했다.

"저······. 결례가 아니라면 가끔 궁으로 찾아뵈러 가도 괜찮을까요? 불편하시면 어쩔 수 없지만요. 황궁 안에서 찾아뵐 어른들도

안 계시고 제가 입궁한 지 얼마 안 된 처지라 개인 손님을 자꾸 초
대하기가 좀……."

"와도 괜찮아요. 낮 휴식 시간에 함께 차를 마셔도 좋고 가끔 식
사를 함께해도 좋겠군요."

"네!"

비올렛이 몹시 기뻐하며 활짝 웃었다.

시에나는 결혼 전과 달라지지 않은 비올렛을 보니 마음이 좋았
다. 결혼하면 아무래도 남편의 사정을 제 일처럼 여기게 되니까 철
왕과 은왕의 정치적 대립 관계에 비올렛도 민감하게 반응할 줄 알
았다.

시에나는 저만치 지나가는 시종을 불렀다. 쟁반 위에 음료를 담
아 들고 다니던 시종이 즉시 달려왔다. 그녀는 과일 조각을 담은 칵
테일 펀치를 두 잔 잡았다. 한 잔을 비올렛에게 내밀었다.

"고맙습니다. 전하."

비올렛이 배시시 웃으며 잔을 받았다. 금방 마실 것처럼 입에 댔
다가 멈칫했다. 그리고 그냥 손을 내렸다.

"입에 맞지 않아요?"

"네? 아, 아닙니다. 전하."

비올렛이 잔을 쥐고 우물쭈물하며 주변을 살폈다.

근처에 대화를 엿들을만한 거리에 아무도 없음을 확인한 후 목
소리를 낮추어 말했다.

"사실 제가 술을 마시면 안 되어서……."

"안 되다니?"

"제 배 속에……."

비올렛이 슬며시 자신의 아랫배에 시선을 내렸다. 비올렛의 배를 덩달아 쳐다보던 시에나가 '아' 하고 중얼거렸다.

"철왕 전하 외에는 전하께만 말씀드리는 거예요. 저도 안 지 얼마 안 되었어요."

"경사스러운 일이네요. 얼마나 되었어요?"

"두 달…… 되었습니다."

시에나는 '철왕이 결혼한 지 벌써 그쯤 되었나?'라고 생각했다. 그런데 계산해 보니까 두 달이 되려면 앞으로 보름은 더 지나야 한다.

시에나가 빤히 비올렛을 쳐다보자 비올렛의 얼굴이 점점 발갛게 물들었다.

"제가 남사스러워서…… 아직 어디에도 말을 못 하고 있습니다."

결혼 전 딱 한 번, 디안의 꾐에 넘어갔다. 그 한 번으로 아이를 가질 줄 알았겠는가. 임신 사실을 알고 어찌나 낯부끄럽던지. 디안의 앞에서 엉엉 울었다.

"그럼 결혼식 할 때 이미 그 안에 아이가 있었던 거군요?"

"……네. 그때는 몰랐지만 그랬겠지요."

"다음날 축하연에도 참석하지 못할 정도로 무리했는데 참 튼튼한 아이가 태어날 모양이에요."

비올렛의 붉은 얼굴이 더 시뻘겋게 물드는 광경이 신기했다.

비올렛이 붉어진 얼굴을 두 손으로 감싸며 민망해서 어쩔 줄 몰라 했다.

'순진한 사람이야.'

시에나는 비올렛의 순진함이 싫지 않지만, 걱정스러웠다. 이 황궁 안에서 잘 버티고 살 수 있을까. 철왕과 자신은 정적 관계이고 '은왕'의 입장에서는 철왕의 아이가 태어나는 일은 결코 환영할 소식이 아니었다.

시에나는 개인적으로 사심 없이 축하하지만, 주변에서 바라보는 시선은 그러했다. 그런데 비올렛은 해맑게 자신의 임신 사실을 알려 주었다.

'임신이라……. 철왕의 아이.'

어머니가 알게 되면 해코지할지도 모른다.

"비올렛."

"네?"

비올렛은 시에나가 자신을 이름으로 불러 주자 몹시 감격스러운 눈으로 바라보았다.

"내게 알려 준 그 소식, 비밀로 합시다."

"하지만 철왕 전하께 이미……."

"철왕께서는 아버지이니 당연히 알아야지요. 하지만 그 외에는 비밀로 하세요. 진단은 누가 내렸지요? 황궁 의관이?"

"아니에요. 제가 몸 상태가 좀 이상해서 사가의 유모를 불렀어요. 유모가 아이를 받은 경험이 워낙 많아서요."

비올렛은 결혼한 날로부터 두 달을 채운 후 임신 2개월이라고 공표하려 했다.

"잘했어요. 가능하면 계속 숨겨요. 배가 불러서 더는 숨길 수 없을 때까지."

"왜 그래야 합니까?"

비올렛의 눈동자가 불안하게 흔들렸다.

"비올렛. 그대와 철왕의 아이를 반기지 않는 사람이 아주 많아
요. 그 아이를 지키고 싶지요? 그럼 내 말을 들어요."

비올렛의 손이 아이를 보호하듯 자신의 배를 감쌌다. 겁먹은 표
정이 강인한 어머니의 얼굴로 바뀌었다. 시에나와 눈을 마주치며
비장하게 고개를 끄덕였다.

'임신한 아내를 두고 철왕은 어딜 간 거야?'

시에나는 사라진 두 남자를 찾아 연회장을 크게 둘러보았다. 그
런데 어떤 남자와 눈이 마주쳤다. 계속 시에나를 바라보고 있었는
지 고개가 돌린 각도가 정확히 시에나가 있는 방향이었다. 눈이 마
주쳤는데도 피하지 않고 오히려 싱글싱글 웃었다.

시에나는 무시하지 못하고 계속 그 남자를 보게 되었다. 기억에
없는 남자인데 이상하게 눈에 익었다. 남자가 시에나에게 다가와
정중히 인사했다.

"은왕 전하. 인사 올리게 되어 영광입니다. 안드레 블레스입니
다."

"블레스?"

짙은 금발 머리의 청년이 서글서글하게 웃었다.

"예. 제 아버지의 일곱 번째 아들이 접니다. 인사드리면 전하께서
아실 거라고 하셨습니다."

"아……."

시에나는 오늘 처음 보는 청년이 왜 낯설지 않은지 알았다. 안드레는 제 아버지를 많이 닮았다. 블레스 공작의 말이 허풍은 아니었다. 공작의 아들 중에서 가장 외모가 훤칠했다.

그런데 블레스 공작은 미남이라고 할 만한 외모가 아니었다. 안드레는 아버지를 많이 닮았으면서도 이목구비가 훨씬 조화로웠다. 찍어 낸 틀보다 잘 나온 작품이라고나 할까. 그리고 공작의 풍채는 그대로 닮아 키도 컸다.

"비올렛. 블레스 공작의 아들, 블레스 공자예요. 공자. 철왕비이십니다."

"만나 뵈어 영광입니다. 왕비님. 블레스 공작의 아들이며 공작가 소속 기사단의 부단장 안드레 블레스입니다."

"멋진 신사분과 인사를 나누어 기쁘군요. 블레스 경."

시에나가 두 사람의 인사가 끝나자 안드레에게 물었다.

"기사 서임을 받았소?"

"예. 제 아버지가 아들이 노는 꼴을 못 보는 분이라서요. 공작 아들이라서 얻은 자리 아닙니다. 수습 기사 시절을 아주 독하게 보냈습니다."

"블레스 공작령의 기사들 수준이 높다고 들었소."

기사들의 임시 교사가 되었던 우스가 길버트에게 말했고, 길버트가 시에나에게 말해 주었다.

"기사단은 아버지의 자랑이지요. 수도의 황궁 기사단과 비교해 절대 실력이 아래는 아닐 겁니다."

"기사들의 실력을 봐 둘 걸 그랬소. 돌아와서 뒤늦게 생각나 아쉬웠소."

"그럼 또 오시면……."

안드레가 말을 하다가 아차, 입을 다물었다.

아버지한테 은왕께서 공작령에 방문하신 사실을 떠들고 다니지 말라고 단단히 주의를 들었다. 난처한 표정으로 철왕비의 눈치를 살폈다.

시에나가 비올렛에게 말했다.

"비올렛. 내가 블레스 공작령에 다녀온 적이 있어요. 그런데 비공식 일정이었으니 그대만 알도록 해요."

"네."

비올렛은 은왕과 비밀을 공유한다는 사실이 기뻐 열심히 고개를 끄덕였다.

"블레스 공은 평안하시오?"

"예. 아주 건강하십니다. 머지않아 수도에 오실 예정입니다. 곧 찾아뵙겠다고 전하께 말씀드리라 하셨습니다."

"블레스 공이 수도에? 무슨 일이오?"

"전하를 뵙고 싶어서가 아닐까요?"

시에나가 피식 웃었다. 안드레가 시에나를 쳐다보다가 한숨을 내쉬었다.

"전하께서 머무시는 동안 외갓집에 가 있던 것이 이렇게 후회가 될 줄은 몰랐습니다. 저는 아버지 말씀이 과장인 줄 알았습니다. 평소에 좀 그러시거든요. 제 평생 전하처럼 아름다운 분은 처음입니다. 지금도 꿈을 꾸는 기분입니다."

비올렛이 눈을 동그랗게 떴다가 손으로 입을 가리며 웃었다. 시에나도 웃음이 나왔다. 그녀의 미모에 찬사를 보내는 자들은 많았지만, 안드레처럼 직설적이며 담백하게 '너 정말 예쁘다.'라고 말하는 사람은 없었다.

바람둥이처럼 유들유들하게 구는 태도는 아닌데 시에나와 마주서서 대화하는 것을 어려워하지 않았다. 체면 따지고 이리저리 재는 수도의 귀족 자제 중에는 찾아보기 힘든 타입이었다.

안드레는 악사들의 연주곡이 경쾌하게 바뀌자 허리를 숙이며 손을 내밀었다.

"전하. 한 곡 청합니다. 부디 받아 주시겠습니까?"

대답은 다른 곳에서 나왔다.

"전하의 첫 춤은 내 것이오."

가라앉은 목소리에 수컷들만 감지할 수 있는 위협이 듬뿍 담겼다. 쿤이 시에나의 곁에 붙어 서서 자연스럽게 한쪽 팔로 그녀의 허리를 안았다.

쿤은 부글부글 끓는 속을 애써 억눌렀다. 아주 잠시 자리를 비웠을 뿐인데 벌레가 꼬이다니. 이게 다 디안 때문에 시간을 허비하고 빈틈을 보였기 때문이다.

디안은 쿤의 사나운 눈빛이 자신에게 향하자 고개를 돌렸다. 진땀이 났다. 은왕의 곁에 남자가 있는 광경을 발견한 쿤의 눈에서 불꽃이 튀는 걸 봤다. 사막에서 사막귀를 사냥하기 직전의 쿤의 눈빛이 그것과 비슷했다.

안드레는 쿤의 등장에 당황했다. 과시하듯 은왕의 허리를 안은 후작의 팔을 물끄러미 쳐다봤다. 그리고 시에나를 보며 미소 지었다.

"아, 파트너가 있으셨군요. 혼자 계셔서 몰랐습니다. 그럼 두 번째 춤을 청합니다. 전하."

'이 새끼가?'

쿤의 눈빛이 형형해졌다.

디안은 점점 맛이 가는 쿤의 눈빛을 보며 혀를 찼다. 더 분위기가 험악해지기 전에 끼어들었다.

"그대는 누구인가? 초면인 듯한데. 인사부터 나누어야 하지 않겠나?"

"무례를 용서하십시오. 철왕 전하께 인사 올립니다. 블레스 공작의 아들, 안드레 블레스입니다. 재작년 기사 서임을 받았습니다."

"블레스 공? 그럼 블레스 백작이……."

"예. 제 큰형님 되십니다."

정체를 알고 나니 쿤의 심사가 더 삐딱하게 비틀렸다.

어쩐지 그 노인이 마음에 안 들더라니. 노인을 꼭 닮은 아들이 나타나 속을 뒤집었다. 역시 상성이 맞지 않는다.

"이쪽은……."

디안이 쿤과 안드레를 인사시키려고 말을 꺼냈다.

쿤은 못 들은 척 시에나에게 말했다.

"한 곡 청합니다. 전하."

곧바로 그녀의 손을 잡아끌고 왈츠를 추고 있는 사람들 틈으로 들어갔다.

시에나는 얼결에 자세를 잡고 음악에 맞추어 왈츠의 스텝을 밟았다.

"면전에서 인사를 무시하다니. 무례하잖아."

시에나는 대답하지 않는 쿤을 쳐다봤다.

"쿤."

"……때로는 인사 나누고 싶지 않은 사람이 있어."

"이미 아는 사이였어?"

"알고 지내고 싶지 않은 자야."

시에나는 그를 살짝 흘겨봤다가 말했다.

"당신이 뭐라 해도 다음 왈츠는 블레스 경과 출 거야."

"시에나."

"신청했는데 무시할 수 없어. 그는 블레스 공의 아들이야. 공의 체면을 봐서도 그렇게 못 해."

쿤이 뚱한 표정으로 말이 없었다. 시에나는 블레스 공이 중매를 섰다는 말을 할까 말까, 망설였다.

'나 혼자만 알고 있는 게 낫겠지.'

쿤과 블레스 공이 나쁜 관계가 되지 않았으면 좋겠다. 나중에 블레스 공이 수도에 와서 또 그 얘기를 꺼내면 거절할 생각이었다. 굳이 들어서 기분 상할 얘기를 쿤에게 할 필요는 없을 것이다.

'반응이 궁금하긴 하지만.'

질투하는 그를 보는 기분이 묘했다.

혼자 심각하고 잔뜩 골난 그가 귀여워서 속으로 웃었다.

*　　　*　　　*

더그는 적왕궁으로 오시라는 패트리샤의 전언을 받았다. 은왕을 비롯해서 필요한 사람들과 인사는 나누었으니 할 일은 다 했다. 퇴장하는 척 연회장을 나와 태양궁으로 갔다.

시녀는 더그를 침실로 안내했다. 안으로 들어가자마자 흐느끼는 울음소리를 듣고 혀를 찼다.

"나 왔다."

더그는 소파에 앉았다. 침대에 누워 있던 패트리샤가 침대에서 내려와 더그의 앞에 마주 앉았다.

"오셨어요. 오라버니."

패트리샤의 눈과 코가 붉었다. 더그는 어릴 때부터 동생이 최후의 수단으로 눈물을 동원하는 모습을 종종 봤다.

돌아가신 아버지한테 패트리샤의 눈물은 아주 잘 먹혔다. 아들에게는 엄격했던 아버지가 상대적으로 딸에게는 너그러웠다. 패트리샤의 눈물은 대부분 가짜였다. 그런데 얼굴을 보니 이번에는 꽤 운 모습이었다.

'내 언젠가 이럴 줄 알았지. 그렇게 은왕을 쥐고 흔들려 하더니. 어떻게 나보다도 제 자식을 몰라. 은왕이 순순히 네게 잡힐 성격이냐.'

더그는 어젯밤 은왕을 만나 자세한 이야기를 모두 들었다. 하지만 모르는 척 말했다.

"무슨 일이냐. 오늘 연회에는 왜 안 나오고. 어디 아픈 게야?"

"……아니에요. 오라버니. 은왕이…… 어떻게 어머니인 저한테 이럴 수가 있어요?"

패트리샤가 손수건으로 눈을 꾹꾹 누르며 서럽게 울었다. 더그는 패트리샤를 달래 주면서 패트리샤의 입장에서 얘기하는 어제 벌어진 사건에 관해 들었다.

이미 아는 내용이었다. 패트리샤의 일방적인 주장은 빼고 거를 것은 걸렀다. 은왕한테 들은 이야기와 거의 다르지 않았다.

어제, 당장 조용히 뵙자는 은왕궁의 전언을 받고 다급히 입궁했다.

은왕은 더그에게 그날 벌어진 사건을 냉정한 목소리로 설명했다. '추악한', '도무지 납득할 수 없는' 등등 주관적 의견이 들어갔으나 더그의 머릿속에 은왕은 몹시 침착했고 감정적인 모습을 보이지 않았다는 기억만 남았다.

「어머니는 파티마 공주를 끌어들였습니다. 심각한 외교적 문제로 비화할 수도 있었습니다. 이게 큰 문제가 되어 황제 폐하께서 아셨을 때 분명히 폐하께서는 어머니를 도와 함께 일을 꾸민 자가 있다고 생각하실 겁니다. 리먼 가문을 의심하시지 않겠습니까?」

은왕의 말은 일리 있었다. 패트리샤가 저지른 일로 리먼 가문에 애먼 불똥이 튀다니. 그런 일은 용납할 수 없었다. 더그는 공작 위를 물려받으면서 강한 책임감을 느꼈다. 그는 자신의 대에서 리먼 가문이 쇠락했다는 평가를 받지 않으려고 전전긍긍했다.

자신은 근심으로 밤잠을 이루지 못하는데 패트리샤는 내 일이 아니라는 식이었다. 오히려 제가 필요한 일만 도와 달라고 징징거렸다. 누이동생의 재기발랄함은 어릴 때의 이야기였다. 나이를 먹더니 자식에게 집착하는 고집 센 여자로 변했다.

더그의 마음에서 패트리샤를 향한 감정이 미묘하게 달라졌다. 저토록 은왕에게 집착하는데 은왕이 훗날 제위에 오르면 모두 제가 좌지우지하려 할 것 같았다. 패트리샤와 모든 정보를 공유하지 말아야겠다고 생각한 것도 그즈음이었다.

더그는 패트리샤를 나무랐다.

"대체 왜 그런 짓을 한 거냐. 약을 쓰다니."

"제가 왜 그랬는지 이해 못 하시겠어요? 라드 후작을 은왕 곁에 이대로 두면 장차 큰 사달이 날 거라고요. 제가 얼마나 감이 좋은지 오라버니도 아시잖아요."

'역시 은왕의 말대로군. 제가 한 짓의 심각성을 몰라.'

더그는 어제 나름대로 은왕 앞에서 패트리샤의 역성을 들어 주려고 했다.

「전하. 적왕은 전하를 염려하는 어머니의 마음이 다소 과할 뿐입니다. 너그러이 이해해 주시지요.」

「이번만은 어머니가 지나쳤습니다. 그리고 어머니는 자신의 잘못을 전혀 인정하지 않고 있습니다. 반성하지 않는 사람은 같은 과오를 반복하지 않겠습니까?」

딱 부러지는 조카의 말에 더그는 받아치지 못했다. 그리고 굳이 애써서 패트리샤를 감싸 줄 생각도 없었다. 내심 잘 되었다고 생각했다. 은왕이 적왕과 어느 정도 거리를 두는 편이 장차 훗날을 생각하면 훨씬 이득이었다.

「어머니는 단지 라드 후작이 마음에 들지 않는다는 이유로 이런 황망한 일을 꾸몄습니다. 더는 어머니의 판단력을 믿을 수 없어요.」

「제가 어찌하기를 바라십니까?」

「저는 오늘 이후로 어떤 결정을 내릴 때도 어머니와 의논하지 않을 겁니다. 그걸 미리 알아 두시라고 뵙자고 했습니다. 외숙, 저는 리먼 가문을 든든한 내 우군이라고 믿습니다. 어머니에게 실망했을 뿐, 리먼 가문은 관계없지요.」

「지당하신 말씀입니다.」

「그러니 외숙께서 제 뜻을 이해하고 처신해 주셨으면 합니다. 어머니와 남매끼리의 교류를 하지 말라는 뜻이 아닙니다. 그 이상으로는 가지 마세요. 저는 어머니가 그저 제 어머니로만 남기를 바랍니다.」

더그는 어제 은왕과의 만남이 무척 뜻깊었다고 생각했다. 귀가하여 곰곰이 생각할수록 마음에 들지 않는 구석이 전혀 없었다.

'리먼 공'이라 부르던 은왕이 '외숙'이라는 칭호로 사적인 친근감을 드러내어 흐뭇하고 패트리샤를 정치적으로 배제하겠다는 말도 기꺼웠다. 은왕이 리먼 가문을 믿는다고 명확히 표현한 것도 처음이었다.

'은왕이 나이가 들더니 세상을 보는 눈이 넓어졌어. 정말 필요한 사람이 누군지 파악한 거야. 워낙 머리가 좋은 조카니까.'

그러니 제 자식보다도 못한 누이동생이 그저 한심했다.

더그는 은왕이 라드 후작과 공개 연애를 하는 것을 전혀 심각하게 생각하지 않았다. 차가운 심장의 조카가 진심일 리가 없었다. 어제 슬쩍 물었더니 은왕은 대답했다.

「적은 가까이 두어야 하는 법입니다.」

그 대답으로 충분했다.

난리를 치는 패트리샤를 이해할 수 없었다.

"근데 네 말을 듣다 보니 이상한 부분이 있구나. 대체 무슨 수로 라드 후작을 폐하의 별궁으로 데려갔니? 네가 직접 나섰을 리는 없을 텐데."

패트리샤는 대답하지 못했다.

"그건 중요하지 않아요."

말을 돌리는 낌새가 이상했다. 더그는 따져 물었다.

"네가 숨기는 일이 있다면 나도 널 도와줄 수 없다."

패트리샤는 어쩔 수 없이 아버지가 남겨 주신 편지와 시종장의 도움을 말했다.

"역시 아버지는 대단하시구나. 앞날을 내다보고 안배를 남기셨으니."

허허 웃으며 말했지만 더그의 속마음을 잔뜩 꼬였다.

패트리샤가 그 사실을 숨긴 것이 괘씸하고 그 중요한 패를 이런 쓸데없는 일에 썼다는 것도 못마땅했다. 돌아가신 부친도 야속했다.

"얘기를 들어 보니 당장 내가 어찌할 방법이 없구나. 지금 은왕이 네게 잔뜩 화가 나 있는데 어쩌겠어."

"은왕이 어떻게 이럴 수가 있어요. 저는 은왕을 위해서 그런 건데 은왕은 사내 때문에 어미 앞에서 돌아서다니요."

"아니지. 은왕은 네가 한 짓 자체에 화가 난 거다. 최음제라니. 은왕의 성격상 그걸 이해할 것 같으냐?"

"……."

패트리샤는 대답하지 못하고 입술만 꼭 깨물었다.

"괜히 은왕을 더 건드리지 말고 한동안 얌전히 지내라. 시간이 흐르고 은왕의 속이 풀리면 내가 슬쩍 다독여 보마."

더그가 일어났다.

"가시게요?"

"할 일이 많다."

"오라버니. 부탁이 있어요."

더그는 나오는 한숨을 삼켰다.

"뭐냐."

"사람 하나를 찾아 주세요. 아무래도 황궁을 빠져나간 것 같아요. 내 일을 망친 그년을 절대 가만두지 않을 거예요."

패트리샤가 이를 부득 갈았다.

"그래. 알아보마."

"그리고 오라버니. 라드 후작이요. 그자가 뭘 노리고 은왕에게 접근했는지 모르겠어요. 제가 은왕이 걱정되어 밤에 잠을 못 자겠어요. 그자에 관해 뭐든 알아봐 주세요."

더그는 잠시 생각하다가 고개를 끄덕였다. 후작의 속셈을 도통 모르겠다는 점은 누이와 의견이 같았다. 그자의 정보 수집에 손 놓고 있지는 않았지만, 더욱 적극적으로 파고들어야겠다.

더그는 나가는 길에 말했다.

"네가 은왕궁에 들여보낸 기사 말이다. 네가 부탁한 대로 은왕의 봉토 정보를 구해다 줬으니 그자를 잘 지원해서 은왕의 신임을 받게 하는 건 어떠냐."

더그가 돌아간 후 패트리샤는 스투스의 존재를 떠올렸다. 처음에는 기대하는 인재였다. 하지만 은왕궁에서 좀처럼 자리를 잡지 못하고 밖으로만 나돌아 그자의 처리를 고심하던 중이었다.

'그래. 스투스. 그자를 잘 써 봐야겠다.'

패트리샤의 눈동자에 생기가 돌았다.

*　　*　　*

파티의 분위기가 무르익었다. 은왕과 라드 후작, 철왕 부부가 함께 있는 주변으로 슬금슬금 모여드는 사람들이 어느새 주변을 에워쌌다.

"전하. 전하의 생신을 축하하는 선물을 준비했습니다. 부디 받아 주시겠습니까?"

쿤이 말하자 사람들이 관심을 보였다.

거부 라드 후작이 준비한 선물은 과연 무엇일까.

"감사히 받겠소. 라드 후."

쿤이 먼 쪽을 보며 손으로 신호를 보냈다. 군중들의 시선이 일제히 따라 돌아갔다.

"오, 저게 뭐지?"

"엄청난 크기인데."

사람들이 연회장 안으로 들어오는 거대한 나무 상자를 보며 웅성거렸다. 밑에는 바퀴가 달려 일꾼 여럿이 앞뒤로 달라붙어 끌었다. 그런데 힘을 쓰는 일꾼들이 남자가 아니라 여자들이었다.

가로로 긴 직사각형 형태의 상자는 마차보다 컸다. 상자는 은왕과 라드 후작의 앞에 와 멈추었다. 자연스럽게 주변에 모인 사람들이 물러나 공간을 만들어 주었다.

"저것이 그대가 준비한 선물이오?"

"그렇습니다. 전하."

"수수께끼인가? 안에 무엇이 들었는지 맞추어야 하오?"

쿤이 웃으며 말했다.

"그럴 리가요. 바로 확인하시면 됩니다."

쿤이 상자를 가지고 들어온 일꾼에게 손짓했다. 여자들이 상자의 아래와 위 모서리의 잠금쇠를 풀었다. 상자의 좌우 앞뒤에 서서 동시에 잡아당겼다.

"허어."

"오오."

"어머나."

여기저기에서 탄식하는 소리만 흘렀다. 껍질을 벗겨 내듯 상자의 네 면 나무판을 걷어 내자 안에 있던 창살 우리가 드러났다. 그리고 우리 안에는 한 마리의 짐승이 있었다. 갈기부터 꼬리까지 새하얀 순백의 말이었다.

그냥 말이라면 사람들이 놀랄 이유가 없었다. 말의 이마에는 길게 뿔이 하나가 솟아 있었다.

"일각수⋯⋯."

"전설에나 나오는 줄 알았더니 실존했을 줄이야."

시에나도 놀라움을 감추지 못했다.

그녀는 크게 뜬 눈으로 멍하게 흰 뿔의 짐승을 바라보았다.

"라드 후. 저 짐승은⋯⋯. 저 뿔은 진짜요?"

"예. 진짜입니다."

"어찌 얻었소? 성스러운 짐승인데 사냥으로 잡았소? 사람이 길들일 수 없는 것 아니오?"

"사냥으로 잡지 않았습니다. 우연히 다친 새끼를 발견해 구조했을 뿐입니다. 근처에 부모로 추측되는 개체는 없었습니다. 이전에도 이후에도 저 짐승의 동족은 발견하지 못했으니 어쩌면 이 세상에 존재하는 마지막 한 마리인지도 모릅니다. 새끼 때부터 사람의 보살핌을 받아 야생으로 되돌려 보내면 살지 못할 겁니다. 저는 계속 저 짐승의 주인을 찾고 있었습니다."

사람들은 라드 후작의 이야기에 빠져들었다.

"주인을 찾다니?"

"아무나 감당할 수 없기 때문입니다. 보물을 지킬 힘이 없는 자가 보물을 얻으면 강도의 표적이 될 뿐입니다. 대륙의 일부 국가에서는 일각수를 신수로 떠받듭니다. 아마 저 짐승 한 마리를 얻기 위해서라면 전쟁도 불사하겠지요."

"그대도 주인이 될 수 없었소?"

"제가 주인이 되기에는 가장 큰 문제가 있습니다."

쿤이 한숨을 쉬며 고개를 내저었다.

"저 짐승이 남자를 싫어합니다."

여기저기에서 웃음이 터졌다.

"우리에 가둔 것도 그래서입니다. 워낙 신비한 모습에 사람들이 접근해 만지기라도 했다가는 큰 사고가 날 테니까요. 특히 남자가 만졌다가는 그대로 머리를 물어 버립니다. 사람 머리 정도는 그냥 으스러져 버리지요."

이야기를 듣던 몇몇 사람이 부르르 몸을 떨었다.

만져 보고 싶다고 생각한 남자들이었다.

"사납소?"

"함부로 만지지만 않으면 괜찮습니다. 짐승이지만 제 의사를 분명히 표시할 정도로 영리합니다. 가까이 가서 보서도 괜찮습니다."

짐승은 수많은 사람이 자신을 쳐다보는데도 전혀 흥분하지도 관심을 보이지도 않았다. 매우 도도해 보였다. 다가오는 시에나를 보며 푸르릉 콧바람을 내뿜었다.

시에나는 가만히 짐승과 눈을 마주쳤다. 일각수의 눈동자는 하늘처럼 맑은 파란색이었다.

"아⋯⋯."

시에나는 소름이 돋았다.

저것은 절대 한낱 짐승의 눈이 아니었다. 눈빛에 지성이 담겼다.

"철창을 열어 주시오."

"그래도 조심하셔야 합니다."

"괜찮소. 괜찮을 것 같소."

쿤의 지시로 철창 잠금쇠가 열렸다.

시에나는 우리 안으로 들어갔다. 우리 안에서 뒷걸음질 치는 일각수에게 성급히 접근하지 않았다. 그저 손을 내밀고 기다렸다.

잠시 후 일각수가 천천히 다가왔다. 지켜보던 사람들이 숨을 죽였다. 시에나의 손에 일각수의 코끝이 닿았다. 시에나가 손을 더 뻗어 일각수의 콧잔등을 쓰다듬었다.

그녀는 조금 더 과감하게 쓰다듬다가 탐스럽게 늘어진 갈기를 만졌다.

짐승은 얌전했다.

"전하가 마음에 들었나 봅니다."

"나도 이 아이가 좋소."

쿤이 미소 지었다.

"드디어 주인을 찾았군요."

시에나가 활짝 웃으며 두 손으로 일각수의 목을 끌어안았다. 짐승은 복종하듯 고개를 살짝 내렸다.

지켜보던 군중들은 감동했다. 성스러운 전설 속의 동물이 은왕을 주인으로 인정하는 일련의 과정이 무척 특별하게 다가왔다. 아마 오늘의 목격담에 환상적인 감동이 덧붙여져서 미담으로 퍼져 나갈 것이다.

밀러 백작이 쿤을 노려보았다.

'대체 무슨 생각인가. 라드 후작.'

은왕을 돋보이게 하는 선물이라니. 철왕의 편에 서 있는 자가 할 짓인가.

'철왕 전하께서는 왜 그토록 후작을 신뢰하시는가.'

백작은 애매한 태도의 라드 후작이 전부터 못마땅했다. 철왕의 측근들 모임에 후작은 제대로 참석한 적도 없었다.

'이대로는 안 돼.'

밀러 백작은 철왕의 표정을 살폈다. 철왕은 진귀한 짐승을 구경하며 즐거워했다. 은왕이 받은 선물의 의미 따위는 생각하지 않는 모습이었다.

'사람이 야멸찬 부분도 있어야 하는데 철왕 전하께서는 그게 부족하시니.'

처음엔 겉으로만 웃고 속에는 비수를 감춘 사람인 줄 알았다. 그런데 측근으로서 자주 철왕을 만나면서 조금씩 철왕의 사람됨을 알게 되었다.

철왕의 속마음을 전부 읽는 것은 아니지만, 기본적으로 성품이 온화했다. 라드 후작을 철석같이 믿는 것만 봐도 사람을 잘 의심하지 않는다.

'전하의 부족함을 채워 줄 사람이 필요해.'

욕심 같아서는 자신이 그 역할을 하고 싶었다. 그러나 밀러 백작은 자신의 주제를 알았다. 밀러 가문은 힘이 부족했다. 라드 후작이 맡아 줄 거라는 기대는 이미 접었다. 지금까지의 행보로 짐작건대 후작은 그런 역할에 관심이 없었다.

철왕을 위해서라면 더러운 물에 손 담그는 것도 주저하지 않으며 철왕의 세력들의 구심점이 될만한 명분도 갖춘 사람이 필요하다.

연회장에서 퇴장하는 밀러 백작의 얼굴에 수심이 가득했다.

마땅히 떠오르는 사람이 없었다.

*   *   *

시에나는 황제의 부름을 받았다.

태양궁 입구에 들어서니 마중 나온 시종장이 맞이했다.

시에나는 고개를 숙이고 서 있는 시종장을 응시했다. 시종장은 시에나가 움직이지 않자 슬쩍 고개를 들었다가 눈이 마주쳤다. 움찔한 시종장이 다시 시선을 내렸다.

"전하. 안으로 드시옵소서."

"……."

시에나는 아무 대답도 하지 않았다. 여전히 움직이지 않으며 시종장만 집요하게 쳐다보았다. 시종장은 온몸을 찌르는 은왕의 시선을 느낄 수 있었다.

"시종장."

"예, 전하."

시종장은 은왕의 침묵이 두려웠다. 찔리는 구석이 있으니 식은 땀이 났다. 라드 후작을 별궁으로 유인한 사실을 은왕은 틀림없이 아는 것 같았다.

차라리 대놓고 뭐라고 하면 적절하게 받아치면 된다. 무언의 비난이 그를 안절부절못하게 했다.

은왕의 태도는 말수가 적은 황제가 누군가를 비난할 때의 방식과 닮았다. 그래서 더 불편했다.

은왕이 걷기 시작하자 시종장은 안도의 숨을 내쉬었다. 죄책감일까, 변명하고픈 절박함일까. 시종장은 굳이 말해 주지 않아도 될 정보를 슬쩍 귀띔했다.

"라드 후작님도 폐하의 부름을 받아 안에 들어 계십니다."

시에나의 눈동자가 흔들렸다. 두 사람을 함께 불렀다면 황제가 부른 이유가 대충 짐작이 갔다.

시종장은 황제의 서재가 아닌 집무실로 안내했다. 시에나는 집무실 문 앞에서 감회에 젖었다. 생각해 보면 이곳이 시작이었다. 첫 꿈을 꾸었던 날에 집무실에 오지 않았다면, 그래서 미로 정원에 가지 않았다면 쿤과 자신의 관계는 달라졌을지도 모른다.

시에나는 안으로 들어갔다. 쿤이 와 있다는 말을 미리 들어서 그의 뒷모습을 보고도 당황하지 않았다. 시에나는 그의 옆으로 가서 섰다.

"인사 올리옵니다. 폐하."

"일어나라."

"황공하옵니다."

"은왕."

"예, 폐하."

"짐이 유쾌하지 않은 추문을 들었다."

황제의 목소리는 평소보다 냉랭했다.

"네가 그토록 어리석다고 생각하지 않는다. 변명해 봐라. 짐은 네 말을 진실이라고 전제해서 판단하겠다."

시에나는 잠시도 머뭇거리지 않고 대답했다.

"항간에 떠도는 소문은 저도 익히 들어 알고 있습니다."

쿤도 불려 왔다는 말을 시종장한테 들었을 때부터 그녀는 마음의 준비를 했다. 어머니가 저지른 일을 덮어야겠다고 생각했다.

패트리샤를 보호하려는 의도는 아니었다. 어쨌든 적왕은 대외적으로 시에나의 세력이었다. 황제에게 적왕을 처벌한 빌미를 주어서 시에나에게 이로울 것이 없었다.

그리고 시종장을 언급하지도 않을 것이다. 시종장을 황제의 곁에서 잘라 내는 것보다 시종장의 마음에 부담을 남겨 두는 편이 낫다.

시에나는 이제 이 정도의 계산을 할 수 있게 되었다. 예전에는 몰라서 못 한다기보다는 올바르지 않다고 생각했다. 상대의 잘못을 자신에게 유리한 쪽으로 이용하는 것이 잘못된 일은 아니라고, 생각이 바뀌었다.

지키고 싶은 사람이 생겼기 때문이다.

포프 백작부인, 쿤, 철왕 부부.

그들의 현재가, 그리고 그들의 미래가 불행해지지 않도록 지키고 싶었다.

"저는 황족의 품위를 손상하고 황실의 명예에 누를 끼쳤습니다. 마땅히 책임을 지겠습니다."

"소문이 사실이다?"

"예, 폐하."

"너는 음행을 저지르고 조심성이 부족하여 수많은 목격자를 만들었다. 그자들이 온갖 말을 만들어 떠들고 있거늘……. 네가 추문의 중심에 있다는 사실을 인정한다는 뜻이냐?"

"예, 폐하."

시에나는 흔들림 없는 태도로 대답했다.

시에나를 쏘아보던 황제의 시선이 쿤에게 옮겨갔다.

"라드 후. 대답하라. 그대도 은왕의 말이 사실이라고 할 참인가?"

쿤이 작은 한숨을 내쉬었다. 모든 게 다 자신의 잘못이라는 그녀의 대답을 들으며 그는 기운이 빠졌다. 그녀가 잘못을 떠넘겼다면 오히려 기뻤을 것이다.

"폐하. 은왕 전하는 제 거짓 핑계를 믿고 별궁에 오셨습니다. 은왕 전하의 잘못은 저를 믿으신 겁니다. 제가 은왕 전하를 뵙고 싶은 욕심에 앞뒤 분간을 하지 못했습니다."

황제가 말없이 두 사람을 번갈아 보다가 의자에 등을 기댔다. 손가락 끝이 팔걸이를 두드렸다.

"라드 후."

"예, 폐하."

"그대의 올바르지 못한 처신이 소란을 일으켰다. 짐이 다시 부를 때까지 자택에서 근신하라. 근신하는 동안 조사관의 임무는 부관이 대리할 것이다."

시에나는 고개를 들었다. 황제의 처벌이 과도했다. 추문이 살인, 폭행으로 이어지면 모를까 추문 자체를 처벌의 근거로 삼는 일은 없었다. 더구나 두 사람은 미혼의 남녀였다. 도덕적인 비난 대상도 아니다.

"예, 폐하. 명을 받듭니다. 자택에서 근신하며 깊이 반성하겠습니다."

쿤의 대답은 빨랐고 단호했다.

마치 시에나가 황제에게 어떤 반론도 제기하지 못하도록 봉쇄하려는 것 같았다.

시에나의 시선이 흘끔 그를 향했다가 입술을 깨물며 다시 고개를 숙였다.

황제는 후작에게만 근신을 명한 후 두 사람 모두 물러가라고 차갑게 명했다.

쿤과 시에나가 집무실에서 나왔다. 쿤이 배웅하러 따라 나온 시종장에게 말했다.

"시종장. 은왕 전하께 드릴 말씀이 있소. 눈을 피할 마땅한 장소가 필요하오."

시종장은 쿤의 부탁을 거절할 수 없었다.

"이쪽으로 오십시오."

시종장은 그날, 적왕의 구체적인 계획은 몰랐다. 후작과 다른 여자와의 염문설을 꾸민다는 내용만 대충 들었다.

후작을 별궁으로 유인하는 일 정도로 선대 리먼 공에게 진 빚을 털 수 있다면 잘되었다고 생각했다. 황제가 사교계의 가십에 관심을 보일 리 없으니까 자신은 연루되지 않을 줄 알았다.

그러나 은왕이 관련되는 바람에 황제는 소문을 듣고 언짢아했다. 시종장은 황제가 은왕과 후작을 부르기에 자신은 끝났구나, 생각하며 각오했었다.

증거는 없다. 하지만 황제는 후작의 고발을 절대 흘려듣지 않았을 것이다. 곁에서 오래 모셔서 잘 안다. 황제는 대외적인 모습과 다르게 무척 집요한 면이 있었다.

그리고 시종장은 절대 건드려서는 안 되는 황제의 역린을 안다. 선대 리먼 공작에게 기만당한 일은 황제에게 치욕이자 굴욕이었다.

황제는 그 굴욕을 상기시키는, 즉, 아주 사소한 거짓말이라도 자신을 속이는 자를 절대 용서하지 않으리라. 수십 년을 충심으로 곁에서 모신 측근도 결코 예외는 아닐 것이다.

태양궁의 구조와 궁인들의 동선을 손바닥처럼 꿰고 있는 시종장은 인적이 없는 길만 골랐다. 거의 사용하지 않는 방으로 두 사람을 안내했다.

"저는 문 앞에서 기다리겠습니다. 말씀이 끝나시면 한 분씩 나오십시오."

"시종장."

쿤이 나가려는 시종장을 불러 세웠다.

"이유를 물어도 되겠소?"

시종장은 큰 한숨을 내쉰 후 말했다.

"제가 모시는 분은 오직 폐하뿐이십니다. 다만, 갚아야 하는 빚이 있었습니다."

"빚은 모두 청산했소?"

"예."

"이번 일은 잊겠소. 시종장도 잊으시오."

시종장은 한참 말이 없었다.

꾸벅 고개를 숙인 후 나갔다.

시에나가 닫힌 문을 바라보며 중얼거렸다.

"그나마 다행이네."

"그렇지."

그녀는 고개를 휙 돌렸다.

"폐하의 처벌은 부당해. 왜 순순히 받아들인 거야? 당신이 한 말도 문제 있어. 다른 변명을 할 수도 있었잖아."

"당신이 먼저 다 내 잘못이오, 하는데 내가 무슨 변명을 어떻게 해. 내 최선이었어."

"쿤!"

"어차피 다 끝난 일로 잘잘못 따져서 뭐해. 다음에 언제 입궁할 수 있을지 몰라. 며칠 후일지 몇 주 후일지. 당신을 안아 보지도 못하고 이대로는 억울해서 출궁 못 하지."

쿤이 시에나를 향해 두 팔을 활짝 벌렸다. 시에나는 새치름하게 팔짱을 끼고 반쯤 틀어선 자세로 그를 외면했다.

"안아 줘. 응?"

쿤이 반개한 눈으로 웃었다. 그의 무방비한 미소가 시에나의 마음을 단번에 풀었다. 그의 말대로 어차피 돌이킬 수 없는 일을 따져서 뭘 할까. 그와 마주 보며 웃는 것만으로도 시간이 부족했다.

시에나가 그의 품 안에 뛰어들었다. 꽤 강한 힘으로 부딪쳤는데도 그는 약간의 흔들림도 없이 받아 주었다.

시에나는 쿤을 꽉 안아 그의 가슴께에 얼굴을 기대며 눈을 감았다. 무슨 일이 벌어져도 그는 언제나 지금처럼 굳건히 서 있을 것 같았다. 그의 존재가 얼마나 자신의 마음에 안정을 주는지 그는 모를 것이다.

"스투스. 당신이 부탁한 그자에 관한 조사. 며칠 안으로 끝날 것 같아. 궁으로 서류를 보낼게."

"응."

시에나는 잠시 후 고개를 저었다.

"그 정보는 조심히 다루는 게 좋으니까 내가 후작 저로 가지러 갈게."

"직접? 하지만 난 근신 중이야."

"당신이 근신 중이지. 폐하께서 내가 당신을 만나러 가서는 안 된다는 말씀은 없으셨어."

"그건 그렇지만."

쿤이 떨떠름한 표정으로 웃었다.

"원칙주의자가 왜 이렇게 변했지?"

"변한 게 아니야. 돌아가는 길도 길이라는 걸 알게 된 거지."

쿤이 웃음을 터뜨리며 그녀를 꽉 안았다. 서로의 표정을 볼 수 없도록 그의 턱이 그녀의 어깨를 눌렀다.

"시에나. 지금은 긴 얘기할 시간이 안 되니까 간단히 말할게. 내가 그동안 머리가 터지도록 고민했거든."

시에나는 그의 표정을 살피려고 했으나 그가 팔에 더 힘을 주어서 고개를 들 수 없었다.

"내가 접근한 방식이 처음부터 잘못됐어. 나는 내가 가진 것을 아무것도 놓지 않으면서 당신도 얻으려 했지. 그 점을 당신이 비난하면 난 할 말이 없어."

쿤은 밤잠을 설치며 생각하고 또 생각했다. 지나간 일은 어쩔 수 없다. 앞으로 그녀를 위해 자신이 할 수 있는 일은 뭘까.

아무리 생각해도 디안을 돕는 이상 양쪽에 모두 발을 걸치는 모양새였다. 어느 한쪽에 온전히 집중할 수 없었다.

그래서 그는 깨달았다.

하나를 얻으려면 하나는 포기해야 한다. 세상의 이치였다.

그는 첫 매듭부터 하나씩 풀자고 마음을 먹었다.

"앞으로는 당신에게 무엇도 숨기지 않을 생각이야. 이런 내 생각을 철왕에게도 말하려고 해."

"철왕을 배신하겠다는 뜻이야?"

"글쎄. 철왕이 날 배신자라고 말하면 그런 거겠지. 아직은 철왕의 반응을 모르니까."

"쿤. 난 당신이 철왕을 도와도 상관없어."

"당신 생각은 알아. 당신 때문에 내린 결정이 아니야. 치사한 놈은 되고 싶지 않아. 당신 옆에 당당히 서 있고 싶어. 도저히 당신을 포기할 수 없으니까 최선을 다할 거야. 결과가 어떻게 나올지는 모르지. 하지만 절대 당신을 해롭게 하는 일은 없도록 할게."

시에나는 그의 팔에 힘이 빠져나간 것을 느끼며 그를 밀어냈다. 이번에는 그가 팔을 풀어 놓아주었다. 시에나는 그를 올려보았다. 두 사람의 눈이 마주쳤다.

"내가 황족의 지위에서 벗어날 수 없는 것처럼 당신은 일족을 지킬 사명이 있어. 나 때문에 그걸 포기하지 마."

시에나는 그가 화이트칩에서 밤새워 고뇌하던 문제가 무엇인지 눈치챘다. 두 사람의 관계를 지속하기 위한 그의 노력이 감동으로 다가왔다.

이러지도 저러지도 못하는 그의 처지도 이해했다. 시에나는 숙명적으로 짊어져야 하는 무게를 잘 알기에 그의 괴로움을 공감했다.

진지하게 온 힘으로 부딪치는 그와 비교해 자신은 성의가 없는 것 같아 부끄러웠다. 그저 되는 대로 흐름에 맡기려 했다.

그에게 일족이 소중한 것처럼 시에나에게 제국은 절대적인 가치였다. 제위에 오르는 일신의 영광보다 누가 황제가 되든 제국의 영광을 이루는 것이 더 중요했다.

미래를 봤기에 안다. 그의 존재는 제국에 해롭지 않았다. 꿈을 꾸지 않았으면 꿈속 황제처럼 그를 적대했을 것이다. 그를 사랑해도 순리를 거스르는 것이 아니라고 생각했다. 미래를 아는 자의 약

삭빠른 계산속이 없었다고 말할 수 있을까.

"쿤. 당신이 그만한 희생을 감수할 만큼 난 그렇게 대단한 사람이 아니야."

쿤이 옅은 미소를 지으며 그녀의 입술에 가볍게 키스했다.

"당신이 얼마나 대단한지는 당신만 몰라."

쿤은 시에나의 어깨를 잡아 그녀의 몸을 돌렸다. 그녀의 시선 방향이 출입문 쪽으로 바뀌고 쿤은 시에나의 등 뒤에 섰다.

"시종장이 기다리고 있어. 여기서 긴 얘기는 못 해."

시에나는 상체를 틀어 그를 돌아보았다.

"내가 후작 저로 갈 테니까 그때 다시 얘기해. 그전까지는 철왕에게 아무 말도 하지 마."

시에나가 한 번 더 '알았지?'라고 되묻자 쿤은 느릿하게 고개를 끄덕였다.

시에나는 무거운 마음으로 방에서 나왔다. 문 앞에 서 있던 시종장이 고개를 숙였다. 시종장과 함께 긴 복도를 걷는 그녀의 마음이 착잡했다.

*　　　*　　　*

황제의 처벌은 애매했다. 그의 근신을 감시하는 자들이 저택에 상주해야겠지만, 황제는 따로 후속 조치는 하지 않았다. 아마 다른 귀족이라면 황제의 관대함에 감사하며 조용히 자숙했을 것이다. 하지만 쿤은 의심부터 했다.

조심해서 나쁠 것은 없으므로 저택 안에서 움직이지 않았다.

상회에도 가지 않았다. 대신 주변의 동태를 살피는 데에 더욱 집중했다.

근신한 지 닷새가 지났다.

조사청에 소속된 관리가 후작 저를 방문했다.

"업무를 분류해서 나누고 있다고?"

"예, 각하. 그 외에는 별다른 일은 없습니다."

관리는 평민 출신의 말단 실무관이었다. 핵심 업무에는 접근할 권한이 없다.

쿤은 중요 인물보다 낮은 신분의 실무자들을 포섭했다. 귀족들은 평민은 경쟁 상대가 아니라고 생각해서인지 거의 경계를 하지 않았다.

쿤은 관리가 대수롭지 않게 전해 준 정보로 조사청이 어떻게 돌아가는지 파악할 수 있었다.

'업무를 이런 식으로 나누면 총 책임자가 둘이 되는 구조인데. 최고 책임자 밑에 둘이 소속되는 게 아니라면 한 자리는 내 것이고 다른 한 자리는 과연 누굴까.'

외출 준비를 하던 쿤은 또 다른 보고를 받았다.

"황궁에서 나온 자가 검은 집을 다녀갔습니다."

디안은 종종 검은 집에 심부름꾼을 보냈다. 외숙에게 맛있는 요리, 좋은 책 등 소소한 선물을 보냈다.

"전에 다녀간 자인가?"

"아닙니다. 처음 보는 자입니다."

'디안이 보낸 자가 아니군. 황제인가?'

해가 진 후 담쟁이 저택의 뒷문으로 두 사람이 나왔다. 쿤은 오랜만에 외출했다. 의뢰받은 정보가 준비되었으니 찾으러 오라고 올가에서 연락이 왔다.

'오랜만이군.'

수도의 빈민가는 변함이 없었다. 마치 이곳만 시간이 멈춘 것 같았다. 빈민가를 지배하는 주인은 계속 바뀌지만, 아무도 이곳을 근본적으로 개혁하지 못했다.

'생각보다 수단이 제법이야.'

쿤은 올가의 수장, 에비타를 떠올렸다. 처음 그 여자를 봤을 때는 과연 조직을 장악할 수 있을까, 의구심을 가졌다.

최근 올가가 뒷골목을 거의 장악했다. 에비타는 선대 수장들과 다른 방식으로 조직을 이끌며 조직원들의 지지를 끌어냈다고 한다.

'얼마나 버틸지는 아직 더 지켜봐야겠지.'

라드 일족에서 운용하는 정보부에서는 올가의 활동을 주시하고 있다. 얼마 전에 받은 보고서에 따르면 정보부는 올가의 정보 능력을 '상하' 등급으로 표기했다. 총 9등급 중 세 번째이니 결코 무시할 수 없는 수준이었다.

라드 일족의 정보부는 자기 자신을 최상급 '상상'으로 두어 기준으로 삼았다. 같은 등급으로는 오직 제국 황제 직속의 정보부만 인정했다.

올가의 순수한 정보 능력은 '중중' 등급이지만, 오직 올가만이 얻을 수 있는 정보가 있기에 추가점이 더해졌다. 뒷골목의 정보다. 쿤이 오늘 에비타를 만나는 이유도 그래서였다.

쿤이 우스와 빈민가로 들어서자 곧 안내자가 다가왔다. 에비타가 두 사람을 맞이한 장소는 지난번보다 더 화려해졌다. 바닥에 대리석을 깔고 문양을 조각한 타일로 벽을 장식했다.

쿤이 흥미롭게 주변을 둘러보자 에비타가 겸연쩍어하며 말했다.

"접선 장소가 누추하면 언짢아하는 고객님들이 많아졌거든요."

"귀족들과 거래한다지?"

"비중이 좀 늘긴 했죠."

"내게 줄 물건은?"

에비타가 뒤에 서 있는 조직원에게 신호했다. 방을 나간 조직원이 잠시 후 봉투를 들고 나타났다. 에비타가 봉투를 받아 테이블에 올렸다.

"아시다시피 저희가 고객층을 넓혀서요. 귀족님들 사정을 이것저것 많이 주워듣게 됐지요. 관심 있는 정보는 없으세요?"

쿤이 픽 웃었다.

"그쪽 정보는 내가 더 많이 알 텐데. 도리어 나한테서 사야 하는 것 아닌가?"

"그것도 좋아요."

"대가로 줄 게 있나? 난 돈으로는 정보 안 팔아."

"그 봉투 안에 들어 있는 자와 관련된 정보는 어떠세요?"

"그걸 알아보라는 의뢰였을 텐데."

"엄연히 다른 정보라고요."

"들어 보고 판단하지."

"여보세요. 내가 호구인 줄 알아요? 안 살 거면 말고요."

나는 아쉬운 것 없다는 듯, 에비타가 도도하게 턱을 치켰다. 쿤은 말없이 에비타를 바라보다가 봉투를 열어 서류를 꺼냈다.

일족의 정보부에서는 벤 스투스의 뒤를 캐던 초반에 별다른 특이점을 찾아내지 못했다. 중요도가 높은 인물이 아니면 대개는 보통 그쯤에서 마무리 지었다.

하지만 쿤이 스투스의 조사를 명하면서 덧붙이기를 그물을 촘촘히 짜라고 했다. 어떤 사소한 것도 빠져나가는 일 없도록 샅샅이 뒤지라고 지시했다.

정보부는 벤 스투스에 관한 기본 조사를 마친 후 심화 조사로 들어갔다. 그 단계에서 걸리는 지점을 발견했다. 모든 것이 지나치게 딱딱 아귀가 맞았다. 스투스가 살아온 인생은 마치 아주 잘 만든 시나리오 같았다. 그리고 적왕의 자취를 발견했다.

조사는 탄력을 받기 시작했다. 스투스의 행적을 역으로 추적해 들어갔다. 스투스의 어린 시절이 붕 떠 있었다. 소년 스투스를 누구도 직접 봤다는 사람은 없었다.

끈질기게 거슬러 올라가다가 접근할 수 없는 곳에 이르러 끊겼다. 빈민가였다. 빈민가의 정보는 정보부가 접근하기 어려웠다. 불가능은 아니지만, 오랜 시간, 노력, 재물이 필요했다.

쿤은 효율성을 중시했다. 굳이 모든 일을 자력으로 해결하려고 고집부리지 않았다. 그래서 올가에게 맡겼다.

그는 서류를 빠르게 눈으로 읽었다. 그의 눈썹이 미세하게 움직였다. 정보부한테 1차 보고를 받았을 때부터 대충 짐작은 했다. 스투스, 그자는 적왕 혹은 리먼 공작이 은왕궁에 심은 첩자였다. 그런데 뜻밖의 부분이 있었다.

'빈민가 출신이었나.'

신분이 낮은 자를 기용하는 것도 정도가 있다. 특히 제국의 귀족은 빈민을 사람으로 취급하지 않았다. 집에서 부리는 막일꾼조차도 빈민가 출신은 쓰지 않았다. 그런데 제국 신분 질서의 최상층인 적왕이 빈민가에서 사람을 고르다니.

적왕이 그자의 재능을 귀하게 봤다기보다는 출신을 약점으로 삼아 철저한 종복으로 삼으려는 심산이었을 것이다. 그래도 대단히 파격적이었다.

'적왕이 타국의 왕비였으면 이미 나라를 손아귀에 틀어쥐었겠어. 제국에서 태어난 것이 오히려 적왕에게는 한계가 된 건가.'

남들이 못하는 생각을 하는 자는 남보다 앞서기 마련이다. 더구나 적왕은 명문가 출신에 황제의 하나뿐인 후계자의 모후. 막강한 권력을 쥘 조건을 갖추었다.

그러나 제국은 신목의 존재 때문에 황제의 절대 권력은 불가침의 영역이었다. 누구도 감히 황제의 권위에 도전하지 못했다. 그래서 적왕은 은왕을 품에서 놓지 않으려고 그토록 발버둥을 치는 것이다.

'그 발버둥이 이제는 소용없게 되어 버렸지.'

시에나. 그녀는 매몰찰 정도로 맺고 끊는 것이 정확했다. 옳지 않다고 판단했다면 혈육의 정에 끌릴 사람이 아니었다. 그런 점을 비교하면 확실히 디안은 물러 터졌다.

'이 정보마저 그녀 손에 들어가면. 흐음.'

적왕의 처지는 더욱 곤란해질 것이다.

"관련된 정보가 뭐지?"

쿤은 서류를 갈무리해서 다시 봉투에 넣었다. 이만하면 부족한 내용은 없었다. 그러니 에비타가 주장하는 대로 관련은 있으나 의뢰한 범위는 벗어난 정보일 것이다.

"살 거예요?"

"팔겠다면서. 그새 마음이 바뀌었나?"

에비타가 묘한 시선으로 쿤을 쳐다보다가 고개를 저었다.

"산다면 팔아야죠. 대가로 뭘 줄 건가요?"

"뭘 원해?"

"그쪽에 관한 정보도 돼요?"

"나?"

"라드 후작."

굳었던 쿤의 미간이 풀어졌다. 라드 일족의 장, 쿤 라드가 아닌 라드 후작으로 한정 짓는 정보라면 딱히 중요한 것은 없었다.

"뭐가 알고 싶지?"

"라드 후작은 청왕의 자리를 노리고 있나요?"

"……."

"요즘 이걸 궁금해하는 귀족님들이 부쩍 늘었어요. 본인에게 묻는 게 제일 정확하잖아요. 우리 올가는 불확실한 정보를 팔지 않으니까요."

"몰라. 나도."

"본인 일인데 왜 몰라요."

"원한다고 되는 일이 아니야."

"그 말은 원하기는 한다는 뜻? 청왕이 되려는 큰 그림을 그리는 중이다, 라고 라드 후작이 말했다. 이렇게 팔아도 되나요?"

"……."

쿤이 한숨을 내쉬었다.

"이봐. 가십이 언제부터 정보가 됐지?"

"귀족님들은 정보로 쳐 주더라고요. 곤란하다면 다른 질문 할게요. 라드 후작은 양성애자인가요?"

쿤의 뒤에 서 있던 우스가 사레들린 것처럼 기침했다.

"라드 후작이 철왕님과 은왕님 사이를 왔다 갔다 하며……."

"아니야."

쿤이 이를 악물고 대답했다.

"그럼 라드 후작은 철왕님의 지시를 받아 은왕님을 몸으로 유혹하는 임무를……."

"말 같지 않은 소리에는 대응하지 않겠다."

에비타는 어디서 주워들었는지 알 수 없는 자극적인 질문들을 계속 던졌다. 쿤은 아예 침묵으로 무시했으나 오히려 뒤쪽에 서 있는 우스는 흥미롭게 귀를 기울였다.

사교계 소문은 좁은 귀족 세계의 유흥이었다. 일반 백성들에게는 딴 세상 이야기다. 매일 장터나 기웃거리는 우스는 당연히 전부다 처음 들었다.

"대가를 줘야 나도 물건을 팔지요. 그럼 이 질문은 어때요? 라드 후작과 은왕의 스캔들은 진짜다, 연극이다?"

쿤은 몹시 짜증스럽게 에비타를 쏘아보았다. 올가의 손을 빌리느라 몇 번 상대해 줬더니 납작 엎드렸던 고개를 슬며시 쳐드는 꼴이란.

하여간, 이 바닥 놈들은 빈틈만 보이면 어떻게 해서든 파고들려고 한다. 쿤은 혀를 찼다.

오늘은 맡겼던 일을 잘 처리했으니 넘어가 주겠다. 그는 얼른 이 정보를 그녀에게 전해 주고 싶어서 마음이 급했다. 잡담을 끝낼 심산으로 잘라 말했다.

"연극 아니야."

"오. 드디어 명료한 대답이 나왔네요. 이건 팔아도 돼요?"

"……좋을 대로 해."

"거래 성립."

에비타는 희희낙락하며 종이에 간단히 슥슥 적어 조직원에게 건넸다.

"판매 목록에 추가해."

"얼마짜리로 매길까요?"

"라드 후작이 인증한 정보니까 좀 비싸게 쳐도 되겠지?"

"그럼 이 정도?"

조직원이 손가락 두 개를 폈다. 에비타와 조직원이 말을 주고받는 꼴을 불편한 심기로 지켜보던 쿤이 테이블을 내리쳤다.

"손님 대접이 형편없군. 잡소리는 그만하고 관련 정보가 뭐야?"

"성격도 급하시긴. 따로 문서화 할 정도는 아니고요. 리먼 공작가에서 우리한테 물건을 샀어요. 남부 적토 지방 거주민에 관한 잡다한 내용이었죠. 그런데 물건을 받으러 온 사람이 그 서류 속 남자였어요."

"남부의 어느 지역?"

에비타가 대충 범위를 좁혀 말했다.

'그곳은 은왕의 봉토인데. 리먼 가문에서 그쪽 정보를?'

쿤은 리먼 가문과 스투스의 관계를 연결해서 생각을 확장했다.

'스투스 같은 자를 육성하는 일에 리먼 가문도 관여했을지도 모르겠군. 아, 혹시?'

은왕이 처음으로 암행을 나왔을 때 은밀하게 뒤를 쫓던 그림자들이 문득 생각났다.

함정에 빠뜨려 그들을 상당수 추살했으나 끝내 그자들의 신분 내력은 알아내지 못했다. 마치 하늘에서 뚝 떨어진 것 같았다.

'놈들 출신이 빈민가였나?'

정체 모를 그자들의 규모를 알 수 없다는 점이 가장 골치였다. 움직이는 무기 같은 놈들이라 위험했다.

쿤은 아군의 희생을 담보로 하는 선제공격은 될 수 있으면 지양했다. 열 명의 적을 없애기 위해 아군을 한 명 잃으면 성공이 아닌 실패한 작전으로 쳤다.

'그놈들 규모만 대충 파악할 수 있다면.'

대비책을 마련하기가 훨씬 수월할 것이다.

"안녕히 가시고 또 이용해 주세요."

나가는 쿤과 우스의 등 뒤에 대고 에비타가 발랄하게 소리쳤다. 문이 닫힌 후 에비타의 얼굴에서 영업용 미소가 사라졌다. 팔짱을 끼고 입맛을 다셨다.

"뻣뻣하긴. 그래도 저만한 고객은 또 없단 말이지. 안 그래?"

내내 에비타의 곁에서 자리를 지키고 있던 턱이 뾰족한 사내가 고개를 끄덕였다.

에비타는 최근 귀족 고객을 상대하면서 새삼 귀족이란 놈들이 얼마나 안하무인인지 알게 되었다. 장터의 장사치보다도 치사했다.

시원시원하게 제대로 대금을 지급해 주는 자는 셋 중 하나도 되지 않았다. 노골적으로 업신여기는 태도는 기본이다. 거래를 제시하면 감히 천한 놈들이 거래하려 한다며 불쾌해했다.

조금 전, 에비타는 쿤을 시험했다.

관련 정보가 있으니 살 테냐 물었을 때 다른 귀족이라면 불쾌해하거나 억지를 부려서 강탈하려 했을 것이다. 쿤과 이번이 첫 거래는 아니지만, 최근 귀족들을 자주 상대했더니 단번에 비교가 되었다.

"그래도 내 생각에 반대야? 우리도 기본은 장사꾼이라고. 신용 있는 거래 상대 확보가 중요하지. 한탕 해 먹을 뜨내기가 아니잖아."

뾰족 턱 사내가 말이 없었다. 하지만 반박하지 않는 것은 동의나 다름없었다. 그는 에비타의 의견에 가장 반대하던 자였다.

에비타는 얼마 전 특급 기밀을 손에 넣었다. 라드 일족의 약점이라 할 만한 핵심 정보다.

'내가 참 운이 좋아.'

어쩌다 보니 보물이 굴러들어 오는 게 이번이 처음이 아니었다. 라드 일족에서 현상금을 걸었던 제프리를 찾은 것도 우연과 운이 겹친 덕분이었다. 그 정보를 기반으로 올가는 회생할 수 있었다.

새로 얻은 보물의 처리에 관해 에비타는 올가의 간부들과 논의했다. 사겠다는 사람이 줄을 설 정보였다. 의견이 둘로 갈렸다. 라드 일족에게 되팔 것인지, 팔만한 곳에 전부 뿌려서 어마어마한 거금을 거둘 것인지.

에비타는 전자의 의견이었고 뾰족 턱 사내는 후자의 의견이었다.

"뭐, 일단. 마스터 말대로 그걸 다른 데 팔면 저쪽하고는 영원히 등지는 거니까."

"그렇지. 내 말이 그거야. 잃기엔 아까운 고객이잖아."

"그래도 저쪽에 도로 되파는 건 보류합시다. 돈을 벌 게 아니면 중요한 패로 쥐고 있는 게 낫지 않겠수."

"그건 그래. 좋아, 일단 보류."

라드 일족에 관한 기밀은 당분간 봉인될 것이다.

3장

진실에 접근하다

황제의 말은 아예 황제 전용 마구간에서 따로 보살폈다. 그 외의 모든 마차용 말과 승마용 말은 황궁의 마구간에서 함께 관리했다.

얼마 전 마구간에 귀한 몸이 새 식구로 들어왔다. 이마 중앙에 긴 뿔을 하나 달고 있긴 하지만, 어쨌든 말이니까 거처는 마구간으로 정해졌다.

짐승은 특별했다. 다른 말보다 반 배는 큰 덩치, 광채가 날 것 같은 순백의 털, 탐스러운 긴 갈기와 꼬리.

수십 년 동안 말을 보살핀 마구간지기들도 감탄하며 눈을 떼지 못했다. 앞다투어 성스러운 짐승의 시중을 기꺼이 맡으려 했다. 하지만 그들은 며칠 만에 학을 뗐다. 우아하고 아름다운 짐승에게는 심각한 결함이 있었다.

시에나는 매일 아침, '리트'라고 이름 붙인 일각수를 보러 마구간에 방문했다. 리트는 시에나의 손에 주둥이를 비비며 제법 애교를 부렸다.

"이 아이를 보살피는 데 문제는 없는가?"

시에나는 당연히 아무 문제 없을 거라고 생각하며 던진 형식적 질문이었다.

그런데 마구간지기가 어두운 표정으로 머뭇거렸다.

"괜찮다. 말해 보라. 무슨 일이냐?"

마구간지기가 한숨을 푹 내쉬며 마구간에서 벌어지는 일을 설명했다. 리트는 며칠 만에 마구간을 지배하는 왕이 되었다. 다만, 폭군이었다.

산책하러 나온 리트가 지나갈 때 다른 수말들은 잔뜩 주눅이 들어 고개도 제대로 쳐들지 못했다. 물을 마시다가 리트가 다가오면 말들은 전부 자리를 비켜 주었다. 리트와 서열 싸움을 하려다가 리트의 앞발에 걷어차여 부상을 입은 말이 다섯 마리였다.

시에나는 며칠 동안 리트가 저지른 만행을 듣고 어이가 없었다.

"……인 적도 있었습니다. 전하. 그리고 어제는……."

마구간지기가 말을 하던 중에 자꾸 멈추고 움찔했다. 시에나는 마구간지기의 반응이 의아하여 유심히 보았다. 그는 리트의 눈치를 살피고 있었다.

시에나가 고개를 돌렸다.

리트가 고자질하는 마구간지기를 쏘아보다가 시에나와 눈이 마주치자 순한 표정으로 고개를 갸웃했다. 그러나 이미 그녀는 봤다.

시에나는 실소를 흘렸다.

"너 정말 고약한 아이로구나."

리트가 푸르르 고개를 흔들었다. 시에나의 얼굴에 주둥이를 내밀어 스윽스윽 문질렀다. 시에나는 짐승의 뻔한 애교에 웃음을 터뜨렸다.

시에나는 처음으로 애완동물에 애착을 느꼈다. 사람을 해친 것도 아니고 짐승들끼리 다툰 일로 나무랄 마음이 들지 않았다. 리트가 마구간의 왕이 되었다니 은근히 기특했다.

"아무래도 내 궁 근처에 네가 지낼 마구간을 따로 마련해야겠다. 다른 말들이 상하면 안 되지."

시에나는 시녀를 불러 마구간을 짓는 데 필요한 절차를 알아보라고 지시했다.

"집을 옮길 때까지 당분간 얌전히 지내야 한다. 약속하면 오늘은 내가 너와 함께 산책할게."

리트가 푸르릉 투레질했다.

시에나는 리트가 알아듣고 대답했다고 믿었다. 전설 속의 짐승이라 그런지 영민함이 사람 못지않았다.

시에나는 리트의 고삐를 잡고 마구간에서 나왔다. 그녀는 리트와 함께 황궁의 넓은 정원을 따라 걸었다. 뒤에서 혹시 모를 일을 대비하여 말을 다루는 데 능숙한 마구간지기와 기사들이 따라왔다.

리트는 호기심이 많았다. 중간중간 멈추어 서며 관목이나 꽃, 풀에 코를 대고 킁킁거렸다.

한참 땅에 코를 박던 리트가 솟아난 어린 풀을 뜯어 먹었다. 시에나가 화들짝 놀라 마구간지기를 돌아보았다.

"잡풀을 먹어도 배탈 나지 않겠나?"

"전하. 짐승은 사람이 생각하는 것보다 영리합니다. 제 몸에 해로운 음식을 구별할 줄 아는 능력은 사람보다 낫습니다."

"그런가?"

시에나는 곁에서 걸으며 리트를 관찰했다.

리트는 아무 풀이나 뜯어 먹지 않았다. 냄새만 맡고 지나치기도 했다.

'입맛에 맞지 않는 걸까, 해로워서 먹지 않는 걸까. 성분을 조사해 볼까.'

시에나는 리트가 콧방귀만 뀌고 지나치는 잡초 몇 뿌리를 뽑았다. 단순한 호기심이었다.

'황궁 안에 독초가 자랄 리는 없겠지.'

그녀는 넓게 펼쳐진 정원을 둘러보았다. 끝이 보이지 않았다. 그녀는 제 손에 쥔 잡초를 보았다. 정원사가 심었을 리가 없는데도 잡초는 돋아나 자라난다.

그녀는 미간을 찡그렸다.

이 넓은 정원 구석구석에 자라는 모든 수풀의 종류를 다 아는 사람이 있을까.

그녀는 걸음을 멈추었다.

쿤이 했던 말이 떠올랐다.

「내가 처음 접하는 마약이라 속수무책으로 당했어. 마약 특유의 냄새가 나지 않는 마약이라니. 이게 신종이라면 상당한 화젯거리가 되었을 텐데. 난 들어 본 적이 없거든. 대체 어디서 구했을까.」

쿤은 마약의 암거래 유통을 철저히 뒤져 봐야겠다고 말했다. 황궁으로 흘러 들어간 것이 있다면 흔적이 남았을 거라고도 했다.

'밖에서 들어온 게 아니라면?'

갑자기 멈추어 서서 생각에 잠긴 시에나를 아무도 방해하지 않았다. 리트도 얌전히 서서 기다렸다. 그녀는 어렴풋이 잡힐 것 같은 생각에 집중했다.

'황궁 안에서 마약을 재배한다고? 말도 안 돼. 그런 일은 있을 수 없어. 남의 눈을 피해 대체 어디서……'

잡초를 쥔 그녀의 손에 힘이 들어갔다. 그녀가 이를 꽉 물었다. 소름이 쭉 돋았다.

'온실.'

완벽한 장소가 존재했다. 적왕의 허락 없이는 누구도 들어가지 못하는 곳. 황제조차도 무단 침입하지 못하는 황궁 안의 유일한 장소.

온실은 넓었다. 패트리샤가 종종 티파티를 열면서 공개하는 부분은 일부 구역에 불과했다.

만약 온실 안에서 패트리샤가 마약을 재배했고 입단속을 철저히 했다면 누구도 알 수 없으리라.

'쿤에게 말해 줘야 해.'

리트를 다시 마구간에 데려다 놓고 궁으로 돌아오니 마침 후작 저에서 보낸 서신이 도착했다며 베스가 건네주었다.

—지난번에 말씀하셨던 것이 준비되었습니다.

시에나는 암호 같은 한 줄의 편지를 해석할 수 있었다.

'스투스 경의 뒷조사가 끝났구나.'

쿤을 만날 명분이 또 생겼다. 마음이 급해졌다. 그녀는 당장 출궁 준비를 지시하려다가 멈칫했다.

"백작부인. 스투스 경을 불러 주시오."

"예, 전하."

*　　　*　　　*

늦은 저녁, 레반은 쿤에게 보고할 몇 가지 사안을 들고 담쟁이 저택으로 들어갔다. 레반은 가장 먼저 제프리가 갖고 있던 서신의 해석본을 내밀었다.

내용은 듬성듬성 비어 있었다. 일족의 두뇌들을 불러 모아 며칠 매달린 것치고는 미미한 성과였다.

하지만 참고할 원어를 확보하지 못한 상태에서 암호로 전제하고 순수하게 해독한 것이니 폄하할 결과는 아니었다.

그래도 항상 완벽한 결과를 추구하는 레반 입장에서는 부족한 보고를 하는 기분이 떨떠름했다. 공연히 변명을 덧붙였다.

"제국의 고어는 황실에서만 쓰는 문자라고 합니다. 성서를 기록한 신의 언어라는군요. 황족만 배울 수 있고 외부에 노출된 글자는 몇 개뿐입니다."

쿤은 일부만 해석된 여러 장의 서신을 테이블에 펼쳤다.

"선대 황제가 마지막 아케론 공작에게 보낸 거군."

"예. 수신자 이름 옆에 아케론 가문의 문양이 있어서 확인이 쉬웠습니다."

"이게 국새가 아니라 선대 황제의 직인이라는 거지?"

"예. 그 부분은 대조군을 구해서 몇 번이나 비교했습니다. 틀림없습니다."

제국 황제가 내리는 공식적이며 권위 있는 교서에는 주로 국새를 찍었다. 국새는 건국 황제 때부터 물려 내려오는 황실의 보물이자 황제의 권위를 상징하기도 했다.

국새와 별개로 황제의 직인이 따로 있었다. 황제가 제위에 오르면 오직 그 황제만 사용하는 인장을 새로 제작했다. 평소에 대부분 사안은 황제의 직인으로 결재했다. 사용 빈도는 국새보다 직인이 훨씬 높았다.

직인의 형태는 신목의 형상을 그린 국새를 본떠 만들었다. 그래서 거의 유사하지만, 미세하게 나뭇가지의 모양이 직인마다 전부 달랐다. 학자들은 직인의 모양을 보고 어느 시대에 제작된 서류인지 분석할 수 있었다.

쿤은 해석본을 쭉 읽었다. 선대 황제는 아케론 공작에게 '무엇'을 모아 준비하라고 지시했다. 여러 통의 서신이 전부 비슷한 내용이었다.

아마 일의 진척 상황에 따라 아케론 공작이 황제에게 보고서를 올리고 그에 따른 답신을 황제가 보낸 듯했다. 가장 중요한 '무엇'의 자리는 공백이었다.

"그 단어는 가장 핵심 내용이라서 오히려 해석할 수 없었습니다. 여러 가지 의견이 나왔습니다. 재물, 사람 등. 그 단어에 무엇이 들어가느냐에 따라 서신의 내용 자체가 달라지는 터라 일단 공백으로 두었습니다."

레반의 설명을 들으며 쿤은 서신의 원본을 펼쳐 해석본과 비교했다.

유심히 들여다보던 쿤이 말했다.

"이건 무기 혹은 군사. 이런 뜻으로 해석하면 돼."

"읽을 수 있으십니까?"

"내가 아는 문자와 어근이 같아. 이 어근이 들어가면 물리적 힘이라는 뜻이지."

"단어를 일부 안다고 하셨지요? 대체 어떻게 제국의 고어를 아십니까? 우리 쪽에 나름대로 언어에 통달한 사람도 제국의 고어는 처음 본다고 했습니다."

"음?"

쿤은 레반의 질문을 받고 새삼 어린 시절 기억을 떠올렸다.

어릴 때 아버지는 무척 바쁜 분이었다. 하루에 한 번 얼굴 보기도 힘들었다. 그런 아버지가 한동안 매일 잠들기 전 쿤의 침실에 온 적이 있었다.

아버지는 쿤에게 하루에 하나씩 이상한 글자를 가르쳐 주었다.

「샤카. 이건 너와 나만 알아야 한다. 나도 네 할아버지께 배웠
지. 네가 언젠가 아버지가 되면 네 아이에게만 알려 주렴.」

글자는 전부 일곱 개. 쿤은 아버지의 칭찬을 듣고 싶어서 낯선
문자를 열심히 외웠다. 문자는 불완전했다. 조합하면 몇 개의 단어
만 만들 수 있었다.

그 후 계속 잊고 지냈다. 제국에 와서 성서 표지에 그려진 특이한
문자를 보자마자 어릴 때 외웠던 기억이 되살아났다. 어려서 외웠
던 문자가 제국의 고어를 닮았다는 사실을 그때 알았다.

'당시에는 의미를 두지 않고 그냥 넘어갔는데. 나중에 여유가 생
기면 좀 알아봐야겠다. 왜 제국의 고어를 우리 집안에서 대대로 물
려 가르치지?'

"선황제가 아케론 공작에게 무기 혹은 군사를 준비하라고 지시
했군."

쿤이 화제를 돌렸다.

레반은 캐묻지 않고 화제에 동참했다.

"말씀대로면 이건 명령서군요."

골똘히 생각하던 쿤이 미간을 찌푸렸다.

"레반."

"예, 쿤."

"아케론 공작가는 반역의 죄를 썼다고 하지 않았나? 반당들과 내통하여 제국을 전복하려 한 혐의를 받았지."

"예. 그렇……."

두 사람은 의미심장한 눈빛을 교환했다. 쿤이 고개를 끄덕였다.

"이건 아케론 가문의 무고를 밝힐 증거다. 아케론 가문은 황제의 명에 따랐을 뿐 역모를 꾸미지 않았어."

"아케론 가문은 모함을 당했군요. 당시에 왜 이 서신을 증거로 내지 못했을까요?"

"모함의 주체가 선황제였다면, 앞뒤가 맞아."

옛 사건을 조사하면서 품었던 의혹과 들어맞았다. 막강한 제후급의 공작 가문이 사라졌다. 당대 황제가 관여하지 않고서는 불가능했다.

'이 서신을 지난번에 어르신께서 황제에게 넘겼겠지. 황제가 선황의 친서로 인정하면 아케론 가문은 복권할 수 있다.'

발표 시기의 문제만 남았을 뿐이다.

'디안도 알고 있을까?'

알면서도 입을 다물고 있는 걸까.

'그럴 녀석은 아니지.'

제프리를 경계하는 것과는 별개로 디안의 진실성은 아직 믿고 있다.

'근신령이 풀리는 대로 디안을 만나야겠어.'

레반이 두 번째 사안을 보고했다.

"미지 물질에 관한 성분 분석표입니다."

쿤은 황제의 별궁에서 벽난로의 재를 일부 덜어 가져왔다. 마약의 정체를 파악하기 위해 성분 분석을 지시했다.

"원래 형태를 알 수 없으니 분석이 어려웠습니다."

"그랬겠지."

쿤도 큰 기대는 하지 않았다.

"약간의 마비 효과는 있습니다만, 정신에 영향을 미칠 정도로 강력하지는 않습니다."

"두 가지 독초가 중첩으로 작용하여 강한 효능을 발휘하는 부분은?"

"나머지 한 가지의 재료를 모르면 거의 알아내기가 불가능합니다."

"흐음. 유통 암거래 쪽은?"

"만약 황궁으로 마약을 반입했다면 허술하게 하지는 않았겠지요. 아직 발견된 정황은 없습니다."

오늘 보고하는 내용 전부가 시원하게 밝혀진 것이 하나도 없었다. 레반은 마치 제 잘못인 것처럼 쿤의 눈치를 살폈다.

바깥에서 집무실 문을 두드렸다.

안으로 들어온 발터가 말했다.

"쿤, 손님이 오셨습니다. 은왕궁에서 왔다고 합니다."

"은왕궁에서?"

쿤은 즉시 손님을 만나러 갔다.

응접실에서 기다리던 기사는 쿤이 안으로 들어오자 고개를 숙였다.

"각하. 인사 올립니다. 은왕궁 호위대 소속 벤 스투스입니다."

초면이었다. 하지만 쿤은 사내가 자신을 소개하지 않았어도 누군지 알았을 것이다. 조사서에 첨부한 초상화를 봤기에 벤의 얼굴이 낯설지 않았다.

은왕궁에 숨어든 간자다. 마음 같아서는 당장 벤의 목덜미를 움켜쥐고 호된 맛을 보여 주고 싶었다. 하지만 이자의 처리는 그녀의 몫이었다.

"늦은 시각에 무슨 일인가?"

"은왕 전하께서 각하께 직접 전하라고 하셨습니다."

쿤은 벤이 건네는 서신을 펼쳤다.

—일전에 말했던 그것을 스투스 경을 통해 받겠소.

틀림없는 그녀의 필체로 쓰였고 아래에 은왕의 직인이 있었다. 서신은 봉인도 하지 않았다. 쿤은 이 서신을 스투스가 읽었을 거라고 생각했다.

'스투스 조사서를 스투스를 통해서?'

고양이에게 생선을 맡기는 일을 그녀가 할 리가 없었다. 쿤은 서신에 담긴 그녀의 뜻이 무엇일지 곰곰이 생각했다. 전에 들은 이야기가 없었다.

'내게 조사를 부탁한 시점에서 이미 그녀는 저자를 수상하게 생각하고 있었어. 굳이 내게 보낸 건 다른 의도가 있겠지.'

"기다리게."

쿤은 집무실로 가서 누가 봐도 상관없을 서류를 몇 가지 챙겼다. 봉투에 담아 일부러 꼼꼼하게 봉인했다. 다시 응접실로 돌아가 봉투를 그에게 건넸다.

"자네가 은왕 전하께 직접 드리는 건가?"

"예, 각하. 염려 놓으십시오."

비장한 표정으로 대답한 벤이 돌아섰다. 벤은 후작 저를 나와 길가에 대기하고 있는 마차에 올라탔다. 출발한 마차는 곧 꺾어지는 길을 따라 시야에서 사라졌다.

잠시 후 기다린 것처럼 한 대의 마차가 후작 저 앞에 가까이 다가와 섰다. 마차 문이 열리며 한 사람이 안에서 내렸다. 망토를 걸치고 후드를 써서 얼굴을 가린 여인이었다. 마부석에서 내린 남자가 여인을 보호하듯 곁에 섰다.

쿤은 집무실로 돌아와 레반과 못다 한 이야기를 마저 나누려고 했다.

그런데 바깥에서 문을 두드리고 발터가 들어왔다.

"쿤. 손님이 오셨습니다."

"또?"

"예. 이번에도 은왕궁에서 오신 손님입니다."

그녀가 이 시각에 두 번 연속으로 사람을 보내는 일은 전에 없었다.

'무슨 일이 있나?'

쿤은 은근히 걱정되었다. 근심에 빠져 묘하게 들뜬 발터의 표정을 읽지 못했다.

응접실로 들어간 쿤이 멈칫했다. 소파에 앉아 있던 시에나가 쿤과 눈이 마주치자 미소지었다. 쿤의 뒤에서 발터가 히죽거리며 조용히 문을 닫고 나갔다.

쿤이 걸음을 내디뎠다. 빠른 걸음으로 순식간에 소파로 다가가 그녀의 옆에 앉았다.

"쿤. 내가 중요한……."

시에나는 자신이 발견한 사실을 알려 주고 싶어서 약간 흥분한 상태였다. 하지만 말을 꺼내자마자 그의 입술에 막혔다. 빈틈없이 그녀의 입술을 덮고 단번에 침입한 혀가 점막을 문질렀다. 다급함이 느껴지는 입맞춤이었다.

시에나는 내심 웃으며 눈을 감았다. 두 팔을 그의 목에 둘렀다. 그의 키스에 화답하며 적극적으로 혀를 얽었다. 서로의 안쪽을 빨고 타액을 삼키는 긴 키스가 이어졌다.

어느새 시에나는 소파에 반쯤 누운 자세가 되었다. 분위기가 과열될 즈음에 그가 입술을 뗐다. 두 사람의 입술이 아슬아슬하게 맞닿은 상태에서 쿤이 말했다.

"이런 깜짝 선물은 언제든 환영이야."

"너무 늦은 시간이라 결례인가 싶었어."

"그런 시간은 없어. 당신이라면 언제든 환영이지. 새벽에 문을 두드려도 괜찮아."

말없이 그와 마주 보다가 시에나는 슬그머니 시선을 돌렸다. 그의 갈구하는 눈빛에 얼굴이 화끈거려서 똑바로 눈을 맞부딪칠 수가 없었다.

"그런 식으로 쳐다보지 마."

"어떤 식?"

시에나는 그의 가슴을 손으로 짚어 밀어냈다.

"몰라. 아무튼, 그렇게 날 보는 사람은 당신뿐이야."

"다행이군. 만약 수상쩍게 당신을 보는 놈이 나타나면 꼭 내게 말해 줘."

"어쩌려고?"

"다시는 다음날 해를 보지 못하도록……."

"쿤."

시에나는 놀라 그를 돌아보았다. 낮게 가라앉은 목소리에 묻어 나는 음험한 기운이 낯설었다.

시에나는 그가 싱긋 미소지으면서도 끝내 '농담이야.'라고 덧붙이지 않는 것을 알아차렸다.

"조금 전 다녀간 기사. 당신이 보낸 건 맞지?"

시에나는 말을 돌리는 그를 흘겨보았다. 못 이긴 척 넘어갔다.

"응. 당신을 만나러 오는 것을 알지 못하게 따돌리려고."

시에나는 스투스가 봉토 지역의 정보를 가져온 공을 인정하여 은왕궁을 출입을 허락했다. 그는 길버트의 직속으로 들어갔다. 경비 임무를 맡아 은왕궁 안팎을 자유롭게 돌아다녔다.

자신의 행적을 관찰하여 누군가에게 보고하는 자를 곁에 두는 것은 찜찜하지만, 시에나는 스투스를 신임한다는 사실을 그자 본인에게, 그리고 그자의 배후에 있는 자에게 보여 줄 필요가 있었다.

"그래서 당신에게 심부름 보냈어. 스투스 경이 알아차리지 못하도록 난 뒤에서 몰래 따라왔지. 시간이 늦었으니까 당신에게 받은 물건을 가지고 일단 집으로 갔다가 내일 입궁하라고 했으니까 내가 출궁한 사실을 그는 모를 거야."

"그자에게 주라는 게 뭐였어?"

"아무것도. 그냥 스투스 경에게 '그대에게 중요한 일을 맡기겠다'라는 인상을 주려고 한 거야."

쿤이 묘한 표정을 지었다.

"내가 그자에게 뭘 줄 줄 알고?"

"뭘 줬어?"

"그냥…… 별거 아닌 거."

"그럼 그 별거 아닌 것을 갖고 내일 입궁하겠네."

"나와 미리 말을 맞춘 게 아니잖아. 내가 그자에게 중요한 것을 줬으면 어쩌려고?"

"안 줬잖아."

"안 줬지."

"그럼 됐어."

쿤은 대수롭지 않게 대답하는 그녀를 보며 헛웃음을 흘렸다.

"대담하네. 당신은 모험 같은 건 하지 않는 줄 알았는데."

"모험이 아니야. 당신은 내가 그자를 의심한다는 걸 알고 있지. 그러니까 현명하게 대처할 거라고 믿었어."

쿤이 가라앉은 눈으로 물끄러미 그녀를 응시했다. 그녀가 말하는 믿음이란 적절한 판단 능력을 신뢰한다는 뜻일 것이다. 하지만 어쨌든 '믿음'이라는 단어가 그녀의 입에서 나왔다는 자체에 그는 짜릿한 전율을 느꼈다.

그는 주인에게 맹목적으로 복종하는 기사들의 심정을 이해했다. 믿음이라는 황홀한 가치를 절대 깨뜨리지 않으려는 간절한 마음이리라.

"벤 스투스. 그자가 첩자라는 건 대충 짐작했겠지?"

시에나는 고개를 끄덕였다.

"누구의 사주를 받았는지도?"

시에나는 조금 더 무거워진 표정으로 고개를 끄덕였다.

"그자를 조사했더니 흥미로운 사실이 나왔어. 내가 말하는 것보다 당신이 직접 조사서를 읽는 편이 낫겠지."

쿤은 시에나를 데리고 응접실을 나왔다.

곧바로 집무실로 들어가는 문을 열었다. 그가 열어 주는 문으로 들어간 시에나가 멈칫했다. 소파에 앉아 있던 남자가 엉거주춤 일어났다.

레반이었다.

그는 쿤이 돌아오기를 기다리고 있다가 느닷없이 나타난 은왕을 보고 혼이 나갔다.

뒤늦게 사태의 심각성을 알아차린 쿤의 안색이 희게 질렸다. 그녀의 방문에 들떠서 집무실에 있는 레반의 존재를 까맣게 잊었다. 그는 낭패의 기색으로 이마를 짚었다.

레반은 경직된 표정으로 은왕의 눈치를 살폈다. 뻔뻔하게 인사를 건넬까, 모르는 척할까, 그럴듯한 변명을 시도해 볼까. 머릿속이 복잡했다.

시에나가 먼저 말을 걸었다.

"오랜만이군. 칼리 보좌관."

"예⋯⋯. 그간 평안하셨습니까, 전하."

시에나는 소파로 걸어갔다. 레반의 옆을 지나쳐 그와 마주 앉는 방향으로 소파에 앉았다. 쿤은 긴장한 낯으로 문가에 서서 그녀의 반응을 지켜보았다.

레반의 시선이 불안하게 허공을 헤맸다. 얼른 도망가야겠다고 생각했다.

"두 분께서 긴히 나누실 말씀이 있는 듯하니 저는 이만⋯⋯."

"레반."

몇 걸음 걷던 레반이 뒷덜미가 붙들린 것처럼 그대로 멈추어 섰다. 굳은 목을 힘겹게 뒤로 돌렸다.

"예, 전하."

"와서 앉게."

"예?"

"앉아."

레반은 도움을 청하듯 쿤을 바라보았다. 시에나 역시 쿤을 보며 말했다.

"쿤. 당신도 와서 앉아."

쿤은 일단 그녀가 화내며 나가 버리지는 않을 것 같아 안도했다. 그는 소파에 가서 앉았다. 레반도 체념한 표정으로 쿤의 옆에 앉았다. 쿤이 항거하지 못하고 따르는데 자신 따위가 뭐라고 뻗대겠나, 싶었다.

"레반. 계속 수도에 있었나?"

"예⋯⋯. 전하."

"그럼 나와 마주치지 않으려고 꽤 조심했겠군."

"⋯⋯."

은왕의 목소리는 평이했다. 그런데 레반은 심리적으로 더 위축됐다. 사람의 몸이 기분에 따라 늘거나 줄 수 있다면 지금 자신의 몸은 잔뜩 쪼그라들었을 것이다.

"칼리 경 형제와 친인척이 아니라고 왜 거짓말했지?"

"아, 전하. 그건 사실입니다. 그들은 저와 어떤 혈연관계도 없습니다."

"친인은 아닌데 같은 성을 쓴다고?"

"그게 아니라. 그 형제의 성을 제가 무단으로 썼습니다."

"이름도 거짓이었다?"

레반이 푹 한숨을 내쉬며 고개를 숙였다.

"송구합니다. 전하."

"그럼 어떤 목적으로 내 보좌관이 된 건가? 쿤의 지시를 받았나?"

레반이 고개를 번쩍 들었다.

예상치 못한 급습이었다. 바로 옆에 쿤을 앉혀 두고 이런 질문을 하다니. 정말 대단하다.

"절대 아닙니다. 전하. 정말 아닙니다."

레반은 필사적으로 변명했다.

자신이 왜 국시를 치르고 관리가 되었는지, 시에나의 보좌관 제안을 왜 받아들였는지, 구구절절 설명했다. 레반이 이토록 당황한 적은 단 한 번도 없었다. 그는 언제나 논리적이었고 상대의 의견을 조목조목 따지며 반박하는 타입이었다.

그의 머릿속에는 자신 때문에 쿤과 은왕 두 사람 사이에 균열이 발생하면 안 된다는 생각밖에 없었다. 간결한 화법을 구사하는 레반이 그답지 않게 횡설수설했다.

오히려 쿤의 표정은 차분했다. 그녀의 직설적 화법에 공격당한 것이 한두 번이 아니라 충격이 덜 했다.

내가 맷집이 늘었구나, 생각하는 쿤의 기분이 오묘했다.

쿤은 삐질삐질 땀을 흘리며 애쓰는 레반을 구경했다. 말로는 못 이기는 레반이라서 가끔은 얄미울 때가 있었다. 궁지에 몰린 레반은 처음 봤다.

레반의 희생은 헛되지 않았다.

다급한 변명이 진실해 보이는 효과가 있었다.

"그대가 내 보좌관이 된 것을 쿤은 몰랐다는 건가?"

"예. 후 보고했다가 크게 혼이 났습니다. 그래서 전하께 곧바로 보좌관직을 사임하겠다고 말씀드렸습니다. 전하께서는 노여워하셨지요."

"아, 그랬었지."

수하가 먼저 일을 저지르고 나중에 보고하다니. 시에나의 상식으로는 이해할 수 없었다. 하지만 이미 쿤과 그의 수하들의 관계가 일반적이지 않다는 것은 알고 있었다.

"전하. 저는 절대로 어떤 의도를 갖고 전하께 접근하지 않았습니다. 전하께서 먼저 저를 부르시지 않았습니까."

시에나는 고개를 끄덕였다.

"그대 말이 일리가 있어. 알았네."

"그러니까 저는……. 예?"

"앞뒤 사정을 이해했네. 나가 보게. 난 쿤과 나눌 말이 있으니까."

레반이 얼떨떨한 표정으로 눈을 끔뻑거렸다.

쿤이 헛기침으로 웃음을 삼켰다. 현재 레반의 심정을 누구보다도 잘 안다.

"레반. 나가 봐."

"예……. 쿤."

레반이 우물쭈물하다가 일어났다.

맥이 풀리고 정신이 하나도 없었다. 그는 얼른 이 자리를 뜨고 싶다가도 이대로 나가도 정말 괜찮은가, 우려하는 마음 사이에서 갈등했다.

시에나는 막 문을 열고 나가려는 레반을 불러세웠다.

"그러면 그대의 진짜 이름은 뭐지?"

"글린. 레반 글린입니다."

레반이 문 앞에 서서 고개를 숙인 후 밖으로 나갔다. 집무실을 나서자마자 아차 했다. 보고할 내용이 한 가지 남았다. 하지만 안으로 다시 들어가고 싶지 않았다.

'뭐, 하루 정도 늦게 보고해서 문제 있는 사안은 아니니까.'

페로 연합국의 왕의 병세가 아무래도 심상치 않다는 정보가 들어왔다. 기껏 통일해 놨더니 다시 사막이 혼란에 휩싸일지도 모르겠다. 왕이 조금이라도 오래 버텨 주기만 바랄 뿐이다.

시에나는 미간을 찡그렸다.
이름이 귀에 익었다.
'글린. 글린. 어디서 들었지.'

「흑암성이 슬픔에 잠긴 날을 기억하오. 글린 경이군.」

기억났다.
'글린 경이 레반이었어?'
온몸의 피가 차갑게 식는 기분이었다. 어머니의 음모에 휘말려 공왕 대신 죽는 그의 수하가 레반이었다니. 현실에서는 벌어지지 않은 꿈속 미래의 사건이지만, 가슴이 덜컹했다.
쿤은 스투스의 조사서를 가지러 책상으로 갔다가 봉투를 들고 다시 소파에 앉았다. 굳은 표정으로 생각에 잠긴 시에나의 안색을 살폈다.
"레반에 관해 언제부터 알았어?"
"여행 중에 마차를 보고."
시에나의 설명을 들은 쿤이 탄식했다.
"진즉 말했어야 했는데. 어떤 식으로 말을 꺼내야 할지 알 수 없어서 미루다가 결국 당신에게 들켰네. 당신이 감정적인 사람이 아니라는 게 오늘처럼 고마웠던 적이 없었어. 아, 마음이 편하다. 역시 사람은 죄짓고 살면 안 돼."

시에나는 엄살을 부리는 그를 보며 코웃음 쳤다.

"쿤. 글린 경에게 형제가 있어?"

"글린 경?"

쿤은 레반을 칭하는 그녀의 호칭이 재미있었다. 레반은 귀족도 아니고 관리도 아니다.

"내가 알기로는 없어. 홀어머니 밑에서 외아들로 자랐거든."

아버지도 형제도 없다면 꿈속의 글린 경은 레반이 틀림없다.

"당신에게 레반은 칼리 형제 같은 의미야?"

"음. 비슷해. 무슨 일이 있을 때 의논할 수 있는 사람이지. 다방면으로 재주가 많아."

시에나는 쿤의 칭찬이 오히려 겸손한 표현임을 알고 있었다.

비록 몇 개월이었지만 레반을 보좌관으로 두어 그의 유능함을 지켜봤다.

그리고 레반은 쿤에게 신뢰하는 수하 이상으로 정서적 거리가 가까운 사람인 것 같다. 쿤과 레반의 관계를 자신과 포프 백작부인에 대입할 수 있었다.

「폐하. 저는 당신의 어머니를 용서할 수 없습니다.」

꿈속에서 공왕이 드러낸 분노를 이해했다. 자신이 그의 입장이라도 절대 용서하지 못할 것이다. 그리고 동시에 꿈속 황제가 느꼈을 고통도 이해했다. 어머니의 죄 때문에 공왕에 대한 죄책감으로 그를 더욱 멀리했을 테니까.

"시에나?"

"쿤. 어머니는 앞으로 더 집요하게 당신을 공격할 거야."

덩달아 심각해졌던 쿤의 표정이 풀렸다.

"난 또 뭐라고. 괜찮아. 내가 알아서 할게."

"얕보지 마. 이번에 내가 아니었으면 당신은 꼼짝없이 어머니의 덫에 걸렸어."

쿤은 쓴웃음을 지었다. 허접한 수법이라고 혀를 찼지만, 그 허접한 수법에 당한 건 사실이다. 몸이 날랜 짐승도 때로는 조악한 덫에 걸려 어이없이 잡히기도 한다.

"당신이 생각하는 당신의 약점이 뭐야?"

"내 약점이라……."

"함정이라는 것을 알면서도 스스로 걸어 들어갈 수밖에 없는 약점."

"당신."

"쿤. 난 진지하게 얘기하는 거야."

"나도 진지해. 당신이 내 약점이야."

"난 누군가의 약점이 되고 싶지 않아."

"난 당신이 내 약점이라서 영광인걸."

쿤이 시에나의 손을 잡아 손등에 입을 맞추었다. 언짢게 그를 쏘아보던 시에나는 싱글싱글 웃는 그를 보며 따라 웃지 않을 수 없었다.

꿈 얘기를 할 수는 없는 노릇이고 그가 공왕이 된 후에 벌어진 일이니 당장 급하지는 않았다. 약점이 뭐냐고 캐묻는 것도 이상했다.

시에나는 손끝으로 그의 가슴을 꾹 누르며 한 번 더 강조했다.

"심각하게 생각해 봐. 당신이 쉽게 당할 사람이 아니라는 건 알아. 하지만 그래서 당신이 누군가에게 공격당한다면 그건 틀림없이 그런 약점 때문이겠지."

시에나는 그가 테이블에 올린 봉투를 열었다. 벤 스투스에 관한 조사서를 꺼냈다. 그녀가 문서를 읽는 동안 쿤은 조금 전 그녀의 말을 곰곰이 생각했다.

'내 약점. 함정인 줄 알면서도 당할 수밖에 없는 약점.'

그녀를 만나기 전까지 그에게 가장 중요한 것은 라드 일족이었다. 정착하지 못한 일족에게 가장 큰 보물은 사람이었다. 나라를 세울 땅을 찾는 것보다 일족의 구심점이 되어 그들을 보호하는 임무가 더 중요했다.

'인명부.'

어느 나라의 어느 지역에서 어떤 신분으로 살고 있는지 기록한 라드 일족의 명부. 그것만큼 중요한 보물이자 약점은 없었다.

라드 일족의 부유함은 널리 알려져 있다. 대륙의 수많은 왕국에서 라드 일족을 복속하려는 시도가 끊이지 않는 이유도 그래서였다.

만약 누군가가 인명부를 손에 넣어 다수의 라드 일족을 인질로 삼으면 쿤은 그들을 외면할 수 없다. 아마 무리한 요구도 수용할 것이다.

'인명부 관리가 잘 되고 있는지 점검해 봐야겠군.'

시에나는 스투스의 조사서를 꼼꼼하게 정독한 후 내려놓았다.

'신분 위조였구나. 스투스의 약점이 그거였어.'

제국법으로는 평민을 세분화하지 않지만, 현실적으로는 차별했다. 범죄자나 비천한 직업에 종사하는 자는 천민 취급했다. 빈민가 출신은 그들보다 더 멸시의 대상이었다.

시에나가 쿤과 함께 뒷골목의 돌아본 후 빈민들의 삶에 관심을 두고 조사해서 알아낸 사실이었다.

그런데 빈민가 출신이 귀족 행세를 한다? 들통나면 교수형이 오히려 관대했다. 능멸당했다고 생각한 귀족들이 들고일어나 스투스를 잔인하게 처벌할 것이다.

꿈속 미래에서 스투스는 황궁의 기사들을 지휘했다. 근위 기사 대장인 것 같았다.

기사로서 오를 수 있는 최고의 자리 중 하나다.

스투스의 지위가 높아질수록 그의 출신은 그를 꽁꽁 옭아매는 약점이 된다. 가진 것이 많으면 잃을 때의 공포도 커질 테니까.

'스투스는 약점을 쥔 어머니에게 충성할 수밖에 없겠지.'

미래의 황제는 스투스의 출신은 알아내지 못한 모양이다. 그를 마땅치 않아 하는 기색이 역력한데도 쫓아내지 못하고 곁에 두었으니까.

"그 서류 안에는 없지만, 추가 정보가 하나 더 있어. 리먼 가문이 정보 판매상에게 당신의 봉토에 관한 정보를 의뢰했고 결과를 받아간 사람은 스투스였다고 하더군."

시에나는 피식 웃었다. 역시 예측을 벗어나지 않았다. 스투스를 봉토에 보낼 때부터 그가 혼자 힘으로 맡은 임무를 수행할 거라고 기대하지 않았다. 어머니 혹은 리먼 가문의 도움을 받을 것으로 예상했다.

"그자의 배후는 리먼 가문인가?"

시에나는 고개를 저었다.

"아니. 어머니야. 리먼 가문은 아마 어머니의 요청을 받아 나섰을 거야."

스투스가 은왕궁에 침투한 시기가 훨씬 옛날이라면 리먼 가문을 의심했을 것이다. 시에나는 선대 리먼 공, 즉 외조부가 생전에 자신과 적당히 거리를 두었던 것을 기억했다.

시에나가 어릴 때부터 닮고 싶은 오직 한 사람은 황제였다. 황제는 자신의 외가인 슐츠 공작 가문과 데면데면했다. 그래서 시에나도 외조부와 마음의 거리를 유지하려 했다.

외조부는 영리한 사람이었다. 시에나의 뜻을 존중해 준 것인지, 건드렸다가 사달이 날까 염려해서 그랬는지 딱 시에나가 바라는 적당한 선을 지켰다.

외조부의 생각이 곧 리먼 가문의 뜻이다.

시에나가 모르는 일을 뒤에서 꾸몄을 수는 있지만 직접 첩자를 심지는 않았을 것이다.

'그리고 전에는 내 일정이 전부 공개되어 있었으니까. 굳이 첩자는 필요 없었겠지.'

시에나가 자신의 주변 사람을 관리하기 시작할 무렵. 정확히 그즈음에 스투스가 들어왔다.

"어쩔 거야? 첩자를 잡았으니 숨아 낼 건가?"

시에나는 도리어 그에게 물었다.

"당신이라면 어떻게 할까? 그자를 쫓아내?"

"아니, 나라면……."

쿤은 말끝을 흐렸다.

"내 의견이 뭐가 중요해."

"난 당신 생각이 듣고 싶어."

쿤은 불편한 표정으로 마지못해 말했다.

"그자의 약점을 이번에는 내가 이용하겠지."

"응. 나도 그러려고."

시에나는 스투스가 충성스러운 기사라면 그의 숭고한 정신을 존중할 생각이었다.

하지만 얼마 전 패트리샤를 배신한 시녀의 사례에 비추어 스투스가 진실하게 적왕을 섬길 가능성이 작다고 봤다.

"이 조사서를 스투스에게 보여 줄 거야. 귀족 사칭을 덮어 주는 대신 이중 첩자로 써 볼까 해."

"그자를 협박하겠다고?"

시에나가 인상을 썼다.

"지난번에도 그랬지만 왜 자꾸 협박이래. 협박은 다른 선택권을 주지 않는 거야. 난 거래를 제안하는 거라고. 스투스 경이 응하지 않으면 내쫓는 것으로 끝낼 거야."

쿤은 아무 말이 없었다. 시에나는 그의 표정을 살피며 고개를 갸웃했다.

"무슨 문제 있어?"

"그냥 나는……. 당신이 걱정돼. 상처 입지 않았으면 좋겠어."

"내가 어머니와 싸우는 게 신경 쓰여?"

"……."

"당신은 내 어머니한테 그런 일을 당했으면서 화나지 않아?"

쿤은 중얼거리듯 대답했다.

"당신 어머니잖아."

시에나의 눈이 커졌다.

그녀는 웃으면서 그의 뺨을 어루만졌다.

"당신, 꽤 무른 사람이네."

쿤은 제 얼굴을 감싼 그녀의 손등을 덮으며 웃었다. 자신이 무른 사람이라는 말을 듣는 날이 올 줄은 몰랐다. 그녀는 모르겠지만 칼리고 용병단장은 나름대로 악명이 높았다.

그녀에게는 좋은 사람으로만 기억되고 싶었다. 그래서일까. 그녀와 함께 있을 때의 자신은 인격이 변하는 것 같았다. 그녀에 관한 일에는 한없이 관대해질 수도, 한없이 옹졸해질 수도 있었다.

"독초가 황궁으로 언제 어떻게 반입되었는지 알아본다고 한 그 일은 어떻게 됐어?"

"진척이 없어. 금방 찾지는 못할 거야. 허술하게 들어오지는 않았을 테니까."

"쿤. 내가 알아낸 사실이 있어."

시에나는 독초를 들여온 것이 아니라 온실에서 재배했을 가능성을 말했다.

설명을 들으며 쿤의 표정이 진중해졌다. 물증은 전혀 없고 추측

뿐이지만 그럴듯했다. 그녀의 추론에 따르면 듣도 보도 못한 신종 마약이 등장한 배경도 설명할 수 있다.

"온실은 접근 못 하지?"

"못 해. 폐하도 못 들어가서. 명백한 증거가 있어야 폐하께서 수색을 명할 수 있겠지만, 그 절차를 시행하기까지 시간이 꽤 걸려."

"그럼 그동안 증거는 말끔히 사라지겠지."

"어머니라면 분명히 만약의 경우를 대비했을 테니까."

"당장은 방법이 없네. 조심하는 수밖에."

"물증은 없지만 내가 폐하께……."

"아니."

쿤이 그녀의 말을 잘랐다.

"당신과 당신 어머니의 싸움은 두 사람만의 문제로 끝나야 해. 적왕은 당신의 가장 가까운 혈육이야. 적왕의 과오는 당신에게 불리하게 작용할 수 있어."

시에나는 그를 빤히 쳐다보았다.

"당신이 정의로운 사람인 것은 알아. 하지만 정면 돌파만이 길은 아니야. 황제의 힘을 빌려 적왕을 공격하지 마. 알았지?"

시에나는 시선을 떨어뜨리고 말없이 고개만 끄덕였다.

숨을 삼키는 목 안이 죄어서 따끔거렸다.

쿤이 제국에서 자리를 잡으려면 적왕은 장해물이다. 그가 철왕을 돕기 때문만은 아니었다. 적왕은 기득권이고 그는 신진 세력이었다. 적왕을 몰아내는 것이 그에게는 유리했다.

그러니까 그의 조언은 오직 시에나의 입장에서 시에나를 위한 말이었다.

'난 당신이 생각하는 것처럼 그렇게 정의로운 사람은 아니야.'

그녀는 이미 약게 머리를 굴렸다.

그래서 별궁에서 일어난 사건에 적왕이 개입한 사실을 황제에게 알리지 않고 덮었다.

두 사람이 황제의 부름을 받은 그 날, 시에나는 쿤이 적왕을 언급하지 않아서 고마웠다. 그런데 어쩌면 그는 소극적으로 모르는 척 넘어간 것이 아니었다. 그날 어머니에 대해 말을 꺼냈으면 그가 나서서 막았을지도 모른다는 생각이 들었다.

시에나는 그를 끌어안았다.

그의 너른 가슴에 고개를 묻었다.

'이상한 기분이야. 왜 사랑이라는 감정은 이렇게 복잡한 걸까.'

그를 좋아하는 마음이 갈수록 커져서 그녀는 언젠가부터 조금씩 무서워졌다. 그가 자신의 절대적 기준이자 가치가 되어 버리면 어떡하지. 지금껏 그녀를 지배한 인생관이 통째로 흔들릴 것 같았다.

"쿤."

"음."

"그날 당신이 했던 말. 철왕과 이야기해 보겠다는 생각은 변함없어?"

"변함없어."

대답이 단호했다.

시에나는 설득하려 했던 마음을 바꿨다.

"그럼 철왕과 만난 후에 나도 함께 셋이서 만날 자리를 한 번 더 마련해 줘."

그의 대답은 조금 늦었다. 하지만 이유는 묻지 않았다.

"알았어. 당신 말대로 할게."

두 사람은 말없이 서로를 안으며 온기를 나눴다. 이대로 밤새 안고 있어도 지루하지 않을 것이다. 쿤은 빠르게 흐르는 시간에 아쉬워하며 말했다.

"길버트 경과 출궁한 건가?"

"응."

"오래 기다리고 있겠네. 그만 가야지. 늦었어."

"길버트 경은 보냈어."

쿤이 그녀의 어깨를 잡아 살짝 밀어냈다. 그녀와 마주 보았다.

"보내다니?"

"내일 아침에 데리러 오라고 했어."

"혼자 돌아가려고?"

시에나는 쿡, 웃음을 터뜨렸다. 한 마디를 하면 열 마디를 알아듣는 사람이 엉뚱한 소리를 한다.

"내일 돌아갈 거라니까."

그는 말없이 눈만 껌벅이다가 한참 만에 '아……' 하고 중얼거렸다.

그의 바보 같은 표정에 시에나는 또다시 웃음을 터뜨렸다.

"빈방이 없으면 어쩔 수……."

"아니! 빈방 많아!"

쿤이 벌떡 일어났다.

"잠깐만 여기 있어."

그의 마음이 다급해졌다. 귀빈을 하룻밤 불편함 없이 모실 수 있는 준비가 되어 있는지 확인해야겠다. 담쟁이 저택은 머물고 가는 손님을 맞이한 적이 아직 없었다.

"발터! 발터!"

그는 문을 열고 나가면서 소리쳤다.

발터는 훌륭한 집사였다. 갑작스럽게 손님을 대접해야 하는 상황에서 당황하지 않고 척척 일을 진행했다. 저택을 구석구석 쓸고 닦는 일이 최근 발터의 취미였다. 오밤중에 요란하게 청소할 필요도 없이 뚝딱 방을 마련했다.

귀부인이 갈아입을 만한 여분의 옷이 없다는 점이 문제였지만, 발터는 라드 상회에서 운영하는 고급 의상실의 진열품을 싹 쓸어 오는 것으로 해결했다.

고객에게 보여 주기 위한 진열품은 귀족 여인의 다양한 몸매를 소화하기 위해 넉넉한 여유를 두어 제작했다. 시에나의 체형이 평균보다 커도 문제없었다.

그래도 옷을 완성하기 위한 추가 작업은 필요했다. 아침까지 마무리 지어야 할 것이다. 재봉사에게 두둑한 웃돈을 주어 맡겼다.

"목욕물은?"

"거의 준비가 끝났습니다. 집사님."

"너희 둘이 목욕 시중을 들어라."

"예."

"요리장. 혹시 손님께서 시장하실 수 있으니 간단한 요리를 해 놓게."

"예."

발터는 신이 났다. 저택의 고용인들을 불러 모아 놓고 지시를 내리는 재미가 여간 아니었다. 모처럼 제대로 집사다운 역할을 하게 되어 표정에 생기가 넘쳤다. 그는 단단히 입단속 하는 일도 잊지 않았다.

시에나는 수면 가득히 꽃잎을 띄운 향긋한 욕조에 몸을 담가 기분 좋게 목욕을 마쳤다. 시중을 마친 하녀들이 물러갔다.

혼자가 된 그녀는 거울 앞에 섰다. 원피스의 형태의 잠옷은 넉넉한 수준을 넘어서 많이 컸다. 급히 마련하느라 그녀의 치수에 맞추어 준비할 수 없었을 것이다.

시에나는 웃음이 나왔다. 거울 속 자신의 모습이 낯설었다. 옷을 입은 게 아니라 뒤집어쓴 것 같았다. 항상 완벽하게 잘 맞는 옷만 입었기에 붕 떠 보이는 잠옷이 이상했다.

작은 소리를 듣고 그녀는 고개를 돌렸다. 그녀의 얼굴에서 웃음이 사라졌다. 문이 닫히는 소리였다. 문에 기대어 서 있는 쿤과 눈이 마주쳤다. 얼핏 사나워 보이는 눈빛이 의미하는 것을 알고 있었다. 그녀를 원하는 마음을 참지 않는 남자의 눈이었다.

그리고 저런 눈빛으로 바뀐 남자는 무자비했다. 그녀는 오늘 밤이 아주 길고 힘들 거라고 예감했다. 그녀의 심장을 뛰게 하는 감정은 두려움보다는 기대감이었다.

그가 성큼성큼 다가오자 그녀는 자신도 모르게 뒤로 물러났다. 그녀의 뒷걸음질보다 다가오는 그가 훨씬 빨랐다. 그의 팔이 허리를 감아 강하게 당겨 안았다. 시에나는 헉, 밭은 숨을 내쉬었다. 달음박질친 것처럼 갑자기 숨이 찼다.

그녀를 등을 어루만지는 그의 손은 거침이 없었다.

평소에 깍듯하게 예의를 지키는 남자는 욕망을 드러낼 때 망설이지 않았다.

그의 얼굴이 다가오자 시에나는 눈을 감았다. 하지만 키스가 아니라 그녀의 몸이 위로 휙 들렸다. 그녀의 등이 곧 푹신한 침대에 닿았다. 그 즉시 위에서 내리누르는 입술이 그녀의 입술 위에 포개졌다.

그의 키스는 탐욕스러웠다. 꽉 억눌렀던 감정들이 한꺼번에 밀려드는 것 같았다.

"당신에게 한 가지만 양해를 구할게."

가라앉은 목소리는 마치 속삭이는 것처럼 들렸다. 시에나는 눈을 떴다. 그녀의 몸을 누르며 내려다보는 그의 눈빛은 도약 직전의 맹수 같았다.

"루사 열매를 미리 먹어 두지 못했어."

쾌락차.

오늘 시에나의 출궁은 예정에 없던 일이고 미리 그에게 말을 해 두지도 않았으니 당연히 그는 준비하지 못했을 것이다.

그녀는 '그럼 내일 내가 마셔야 하는구나.'라고 무심코 생각했다가 쾌락차를 마신다는 의미를 떠올렸다. 전에는 신경 쓴 적이 없었지만, 그와의 정사 이후 '여자가 쾌락차를 마시는 것'의 의미를 좀 다르게 해석하게 되었다.

진실 여부는 확실하지 않으나 사람들은 사내가 쾌락차를 마시면 씨 없는 정액을 쏟는다고 생각했다. 반대로 말하면 여자가 쾌락차를 마실 때는 사내 씨를 그대로 몸에 받아들이는 셈이었다.

그녀는 얼굴이 달아올라 고개를 돌렸다. 웅얼거리는 것처럼 작은 목소리로 대답했다.

"응……."

"내일 길버트 경에게 언제 오라고 했어?"

"그냥 오전에 오라고……."

"정오가 되기 전까지는 오전이야. 그렇지?"

쿤은 그녀가 말뜻을 해석할 여유를 주지 않았다. 곧바로 그녀의 입술을 삼켰다.

시에나는 자신에게 달려든 남자를 끌어안았다. 온몸을 내리누르는 그의 무게에 기분 좋은 한숨이 나왔다.

그는 혀뿌리가 얼얼하도록 그녀의 혀를 빨아들이고 흘러내리는 타액을 핥았다. 잠시 떨어져 있는 순간도 아깝다는 듯 맞붙은 입술이 떨어지지 않았다.

질척한 소음이 뒤섞이는 입술 사이에서 흘러나왔다. 그의 손이 잠옷 안으로 들어가 허벅지부터 엉덩이를 지나 옆구리까지 부드럽게 쓸었다. 품이 큰 원피스형 잠옷을 위로 벗겨 버리는 건 순식간이었다.

맞물린 입술을 깨물고 비비면서 그는 잠옷 셔츠를 벗어 던졌다. 그녀의 말캉한 입술을 맛보고 그녀의 몸을 어루만지는 와중에도 조급함을 참을 수 없었다.

그녀와 함께 블레스 공작령을 다녀온 지 보름이 훌쩍 넘었다. 생각해 보면 고작 보름 남짓이다. 그러나 쿤에게는 아득히 먼 옛일 같았다.

선박에서 내린 후 오늘까지 시간은 지독히 더디게 흘렀다. 매일 밤 사막처럼 광활한 침대에 혼자 누워 한참을 뒤척이다 잠들었다. 겉보기에만 멀쩡하지 그는 속부터 바짝바짝 말라가고 있었다.

그녀의 부드러운 피부를 손바닥으로 음미하며 쿤은 새삼 깨달았다. 이미 자신은 그녀에게 완전히 중독되었다. 절대 벗어날 수 없을 것이다. 벗어나고 싶지도 않았다.

그의 두 손이 젖가슴을 쥐었다. 그녀의 풍만한 가슴은 푸딩처럼 부드럽고 말랑말랑했다. 꽃물에 담갔다가 꺼낸 것 같은 유륜과 작은 과실 같은 유두는 언제나 그를 갈증 나게 했다.

대리석처럼 하얗고 매끄러운 그녀의 피부에 몸이 스치면 크림에 문지르는 기분이 들었다. 거칠고 각이 진 자신의 몸이 그녀를 아프게 하는 건 아닐까, 걱정하면서도 제 몸에 짓눌리는 그녀를 보면 희열을 느꼈다.

그는 가슴을 쥔 손아귀에 적당한 강약으로 힘을 주었다가 풀면서 그녀의 가슴을 주물렀다. 입으로는 여전히 그녀의 입술을 훑고 안쪽의 여린 점막을 빨아들였다. 무엇도 포기할 수 없어 잔뜩 욕심을 부렸다.

자극받아 볼록 곤두선 유두가 스치는 손바닥에 도드라졌다. 유두를 엄지와 검지로 잡아 부드럽게 굴리자 그녀의 목에서 희미한 신음이 흘러나왔다. 그는 그녀의 턱 아래에 깊이 고개를 디밀어 키스한 후 아래로 내려와 가슴을 물었다.

"하아……."

시에나는 한숨처럼 숨을 내쉬었다. 감은 눈의 속눈썹이 파르르 떨렸다. 한쪽 가슴이 그의 입안으로 빨려 들어가고 오돌토돌한 혀의 돌기가 매끄럽게 그녀의 유륜을 핥았다.

그는 입술로 유두를 깨물었다가 혀끝을 세워 파고들었다. 가슴 전부를 삼킬 것처럼 한입에 넣고 빨아들였다.

"흣……."

저릿하게 번지는 쾌감에 그녀는 비음을 흘렸다. 통증처럼 따끔따끔, 손가락 끝이 저렸다. 힘이 들어간 손가락이 그의 목덜미를 만지다가 어깨에 파고들었다. 쾌락을 기억하는 그녀의 몸은 빠르게 달아올랐다. 다가올 열락을 환영하며 질구를 축축하게 적셨다.

가슴을 애무하는 동안 그의 손은 쉬지 않고 그녀의 몸을 만졌다. 동그란 어깨를 쥐었다가 곡선을 따라 허리를 쓸어내리고 아랫배를 손바닥으로 부드럽게 비볐다. 그의 애무는 다정하면서도 자극적이었다. 이윽고 그의 손이 아래로 내려가 둔덕을 쓸었다.

손가락이 은밀한 숲을 헤치고 비부의 틈새를 파고들었을 때 그는 으음, 하고 낮게 중얼거렸다. 흥건하게 흘러나온 애액으로 미끌미끌했다.

몇 번 문지르다가 질구 안으로 손가락 끝을 살짝 넣었다. 뜨겁게 감싸는 질벽의 감각이 소름이 돋을 정도로 짜릿했다. 이 작은 구멍 안에 환상적인 쾌락의 늪이 있었다.

머리끝까지 피가 몰렸다. 참을 수가 없었다. 그는 무릎을 세우고 자세를 잡았다. 그녀의 두 다리를 자신의 허벅지 위에 올렸다. 바짝 기립하여 끈적한 액이 맺힌 제 것을 질구에 문지르다가 맞추어 밀어 넣었다.

"으응……."

시에나는 숨을 들이쉬며 입술을 깨물었다. 두툼한 귀두가 내벽을 억지로 벌리는 느낌이 생생했다. 그를 처음 받아들였을 때만큼은 아니어도 압박감이 상당했다.

그가 느릿하게 움직여서 충격은 덜 했지만, 도대체 언제 끝인가 싶을 정도로 그는 깊은 안쪽으로 계속 진입했다. 마침내 그들의 성기가 완전히 결합했을 때 시에나는 참았던 숨을 몰아쉬었다. 아래쪽이 아릿하고 얼얼했다.

하지만 이게 끝이 아니라 시작임을 알고 있다. 그녀에게 도망칠 틈도 주지 않고 발가락이 오그라들도록 사정없이 몰아붙일 것이다.

배 속을 꽉 채웠던 그가 느리게 빠져나가더니 퍽 치고 들어왔다.

"흑!"

"후우……. 시에나."

쑥 빠져나간 그가 강하게 치받았다.

"아!"

"힘…… 빼고."

쿤은 이를 지그지 물어 사정감을 참았다. 질벽이 어찌나 조여드는지 식은땀이 났다. 그는 아슬아슬하게 허리를 뒤로 물렸다가 뿌리 끝까지 박아 넣었다.

"으웅!"

"너무 좁아. 이래서는…… 오래 못 해."

당신 기준으로 오래 하지 않아도 충분하다는 말이 시에나의 머릿속에 맴돌았다. 하지만 그녀의 입에서 나오는 건 신음뿐이었다. 그의 말대로 마음과 다르게 몸이 아직 풀어지지 않은 모양이었다. 뜨거운 불기둥이 내부를 거칠게 헤집는 것 같았다.

진입이 수월하지 않자 그는 미간을 찡그렸다. 조금 빡빡했다. 자세를 낮추어 두 손을 그녀의 머리 옆에 딛고 아랫배가 맞닿도록 하복부를 붙였다. 아래에서 위로 올려치듯 삽입하면서 뭉근하게 비볐다.

"훗!"

제대로 음핵이 자극되었다. 그녀의 반응을 살피며 그는 바짝 위로 올려붙여 얕게 추삽질했다.

"아! 웃!"

그녀의 미간에 살짝 주름이 잡혔다. 완전히 맞붙은 사타구니 사이로 열기가 피어올랐다. 미끈한 애액이 흘러나와 마찰하는 피부 사이의 윤활제가 되었다. 두툼한 귀두가 반복적으로 질구 근처를 찔렀다가 빠져나가면 물에 번지는 잉크처럼 저릿한 쾌감이 신경을 타고 퍼져 나갔다.

입구에서 지분거리던 그가 단번에 끝까지 쭈욱 미끄러져 들어갔다. 몸이 크게 흔들리면서 그녀는 짧은 비명을 질렀다. 자세를 더 낮춘 그가 그녀의 입술을 덮쳤다. 깊이 들어온 혀가 그녀의 치열을 훑었다.

그녀는 아래위 동시에 진행되는 자극에 정신을 차릴 수가 없었다. 서로의 숨결을 받아 삼키는 농밀한 키스에 집중하려 해도 단단한 말뚝 같은 그의 것이 아래를 꽉 채웠다가 빠져나가면 몸이 저절로 소스라쳤다. 그녀의 젖가슴에 곤두선 돌기는 몸이 흔들릴 때마다 그의 꽉 짜인 가슴 근육에 스쳐 자극이 되었다.

따라가기에 급급하던 그녀는 점점 적극적으로 반응했다. 두 손으로 그의 어깨를 끌어안고 강한 자극이 오면 손가락을 세워 승모근 근육에 찔러넣었다.

그녀의 두 다리가 그의 허리를 휘감았다. 그의 성기를 완전히 삼킬 때마다 저절로 엉덩이가 들렸다. 결합한 틈새에서 흘러나온 물이 엉덩이골을 타고 시트에 떨어졌다.

태초의 모습으로 두 남녀는 뜨겁게 엉켰다. 물기 어린 살에 부딪히는 소리와 헐떡이는 그들의 호흡 소리만 침실에 가득했다.

그녀는 턱을 치키며 눈을 질끈 감았다. 아래에서 번지는 근질근질한 쾌감이 머지않아 터질 것 같았다.

"으응……."

강렬한 쾌감이 척추를 쭉 따라 올라갔다. 그의 것을 물고 있는 질벽이 강하게 수축했다. 손끝부터 발끝까지 저릿한 쾌감이 온몸을 훑고 지나갔다.

그는 이를 지그시 물고 그녀의 절정이 가라앉기를 기다렸다. 질벽의 경련 간격이 길어지더니 그의 목을 감은 그녀의 팔이 스르륵 떨어졌다. 그는 허리를 뒤로 물리고 상체를 세웠다. 늘어져 누워 있는 그녀의 어깨를 잡아 몸을 뒤집었다.

"쿤!"

그가 뭘 하려는지 알아챈 시에나가 화들짝 놀라 고개를 돌렸다. 하지만 완전히 엎드린 자세로 몸이 뒤집혀 뒤를 보기가 여의치 않았다. 그의 손에 허벅지가 잡히고 엉덩이가 위로 들려 올리자 그녀 표정이 다급해졌다.

"잠깐, 쿤. 그건 하지……."

"하지 마? 정말?"

퍽, 그가 뒤에서 단번에 관통해 들어갔다.

"흐윽!"

"당신 이거 좋아하잖아."

아슬아슬하게 빠져나간 그가 뿌리 끝까지 쑤셔 박았다.

"아!"

"한 번 간 후에 깊이 찔러 주는 거."

가라앉은 목소리는 마치 속삭이는 것 같았다. 그의 눈동자가 번들번들하게 빛났다. 그녀의 둔부를 더 꽉 붙들고 안쪽을 헤집을 기세로 치받았다.

진입할 때마다 그녀의 내벽이 빨아들이듯 집어삼켰다. 애액을 뒤집어쓴 성기가 빠져나왔다가 붉은 속살을 가르고 그녀의 몸속으로 사라지는 광경에서 그는 눈을 떼지 못했다.

"아! 훗! 으웃!"

그가 깊이 찌를 때마다 눈앞에 불꽃이 튀었다. 한 차례 절정으로 예민한 질벽이 강한 자극에 강한 수축과 이완을 반복했다. 그녀는 손에 잡히는 시트를 움켜쥐고 흐느꼈다. 앓는 듯한 신음을 참을 수가 없었다.

싸하게 시원한 느낌이 치밀어 올랐다. 그녀는 새된 비명을 질렀다. 쭉 뻗은 팔은 손가락을 세워 시트를 긁었다. 피부에 닿는 바람조차 느낄 수 있을 정도로 감각이 곤두섰다. 발끝부터 정수리까지 미지의 힘이 꽉 쥐어짜는 것 같았다.

"아아아!"

지나친 쾌락은 고통에 가까웠다. 꽉 감은 눈의 속눈썹이 촉촉해졌다. 절정으로 몸부림치는 그녀의 깊은 안쪽에 몇 번 더 문지르던 그가 낮게 신음했다. 목 안에서 울리는 그의 신음을 듣자 그녀는 소름이 쭉 돋았다.

엎드려 있는 자세라 확인할 수 없지만, 지금 그의 표정이 어떤지 상상할 수 있었다. 눈을 지그시 감고 미간을 살짝 찡그리며 목울대가 울렁거릴 것이다. 배부른 짐승이 그르렁거리는 것처럼 나른한 표정을 지을 것이다.

뜨겁게 안으로 쏟아져 들어오는 그의 정을 받으며 그녀는 덜덜 몸을 떨었다. 안을 꽉 채웠던 그의 것이 뭉근하게 안쪽을 휘저으며 느릿하게 빠져나갔다. 그녀는 손가락 하나도 움직일 기력이 없어서 숨만 헐떡였다.

그의 손이 부드럽게 그녀의 등을 쓸어내렸다. 어깨에 닿은 입술이 척추를 따라 키스하며 내려갔다. 그녀의 몸을 조심스럽게 바로 눕힌 그가 입술을 포갰다. 길지 않은 키스 후 그녀의 볼과 귓가에 입을 맞추고 땀에 젖어 축축한 이마를 쓸어넘겼다.

시에나는 천천히 눈을 떴다. 눈이 마주친 그가 그녀의 아랫입술을 살짝 빨아들이며 속삭였다.

"사랑해, 시에나."

그의 입술이 다시 그녀의 입술을 삼켰다. 시에나는 눈을 감으며 입을 열었다. 이 순간, 시에나는 이 세상에 오직 그와 자신만 있는 것 같았다. 그와 한 몸이 된 것처럼 그가 가깝게 느껴졌다. 행복했다.

*　　*　　*

다음 날 아침 해가 뜨자마자 길버트가 후작 저를 방문했다. 길버트는 응접실로 안내받아 기다렸다. 그는 문이 열리는 소리를 듣고 반사적으로 일어났다.

"길버트 경."

"여어."

은왕이 아니라 마틴과 우스가 안으로 들어왔다. 갑작스럽지만 길버트는 반갑게 인사를 건넸다.

"두 분, 오랜만입니다."

한 달의 여행 동안 길버트는 두 형제와 꽤 친해졌다. 기사를 그다지 좋아하지 않는 우스도 길버트의 무던한 성품을 마음에 들어 했다.

"우리와 논검 한 판 할래요?"

논검은 말로 하는 비무였다. '이러저러하게 공격하겠다.'라고 하면 '그 공격엔 이렇게 방어하고 이런 식으로 반격하겠다.'라고 말로 공방을 주고받았다.

길버트는 여행하는 동안 논검이라는 방식을 형제한테 처음 들었다. 처음에는 무슨 애들 장난인가 싶었다.

하지만 직접 해 보니 절대 우습게 볼 훈련이 아니었다. 직접 검을 맞대는 것은 체력 문제와 실력 차이 등으로 한계가 있었다. 하지만 논검은 상대가 누구건 몇 시간도 문제없었다.

그리고 우스와 마틴을 다시 보게 되었다.

타고난 힘으로만 검을 휘두르는 자들이 아니었다. 고도의 전략을 구사했다. 배울 게 많았다. 길버트는 형제의 제안에 몹시 끌렸다.

"아쉽지만 다음에 하지요. 전하를 모시러 왔습니다."

우스가 어깨를 으쓱했다.

"그분, 금방 안 오실 거예요."

마틴이 말을 받았다.

"한참 기다려야 할 겁니다."

"오전 내내 회의하신다고 들은 것 같은데. 그렇지?"

"음. 나누실 말씀이 많은 것 같더라."

길버트는 형제의 꾐에 넘어갔다.

'그럼 잠깐이라면…….' 하고 형제들과 어울려 응접실을 나왔다. 함께 떠들며 가는 사내들의 뒷모습을 보면서 발터가 히죽 웃었다.

발터는 길버트의 관심을 돌리는 임무를 형제에게 맡겼다. 간밤에 목욕물이 두 번이나 들어갔고 기름진 야식도 들였다. 두 분은 아직 곤히 단잠에 빠져 계실 것이다. 누구든 그분들을 방해하도록 내버려 둘 수 없었다.

'두 분을 위한 아침 겸 점심을 준비해야겠군. 뭐가 좋을까.'

발터는 콧노래를 흥얼거리며 조리실로 향했다.

*　　*　　*

시에나는 벤을 집무실로 불렀다.

"전하. 후작 각하를 뵙고 전하의 전언을 올렸습니다. 각하께서 전하께 직접 전해 드리라고 제게 주셨습니다."

벤이 봉투를 책상에 올려놓고 한걸음 물러났다. 봉투는 봉인된 그대로였다. 그러나 그가 후작 저에서 받아 나올 때와 봉인 형태가 바뀌었다.

어제 벤은 집으로 가는 척하다가 다시 입궁했다. 늦은 시각, 은왕궁이 아닌 적왕궁으로 갔다. 적왕에게 바친 봉투를 적왕이 손재주 있는 시녀에게 건넸다. 봉투의 손상 없이 밀랍 봉인을 떼어 냈다.

벤은 봉투 안에 무엇이 들었는지는 모른다.

적왕이 내용을 읽고 다시 봉투에 담아 봉인했다.

「수고했다. 이대로만 잘 해 주면 너는 부와 권력을 누릴 수 있

을 것이야.」

벤은 적왕의 밑으로 들어갈 때부터 온갖 더러운 일을 할 각오를 마쳤다. 사람을 해치는 것도 아니고 고작 은왕궁의 정보를 빼내서 그 어머니에게 가져다주는 정도라면 못 할 이유가 없었다.

시에나는 벤이 준 봉투를 쳐다보기만 하고 손대지 않았다. 그녀는 또 다른 봉투를 들고 일어났다.

"스투스 경. 이리 와서 앉게."

두 사람은 소파에 마주 앉았다. 시에나는 봉투 안에서 문서를 꺼내 소파 테이블에 올렸다.

"읽어 보게."

벤이 문서를 집어 들었다. 벤의 표정이 무너지는 것은 순식간이었다. 안색이 시커멓게 죽고 문서를 쥔 손이 덜덜 떨렸다. 그는 마지막 장까지 읽지도 못했다. 고개를 푹 떨어뜨렸다.

"변명할 말이 있나?"

"……없습니다."

벤은 곧바로 끌려나가 중형을 선고받고 목이 잘릴 자신의 미래를 상상했다.

'끝났구나.'

허탈했다. 대체 무엇 때문에 그토록 아득바득 살려고 했던 걸까. 처음에는 그저 사람대접을 받고 싶었을 뿐이었다. 그는 개돼지만도 못한 취급을 받는 뒷골목 출신자의 낙인이 지긋지긋했다.

그가 새로운 신분을 얻어 거리에 나갔을 때 아무도 자신을 멸시하는 눈으로 보지 않는다는 사실에 충격받았다. 사람들과 섞여 있으면 누구도 자신의 출신을 알아차리지 못했다. 똑같이 팔다리가 있고 눈코입이 있었다.

기사가 되기 위한 훈련을 받으며 또다시 충격받았다. 귀족 태생인데도 자신보다 실력이 못 미치는 자들이 수두룩했다. 빈민가에서 태어났다는 이유만으로 벌레 취급을 받아야 하는가. 도무지 납득할 수 없었다. 그는 올라갈 수 있는 최고의 자리까지 가겠다고 이를 악물었다.

"스투스 경."

벤은 느릿하게 고개를 들었다.

그는 여전히 자신을 '스투스 경'이라고 부르는 은왕을 의아하게 보았다.

"경은 뒷배로 황궁의 기사가 되었나?"

"아닙니다! 오직 제 노력으로 해낸 일입니다."

패트리샤는 빈민가에서 아이들을 사 와서 독하게 훈련시켰다. 벤은 훈련을 이겨 냈고 가장 두각을 나타냈다. 그래서 선택받을 수 있었다. 선택받지 못한 아이들이 어떻게 되었는지는 모른다. 그들을 다시는 본 적이 없었다.

벤은 수습 기사로 들어가 악바리처럼 훈련을 받았다. 뛰어나지 않으면 버림받을 테니까. 모자란 자를 처음부터 끝까지 이끌어 줄 정도로 패트리샤는 너그럽지 않았다. 쓸만한 도구가 필요했을 뿐이다.

시에나는 쿤이 준 서류를 꼼꼼히 읽으면서 생각이 많았다. 처음에는 괘씸했지만, 기사가 되고 황궁 기사단의 입단 시험을 통과한 것은 스투스의 노력이었다. 길버트에게 물어보니 실력만큼은 진짜라고 했다.

아무리 어머니의 도움이 있었다고는 해도 능력이 있었으니 꿈속 미래에서 그 위치까지 갈 수 있었을 것이다.

원래부터 귀족이었다면 시에나는 가차 없이 그를 처벌했을 것이다. 하지만 스투스에게는 다른 선택권이 없었다.

"경은 귀족을 사칭했다. 중범죄이지."

"……예."

"하지만 경이 적극적인 수단으로 타인에게 손해를 입히며 신분을 훔친 것이 아니라는 사정은 참작하겠다."

벤은 잔뜩 긴장했다.

암담한 하늘에서 서광이 비치고 있었다.

"경의 죄를 유도한 사람이 적왕이지. 내가 내 어머니를 벌할 수는 없는 노릇이다. 그렇다고 경만 벌하는 것은 부당하다. 나는 이 일을 크게 만들 생각이 없다. 경은 사직하여 스스로 은왕궁을 나가라."

벤의 안색이 다시 어두워졌다. 정체를 들키고 은왕궁에서 쫓겨나면 어차피 끝이다. 적왕의 싸늘한 표정을 떠올리자 오한이 들었다. 자신에게 투자한 돈과 시간이 있으니 당장 죽여 없애지는 않을 것이다.

하지만 다시는 양지로 나서지 못하리라. 훨씬 고되고 지독할 일을 맡게 될 것이다.

"경의 임무가 무엇이었지?"

"은왕궁에서 보고 들은 모든 것들을…… 적왕께 고하는 것입니다. 그리고 은왕 전하의 신뢰를 얻어 곁에서 모시는 것입니다."

벤은 순순히 대답했다.

"나는 거짓 정보를 경에게 줄 것이다. 경은 그 정보를 진실인 듯 적왕궁에 전해라."

벤의 눈빛이 희망과 절망 사이에서 흔들렸다. 은왕의 말을 해석할 수 없었다. 감히 무슨 뜻이냐고 묻지도 못했다.

"할 수 있겠나?"

"예?"

벤이 멍청하게 되물었다.

"나와 거래할 마음이 있냐고 묻고 있네."

시에나는 벤의 표정을 보고 그가 반드시 제안을 받아들일 거라고 확신했다.

"경은 처음부터 거짓으로 내게 접근했다. 경을 신뢰할 수 없어. 공을 세워도 내가 경을 중히 쓰는 일은 없을 것이다."

벤에게 장밋빛 미래를 보장할 생각은 없었다. 시에나는 그 점부터 확실히 했다.

"하지만 날 돕는다면 훗날 경에게 포상으로 평민의 신분을 주겠다. 평민 출신의 기사가 되는 것이지. 수도에 남아도 상관없고 떠나겠다면 공작가의 기사단에 들어갈 수 있도록 추천장을 써 주겠다. 평민 출신 기사는 능력과 충성심에 따라 남작의 작위를 받을 수 있다. 꼭 귀족이 되고 싶다면 경의 자력으로 해내라."

"진정…… 이십니까?"

"경은 날 도와준 적왕궁의 시녀에 관해 들었나?"

"예. 얼핏……."

"난 시녀에게 보상을 약속했고 약속을 지켰다. 경에게 한 약속을 어기는 일은 없을 것이다."

"제가 여쭙고 싶은 것은, 제가 귀족이 되어도 괜찮습니까?"

"그것은 경의 노력에 달렸다니까."

"저는 뒷골목 출신입니다. 저 같은 게 감히 그런 걸 꿈꾼다고 하면 혐오스럽지 않으십니까?"

"내가 혐오하는 것은 출신이 아니라 저열한 품성이다."

벤은 멍하게 넋을 놓았다. 고개를 푹 숙이고 있다가 소파 아래로 내려와 무릎을 꿇었다.

"전하께서 저를 써 주신다면 기쁜 마음으로 전하의 도구가 되겠습니다."

"나는 거래를 하자는 거다."

"예, 전하. 무엇이든, 전하를 위해 일하고 싶습니다."

벤이 기사 훈련을 받는 동안 가장 지루했던 수업은 '기사의 도'라는 정신 교육 시간이었다.

그때는 전혀 마음에 닿지 않던 기사의 마음가짐이 무엇인지 어렴풋이 알 것 같았다.

*　　*　　*

쿤이 자택에서 근신하는 동안 담쟁이 저택에는 손님이 끊이지 않았다. 라드 후작이 벌을 받아 근신하는 사정은 다들 아랑곳하지 않았다.

이번 일로 라드 후작의 입지가 불리해진다고 생각하는 자는 아무도 없었다. 오히려 이 기회에 더 눈도장을 찍으려 했다.

쿤은 찾아온 손님들을 대부분 만났다. 그러자 입소문을 타고 사람들이 더 몰렸다. 왠지 나만 빠지면 안 될 것 같은 심리에 불이 붙었다.

오후에 황궁의 마차가 후작 저로 들어갔다. 앞서 도착해 뜰에 정차한 마차가 여럿이었다. 마차에서 내린 귀족들이 수군거렸다.

"철왕 전하께서 오셨군."

"뭐, 딱히 놀라울 건 없지 않은가. 저 두 분의 관계를 모르는 것도 아니고."

"은왕 전하께서 납시었다면 모를까."

디안은 먼저 와서 기다리는 손님들을 제치고 가장 먼저 쿤을 만나는 특권을 누렸다.

"대체 근신령은 언제 풀리는 거야? 내가 폐하께 말씀 올려 볼까?"

"오늘까지."

"엉?"

"오전에 폐하의 전언을 듣고 황궁에서 사람이 다녀갔다."

"그렇군. 내가 시기를 못 맞춰 왔네."

"급한 일이면 심부름꾼을 보내지 그랬어."

"그런 건 아니고……."

디안이 멋쩍은 표정으로 괜히 주변을 휘휘 둘러보다가 벌떡 일어나 발코니로 걸어갔다. 특별할 것 없는 바깥 풍경을 응시했다.

"쿤. 너는 모든 상황을 예측하는 거냐, 아니면 네가 운이 좋은 거냐?"

"무슨 뜻이야?"

"이번 근신령. 황제 폐하께서 과했다는 의견이 우세해. 그래서 네 추문에 막말하던 자들의 의견이 힘을 잃었지."

디안이 고개를 돌렸다.

"이런 여론을 예측하고 너와 폐하가 말을 맞추었다는 음모론자의 주장도 있어. 어느 쪽이야?"

두 사람의 눈이 마주쳤다. 시선을 주고받는 시간이 다소 길었다. 쿤은 소파에 등을 기대며 가벼운 태도로 말했다.

"황제 폐하께서 날 위해 그렇게까지 나설 분은 아니지. 지난번 담쟁이 저택에서의 파티 때 나서신 것도 날 도우려는 뜻보다는 적왕의 기세를 누르려는 의도가 더 컸다고 생각하니까."

"……그렇지."

디안이 다시 창밖으로 시선을 돌렸다. 대단한 구경거리라도 있는 것처럼 한참 꼼짝하지 않았다.

쿤은 말없이 디안의 뒷모습을 응시했다. 쿤 자신이 근심의 나날을 보내고 있기 때문일까. 디안의 뒷모습이 유난히 무거워 보였다.

디안이 다시 소파로 다가와 앉았다.

"내가 어릴 때부터 황궁에서 살았다면 황제 폐하와의 관계가 좀 달라졌을까? 좁혀지지 않는 거리를 느껴. 그분이 무슨 생각을 하시는지 도통 모르겠다."

"글쎄. 다른 사람을 이해하는 건 처음부터 불가능한 것 아닐까? 나도 나를 잘 모르는데."

침묵하던 디안이 풋, 웃음을 터뜨렸다.

"그래. 네 말이 명언이다."

'그래도 나와 가까운 사람의 마음이 나와 다르다는 사실을 아는 것은 무척 쓸쓸하구나. 내가 가족이라는 존재에 지나친 환상을 품은 것일까.'

외숙을 생각할수록 디안은 명치가 막힌 것처럼 답답했다.

"오늘 딱히 특별한 용건이 있어서 널 만나러 온 건 아니야. 여기 온 건 눈속임이고, 사실은 외숙을 만나 뵈러 나왔어."

오늘 디안은 외숙과 속을 터놓고 얘기해야겠다고, 단단히 각오했다.

"알고 있지?"

"……."

뜬금없는 질문에 쿤은 대답하지 않았다. 디안은 한숨 쉬듯 웃었다. 외숙이 황제를 따로 만나고 뭔가 일을 꾸미는 사실을 쿤이 모를 리가 없다고 생각했다.

"해진 후에 뵈러 가는 편이 낫겠지?"

"아무래도 그게 낫지. 기사들은 몇이나 데려갈 거야?"

"아무도. 그들이 내가 자리를 비운 사실을 몰랐으면 해."

"알았다. 그리고 네가 그분은 뵙고 와서 나도 네게 할 말이 있어."

아주 중요한 이야기일 거라고, 디안은 직감했다.

그는 천천히 고개를 끄덕였다.

오늘 하루가 무척 길 것 같다는 예감이 들었다.

디안은 무척 오랜만에 검은 집에 방문했다. 가끔 외숙을 뵈러 올 때마다 디안은 기쁘고 설레었다. 전날에는 밤잠을 설칠 정도였다.

하지만 오늘은 달랐다. 디안은 달라진 제 마음과 달라질 수밖에 없는 상황이 슬펐다.

"네가 어쩐 일이냐. 미리 연락도 없이."

제프리가 놀라워하면서 몹시 반가워했다.

"갑자기 숙부님이 뵙고 싶었어요. 쫓아내실 건 아니지요?"

"쫓아내기는. 어서 오너라."

"저 밥 좀 주세요. 아직 안 먹었어요."

"이 시간까지 식사도 안 하면 쓰나. 네 주변 사람은 그것도 제대로 안 챙기고 뭘 하는 거냐. 내가 얼른 내오라고 하마."

두 사람은 처음으로 함께 마주 앉아 저녁 식사를 했다. 분위기는 화기애애했다.

디안이 자신의 일상을 떠들고 제프리는 세상에서 제일 흥미로운 이야기인 듯 껄껄 웃으며 즐겁게 들었다. 디안이 꿈꾸던 가족의 화목한 식사 시간의 모습이 바로 이러했다.

식사 후 중년 남자가 두 잔을 차를 놓고 조용히 나갔다. 시중드는 내내 그림자처럼 말이 없었다.

"언제봐도 신중한 사람이에요. 숙부님 성품에 잘 맞는 것 같아요."

"가벼운 사람은 아니다."

"라드 후작이 괜찮은 사람을 숙부님께 보냈지요. 여러모로 신경 많이 써 줬어요."

"그래 봤자 후작의 사람이지."

"……."

디안은 한숨을 삼켰다.

제프리가 쿤에게 날을 세우는 횟수가 늘었다.

"숙부님. 저는 더 기다리지 못하겠습니다. 오늘은 반드시 들어야 겠어요. 아케론 가문이 왜 그렇게 사라져야 했는지, 대체 돌아가신 외조부님과 선황 폐하 사이에 무슨 일이 있었던 건지."

디안은 궁에서 나올 때 단단히 결심했다. 외숙한테서 제대로 된 이야기를 전부 듣기 전에는 절대 물러서지 않겠노라고.

디안의 단호한 마음이 전해진 것일까. 제프리는 한참 디안을 쳐 다보다가 체념의 한숨을 내쉬었다.

"얘기가 길겠구나."

"시간은 많습니다. 숙부님."

디안은 현재 후작 저에서 라드 후작과 단둘이 긴밀한 대화를 나 누는 중으로 꾸몄다. 출궁 시 동반한 기사들에게조차 외출을 알리 지 않았다. 그의 부재가 지나치게 길어지면 약간의 문제는 발생할 수도 있지만, 그쯤은 쿤이 알아서 할 것이다.

"아케론 가문이 왜 공적이 되어 멸문했는지 이유를 아느냐?"

"대외적인 이유는 압니다. 반당의 무리와 결속하여 제국을 전복 하려는 역모를 꾀했다지요."

"역모."

제프리가 짓씹어 되뇌었다. 차갑게 냉소를 흘렸다.

"내 아버지를 아는 사람이라면 그 터무니없는 누명을 절대 믿지 않을 것이다."

제프리가 허공을 응시했다. 눈동자에 아련한 그리움이 가득했다. 디안은 외숙이 떠올리는 사람이 외조부일 거라고 짐작했다.

"내 아버지이라서가 아니라 난 그분은 진심으로 존경하고 사랑했다. 오히려 난 아들이니까, 내 아버지시니까, 그분의 위대함을 몰랐던 것 같구나. 가신들도, 공작령의 백성들도 당시의 아케론 공작을 마음으로 따랐단다. 아버지는 완벽한 분이셨지. 기사를 맞상대하기에 부족함 없는 검술 실력을 갖추셨고 당대의 석학과 토론할 정도로 학식도 뛰어나셨다. 성품은 또 어떠했는가. 항상 자기 자신을 갈고닦는 일에 힘쓰셨고 옳은 길이 아니면 가지 않으셨다. 공작령의 백성들이 겪는 고통을 자기 일처럼 마음 아파하셨으며 신분과 지위로 타인을 평가하지 않으셨다. 그분의 유일한 단점은……."

제프리가 고통스럽게 인상을 찡그렸다.

"……지나치게 완벽하셨다는 것이지. 주군보다도."

디안은 제프리의 말을 금방 이해할 수 없었다. 아케론 공작의 주군이면 당시의 황제. 선황 폐하?

"선황이신 혜왕은 내 아버지를 시기했다. 그자의 추악한 질투가 끝내 아버지를 죽음으로 몰아냈지."

디안은 무슨 말을 해야 할지 모르겠다는 표정을 지었다. 외조부와 친조부, 둘 중 어느 쪽에도 딱히 애틋한 정은 없었다. 두 사람 모두 생전에 한 번도 본 적이 없으니까.

친조부의 편을 들겠다는 게 아니라 외숙의 말이 허무맹랑하게 들렸다. 공작 가문이 멸문한 사건이다. 그 배후가 고작 사사로운 감정이라는 건가.

디안은 외숙의 이야기가 막연히 상상했던 무시무시한 음모와 동떨어져서 당황했다.

제프리는 디안의 표정을 보고 피식 웃었다.

"믿기지 않는 것 같구나."

"……."

"너도 더 살아 보면 알 거다. 이 세상에 일어나는 모든 사건은 알고 보면 아주 사소한 것에서 비롯된단다."

"숙부님께서 그렇게 생각하시는…… 근거가 있습니까?"

차마 피해망상이라고 하지는 못하고 디안은 조심스럽게 말을 골랐다.

"선황과 내 아버지, 두 분이 어려서부터 친구였다는 사실을 들은 적 있니?"

디안은 고개를 저었다.

"하긴, 지금 새삼 옛날 일을 말하는 자들은 없겠지. 아버지는 어릴 때 거의 황궁에서 살다시피 하셨다. 그 당시 황제 폐하셨던 네 증조부께서는 내 아버지가 자기 아들의 친구가 되어 주기를 바라셨다."

아케론 공자—제프리의 부친이자 마지막 아케론 공작—와 혜왕—현 황제의 부친, 선황—은 함께 놀고 함께 공부하며 형제처럼 자랐다.

아케론 공자는 당시 황제의 배려로 성년식 파티를 황궁 연회홀에서 성대하게 열었다. 황족이 아닌 자가 황궁에서 성년식을 치른 것은 처음이었다.

그 당시 아케론 공작 가문의 위세는 현재 리먼 가문 이상이었다. 리먼 가문에 비교하는 것이 아케론 가문에게는 모욕일 것이다.

리먼 가문은 힘을 틀어쥔 대신 많은 적을 만들었다. 누군가의 눈물과 피를 짜내어 지금의 권세를 얻었다.

하지만 아케론 가문은 만인의 존경을 받았다. 황제가 가장 신임하는 인물이 아케론 공작이었다. 아마 아케론 공작에게 딸이 있었다면 황제는 그 딸을 며느리로 삼았을 것이다.

아케론 공작가의 부자가 모두 황제의 신임을 받는 데다가 장차 다음 대 황제가 될 혜왕의 막역지우가 아케론 공자였으니 아케론 가문의 미래는 탄탄대로라고 모두가 의심하지 않았다.

불과 수십 년.

찬란하게 빛나던 아케론 가문의 영광이 처참하게 짓밟히리라고는 아마 누구도 상상조차 못 했을 것이다. 아케론 공자와 혜왕은 의좋은 친구였다. 정말 두 사람의 관계가 어땠는지 모르지만, 대외적으로는 그랬다.

"아버지는 자세한 말씀은 해 주지 않으셨다. 아마 두 분이 함께 있는 시간이 많을수록 서로 비교가 되어 선황의 열등감을 더 자극한 것은 아닐까, 난 그렇게 추측한다."

디안은 제프리가 하는 말 전부를 진실로 받아들일 수는 없었다. 한쪽의 의견만 반영된 점을 고려해서 들었다.

아무래도 숙부님이 자신의 아버지를 평가하는 데 주관이 들어갈 수밖에 없을 것이다.

하지만 제프리의 말이 어느 정도 사실이라면 선황의 심정이 약간 이해는 갔다.

'내가 쿤을 보며 느끼는 감정과 비슷하려나.'

쿤에게는 항상 빚만 졌다. 목숨의 빚만 몇 번인지 모른다.

쿤과의 거래도 솔직히 거래라기보다는 살려 달라는 매달림이었다.

양쪽의 조건이 어느 정도 엇비슷해야 비로소 거래가 성립된다. 한쪽이 일방적으로 약자이면 비굴하게 숙이는 방법뿐이다.

속없는 사람처럼 굴었지만, 디안도 자존심이 있었다. 반쪽 황족으로 불렸어도 고귀한 신분이었다. 황족으로 인정받은 후에는 황제 앞이 아니면 고개를 숙일 사람이 없었다.

그래도 쿤에게 숙이고 들어가면서 모멸감은 느끼지 않았다.

선황과 디안의 차이는 마음가짐이었다. 디안은 자신의 어두운 감정에 매몰되지 않았다. 자신의 약함을 인정했다. 도움을 받을 수 있으면 받는 것을 부끄러워하지 말자고 생각했다. 그리고 상대의 강함을 있는 그대로 받아들였다.

지금도 가끔 디안은 쿤이 부러웠다. 뭐든 부족한 게 없는 녀석이다. 운도 좋았다. 하지만 부러움이 질시가 되지는 않았다. 그래 봤자 쿤이 가진 것을 자신의 것으로 할 수는 없었다.

"숙부님. 죄송하지만 저는 잘 모르겠습니다. 도량이 좁은 군주가 뛰어난 수하를 시기하는 일은 시대를 불문하고 어느 나라에서나 종종 벌어지곤 하지요. 자신의 자리를 위협할까 봐 두렵기 때문입니다. 하지만 제국은 좀 다릅니다. 신목이 황족의 혈통만 제국의 지배자가 될 수 있도록 지켜 줍니다."

선황이 아무리 속 좁은 자라고는 해도 공작 가문을 멸문까지 이르게 하는 것은 과했다. 공작 가문이 아무리 날고 기어도, 가문의 주인 자질이 아무리 뛰어나도 어차피 지배자는 황제다.

당연히 위에 설 자가 아래에 있는 자를 죽여 없애야 할 이유가 무엇인가. 개인적 원한이 있지 않고서는 납득이 가지 않았다.

"그래. 네 말대로 단순한 시기심은 아니지. 선황은 내 아버지를 두려워했다."

"예?"

제프리의 눈빛이 무겁게 가라앉았다.

돌아가신 조부모님과 부모님, 그리고 자신.

공작가 사람 중에서는 이 다섯 사람만 아는 진실. 제프리는 지금껏 가슴 속에만 묻어 두었던 비밀을 털어놓았다.

"네 조부께서 황족의 외모적 특성을 갖고 태어나셨기 때문이다."

디안의 눈동자가 크게 흔들렸다. 순간적으로 머릿속이 텅 비는 것 같았다.

"……예?"

"아버지의 머리카락은 짙은 밤색이셨다. 하지만 사실은 붉은 기운이 도는 금발에 은발이 섞여 있었지. 아버지는 평생 염색을 하셨다."

황족이 아닌데 황족의 특성이 나타난 공작 가문의 후계자라니.

제국이 발칵 뒤집힐 일이었다.

아케론 공작 부부는 철저히 아들의 비밀을 감추었다. 그런데 어릴 때부터 똘똘했던 아케론 공자가 황제의 눈에 띄었다. 신임하는 아케론 공작의 아들이니 더욱 마음에 들었을 것이다. 황자의 놀이 친구로 황궁에 입궁하게 되었다.

나이가 어리면 아무래도 주의력이 부족할 수밖에 없다. 아케론 공자는 우연히 혜왕에게 비밀을 들켰다.

"하지만…… 하지만……."

디안이 혼란스러운 표정으로 제 머리를 헤집었다.

"외조부님의 그 모습이 신족의 특성이 아닐지도, 그냥……. 신족은 남다른 머리카락 색깔로 결정되는 게 아닙니다. 신목의 관을 쓸 수 있는 유일한 사람이라서 그렇지요."

"네 말은 신족처럼 보여도 아닐 수도 있다. 그 뜻이겠지?"

"예."

"그런데 그것도 증명됐다. 아버지가 어릴 때 겪은 일을 말씀해 주셨지."

아케론 공자는 혜왕과 어울려 놀다가 몰래 신목의 방에 숨어 들어간 적이 있었다.

혜왕이 시험할 속셈으로 일부러 끌어들였는지는 확실하지 않았다. 한창 말썽부릴 나이의 소년들이 생각 없이 저지른 장난일 수도 있다. 혜왕이 이파리를 하나 따서 아케론 공자의 손에 올렸다. 아케론 공자의 손 위에 올려진 이파리는 시들지 않았다.

"맙소사."

디안은 목이 졸린 것처럼 간신히 중얼거렸다.

"어떻게 그런 일이. 신족이 황가에서만 태어나는 게 아니었다고 요?"

황실의 절대적 권위를 뒤흔드는 충격적인 진실이었다.

"나도 처음에는 믿을 수 없었지. 아버지가 혹시 황실 혈통은 아 닐까, 의심하기도 했다. 하지만 생각해 보렴. 드물지만 황가에서는 신족의 특성이 없는 황족이 태어난다. 그리고 공작 가문들은 오래 전부터 황가와 혼인으로 피가 섞였어. 충분히 가능성 있는 일 아니 냐."

혜왕은 아케론 공자를 친구이자 신하가 아닌 위협적인 경쟁자로 인식하기 시작했다.

어릴 때는 친밀했던 아케론 공자와 혜왕의 관계는 나이가 들수 록 벌어졌다.

"아버지는 고지식한 분이었다. 비위를 맞추고 굽실거리는 일을 할 줄 모르셨어. 선황 앞에서 철저히 복종하는 모습을 보였다면, 글 쎄, 모르겠다. 그런 비극은 일어나지 않았을까."

혜왕의 주변에는 차기 황제의 눈에 들기 위한 자들이 모였다. 그 들은 입안의 혀처럼 굴었다. 잘잘못을 또박또박 지적하는 아케론 공자와 딴판이었다.

혜왕은 자신을 떠받드는 자들과 어울리는 일이 많아졌다. 대표 적인 인물이 선대 리먼 공작이었다. 혜왕이 그자를 가까이할수록 아케론 공자과는 더욱 멀어졌다. 제위에 오른 후부터 점점 아케론 가문을 노골적으로 견제하기 시작했다.

"광왕께서 태어나신 덕에 한동안은 한숨 돌렸다고 말씀하셨지."

"황제 폐하요?"

"폐하는 완벽한 신족의 혈통으로 태어나셨으니까. 그리고 나는 신족이 아니었고."

자식 대에서 드러난 혈통이 선황의 열등감을 어느 정도는 해소해 주었다. 얼마간은 아슬아슬하게 평화로웠다. 그런데 선황의 광증에 불을 지르는 결정적인 사건이 발생했다.

"황제 폐하 밑으로 아우가 태어나신 사실을 알고 있니?"

"예. 약하게 태어나셔서 하루를 넘기지 못했다지요."

"그 황자에게 신족의 특성이 없었다고 한다."

디안이 쓴웃음을 지었다.

정말 일이 더럽게 꼬인다는 게 뭔지 알겠다.

"둘째 황자가 정말 약해서 죽은 것인지, 선황이 죽이라 한 것인지는 모르겠다. 출산을 도운 시녀와 의관들에게 책임을 물어 그들이 모조리 처형되었거든. 둘째 황자의 모습을 본 자는 누구도 살아남지 못했다."

디안이 무겁게 한숨을 내쉬었다. 왠지 후자일 것 같았다. 비정한 선황이 제 기준에 미치지 못하는 자식에게 과연 자비로웠을까. 선황의 철저한 입막음 덕분에 둘째 황자는 태어나자마자 죽었다고만 알려졌다.

그 후 선황이 아케론 공작을 대하는 태도가 노골적으로 사나워졌다. 제국의 모든 귀족이 심상치 않은 분위기를 감지했다. 아케론 공작은 수도의 생활을 모두 정리하고 공작령으로 내려갔다.

"아버지는 수도 정계에서 아예 떠나려고 하셨다. 공작령에서 꼼짝하지 않으셨지."

선황이 아케론 가문의 씨를 말려야겠다고 결심한 계기는 광왕과 아케론 공작의 딸 에디스의 열애였다.

선황은 아케론 공작이 딸을 이용해 황궁을 장악하려는 음모를 꾸민다고 의심했다. 딸을 황궁에 들여보낸 후 장차 제위를 찬탈할 거라고 생각했다.

"선황은 반당을 대대적으로 토벌하겠다는 명분으로 아버지께 군사를 준비하라고 지시했다. 아버지는 선황의 뜻을 의심하면서도 황명을 거부할 수는 없었다."

황명을 받아 모은 군사는 아케론 가문이 역모를 꾸미기 위해 마련한 기반으로 둔갑했다. 흑암성으로 황궁의 군사들이 들이닥쳤다. 제프리는 간신히 도망치면서 아버지를 원망했다.

그런데 시간이 지난 후 생각이 바뀌었다.

아케론 공작은 황명을 거부하지 못한 것이 아니라 하지 않은 것이었다.

'아마 당신께서 죽어야만 선황의 집착을 떨쳐 낼 수 있을 거라고 생각하셨겠지요. 하지만 아버지. 아버지가 틀리셨습니다.'

선황은 아케론 공작의 죽음만으로 만족하지 않았다.

역모의 죄를 뒤집어씌웠다. 가문의 명예는 오욕으로 물들고 공작가의 모든 사람이 연루되어 죽었다. 심지어 선황은 제 손자를 배 속에 품은 에디스마저도 끝까지 추적해서 죽였다.

'미친 자. 미치지 않고서야 그런 짓을 할 수가 없어.'

억누른 분노가 다시 타올랐다. 격하게 치미는 노여움을 삼키며 제프리는 숨을 가다듬었다. 제 속을 다스리느라 제프리는 디안의 어두워진 표정을 살피지 못했다.

'나 때문인가.'

자신이 불행의 씨앗이었나. 부모의 만남이 비극의 시작이었다. 두 사람 사이에 잉태된 아이가 아케론 가문의 멸문과 수많은 사람의 죽음을 이끌었다.

'이런 뒷사정이 있었을 줄이야.'

디안은 기대한 것과 전혀 다른 진실을 들었다. 이쪽이 훨씬 더 충격이었다.

'내 친조부님이 그런 분이었다니.'

그는 어린 시절을 황궁 바깥에서 보냈다. 제대로 된 제왕 교육을 받지 못했다. 그래서 그런지 스스로 신족이라는 자부심이 크지 않았다. 그런데 약간의 동경심 비슷한 감정은 있었다.

그가 만난 신족은 황제와 은왕, 두 사람뿐이다. 그들은 항상 감정을 절제했고 냉철한 판단력을 지녔다. 인간미는 부족할지 몰라도 왠지 보통 사람들과 다르게 특별해 보였다.

디안은 자신의 몸에 그 두 사람과 같은 피가 흐른다는 사실이 좋았다. 가끔은 '나도 조금은 특별한가?'라고 우쭐하기도 했다. 하지만 숙부의 이야기를 들으니 그건 신족의 당연한 특성이 아니었다.

'하긴, 그러니까 나 같은 변종도 태어난 거겠지.'

디안은 친조부의 좋지 못한 품성을 자신이 물려받았을까 봐 겁이 났다.

비극이 발생한 근본적인 문제는 선황의 자격지심이었다. 아케론 공작에게 신족의 상징이 나타난 것은 부차적 이유에 불과했다. 선황이 아케론 공작보다 압도적으로 우월했다면 그런 혈사를 일으키지 않았을 것이다.

'난 선황 폐하와 오히려 처지가 비슷하잖아.'

디안은 자신의 부족함을 잘 알았다. 그리고 자신의 곁에는 은왕이라는 강력한 경쟁자가 있었다. 은왕은 어릴 때부터 제왕학을 배우고 익혔다. 타고난 재능에 성실함도 갖추었다. 모든 면에서 디안보다 뛰어났다.

'내가 친조부님 같은 황제가 되지 않는다는 보장이 있을까?'

디안이 황제가 되어야겠다고 생각한 계기는 거창하지 않았다.

첫 번째 이유는 생존이었다. 살기 위해 발버둥 치다 보니까 챙겨야 할 내 사람이 늘어났다. 그들을 지켜 주려면 권력이 필요했다. 그게 황제가 되려는 두 번째 이유가 되었다.

그의 절박한 결심이 최근 상당히 무너졌다. 주변이 평화롭기 때문이다. 어머니의 유일한 혈육인 외숙을 만났으며 결혼으로 가족이 생겼다. 치열한 전쟁을 각오했던 은왕과의 관계도 괜찮았다. 언젠가 은왕한테 '오라버니'라는 호칭을 들을 수 있지 않을까, 소박한 꿈을 꾸었다.

요즘 디안은 이런 삶이면 퍽 살만한 재미가 있다고 생각했다. 그래서 오히려 고민이 커졌다. 이런 마음으로 황제가 되어도 괜찮은가. 고작 태어난 순서 때문에 은왕을 제칠 자격이 있는가.

방황하던 그에게 비올렛이 엄청난 소식을 전했다. 자신이 곧 아버지가 된단다. 처음엔 얼떨떨했다. 창피해서 못 산다고 우는 비올렛을 달래느라 아버지가 된다는 의미를 깊이 생각할 겨를이 없었다.

그런데 하루, 이틀 지날수록 그의 가슴속에 뭉클뭉클한 감정이 치솟았다.

반드시 살아남겠다고 이를 악물었던 때와는 또 다른 필사적인 감정이었다.

실없는 웃음이 나왔다가 울컥 눈물이 쏟아질 것 같기도 했다. 아직 태어나지 않은 아이를 위해 못할 일이 없을 것 같았다. 내 아이를 지키기 위해서 황제가 되어야겠다. 그렇게 마음을 다잡았다.

하지만.

제프리를 바라보는 디안의 머릿속이 복잡했다. 모처럼 잡은 마음을 숙부가 다시 흔들고 있었다. 숙부의 원한이 너무 깊었다. 자신이 황제가 되면 과거의 혈사가 또 반복될지 모른다는 불길한 예감이 들었다.

"숙부님. 그럼 지난번에 폐하를 뵙고 이런 이야기를 하신 겁니까?"

제프리가 고개를 저었다.

"폐하는 모르신다. 앞으로도 말씀드릴 생각 없다. 그러니 너도 혹여 폐하께 아는 척하지 마라."

"하지만 폐하께서도 과거의 얽힌 일들을 다 아서야 하지 않겠습니까?"

"뭘 모르는 소리. 선황의 치부다. 드러내서 좋을 게 없어. 그리고 폐하는 선황과 아주 다른 분이지. 아마 선황의 그런 감정을 이해하지 못하실 거다."

"그럼 무슨 수로 아케론 가문의 누명을 증명하실 겁니까?"

"선황께 누군가가 아케론 가문을 모함한 것이지."

"그 누군가가…… 누굽니까?"

제프리가 싸늘한 비소를 머금었다.

"리먼."

"……숙부님. 내 누명을 벗자고 다른 사람을 모함하는 건."

"모함이 아니다!"

제프리가 버럭 성을 냈다.

"그놈이 선봉장이었다. 선대 리먼 공작. 그자가 그 혈사를 전부 지휘하고 공작가의 가신들을 잔인하게 도륙했다."

제프리는 이를 갈며 덧붙여 말했다.

"다 뿌린 대로 거두는 것이지. 제가 저지른 짓이 있으니 그자도 지옥에서조차 억울하단 말은 못 할 거다."

제프리의 목소리에 원통함과 분노가 가득했다. 뿌리 깊고 짙은 어둠이었다. 꽉 쥔 제프리의 주먹에 불거진 핏줄을 보며 디안의 눈빛이 침잠했다.

"디안. 네 어머니의 비참한 죽음을 절대 잊어서는 안 된다."

"예, 그럼요."

디안은 흐릿하게 웃었다.

"잊을 리가 없지요."

거의 자정이 다 될 무렵에 디안은 검은 집을 나와 담쟁이 저택으로 귀환했다. 그는 눈에 띄지 않도록 뒷문으로 들어왔다.

쿤은 회의실에서 디안을 기다렸다. 디안과 단둘이 비밀 회동을 하는 척 저녁 내내 자리를 지켰다.

여러 사람이 둘러앉을 수 있는 널찍한 원탁 테이블에 서류들이 잔뜩 널려 있었다. 쿤은 서류를 읽다가 기척을 느끼고 고개를 들었다. 벽난로로 위장한 비밀 통로가 벽째 돌아갔다. 벽 안쪽에서 나온 디안이 경쾌하게 손을 흔들었다.

"내가 좀 늦었지?"

디안은 원탁 테이블로 다가와 의자를 빼냈다. 털썩 앉으며 한숨을 내쉬었다. 아무 말 없이 등을 기대며 천장 어딘가를 응시했다.

쿤은 디안을 바라보다가 흩어진 서류들을 모아 챙겼다.

"쉬어라."

"할 이야기가 있다며."

"네가 지금 들을만한 상태가 아닌 것 같다."

"아니야. 이 기분을 내일까지 끌고 가고 싶지 않으니까 오늘 듣자."

디안은 벌떡 일어나 문으로 걸어갔다. 문을 열자 앞을 지키고 서 있던 기사들이 고개를 숙였다. 그들은 철왕이 저녁부터 지금까지 내내 회의실에 있었다고 생각했다.

"아무래도 라드 후와 얘기가 더 길어질 듯하니 경들은 물러가 쉬시오."

"오늘 환궁하지 않으십니까?"

"그래야 할 것 같소. 내일 봅시다."

"예, 전하."

디안은 기사들을 보낸 후 다시 테이블 앞에 앉았다. 문이 열린 틈으로 하인이 안쪽을 보며 기웃거렸다. 하인은 쿤이 손짓하자 안으로 들어왔다.

"술 가져와. 독하지 않은 것으로."

"예, 후작님."

하인은 금세 술을 가져왔다. 하인도 물러가고 다시 회의실에는 두 사람만 남았다.

그들은 말없이 술만 두어 잔 연거푸 마셨다.

"네가 내 말을 믿어 줄지는 모르겠지만."

쿤이 잔을 내려놓으며 입을 열었다. 빈 잔에 더는 술을 채우지 않았다.

"은왕이 이미 알고 있더라. 네가 계승 서열 회복으로 제위에 오르려 하는 계획을."

디안이 인상을 찌푸렸다.

"은왕이 안다고?"

"음."

"어떻게?"

쿤은 화이트칩에서 그녀와 나누었던 대화를 정리해 설명했다.

"은왕이 짐작만으로 모든 정황을 알아냈다는 거야?"

"믿기지는 않겠지만."

"……아니. 믿어. 은왕이라면 가능하지."

디안은 의심 없이 고개를 끄덕였다. 쿤이 거짓말을 하지 않을 거라는 믿음도 있지만, 은왕의 혜안이 거기까지 미친다고 해도 터무니없다는 생각은 들지 않았다.

지난번에 은왕과 회의록 복기를 하면서 깨달았다. 은왕의 영명함이 그저 타고난 것만이 아니었다. 꾸준한 노력이 그녀의 재능을 뒷받침했다.

그래서 디안은 은왕에 비해 상대적으로 부족한 자신의 능력이 억울하지 않았다. 자신은 은왕만큼 노력한 적이 없었다.

"은왕은 다 알면서……."

디안이 고개를 떨구고 술잔을 응시했다.

'어떻게 그럴 수가 있지.'

단 한 번도 은왕이 자신을 적대한다는 느낌을 받은 적이 없었다. 오히려 '신목의 관을 두고 경쟁하는 사이'라고 말해 주었다.

제위를 빼앗길지도 모르는데 화가 나지 않았을까. 단순히 욕심이 없다는 말로는 설명이 안 된다. 황좌가 물욕만으로 탐하는 자리는 아니지 않은가.

'내가 은왕이라면 나는 은왕처럼 초연할 수 있나?'

오라버니 자격도 없다. 도량이 누이동생의 반도 못 미치는 자신이 부끄러웠다.

"내가 참 한심하네. 차라리 내가 은왕의 동생으로 태어났으면 좋았을 텐데."

쿤은 디안의 반응이 내심 놀라웠다. 이복 남매도 남매라면서 은근히 오라버니 노릇을 하려 들기에 왜 이러나 싶었다. 말만 그럴듯한 것은 아니었나 보다.

'참 특이한 녀석이긴 해.'

디안은 순탄하지 못한 삶을 살았으면서 세상에 대한 원망이 없었다. 타고난 천성이 워낙 유쾌했다. 디안과 있으면 마음이 편했다. 디안은 늘 겉과 속이 같았다. 쿤이 친구라고 부를만한 관계를 유지하는 사람은 디안이 유일했다.

심상치 않은 일을 꾸미는 제프리를 지켜보기만 한 것도 디안을 믿기 때문이었다. 디안이 돌아서기 전에 먼저 등 돌리지는 말자고 생각했다.

그래서 몹시 속이 쓰렸다. 어쨌든 자신은 디안을 배신할 마음을 먹었다. 그녀와 디안, 둘 중에서 그녀를 택했다.

"디안. 나는 그녀에게 더는 아무것도 숨기지 않으려고 해. 은왕은 이미 알고 있으니까, 같은 말은 핑계에 불과하겠지."

쿤은 고개를 숙였다.

"미안하다. 사과 한마디로 끝날 일은 아니겠지만."

디안이 느릿하게 시선을 들었다.

"……내 숙부님 때문이 아니라?"

두 사람이 서로를 마주 본 채 침묵했다.

쿤이 고개를 저었다.

"관계없어. 우리 거래는 너와 나의 계약이었지. 그분은 딱히 아직 무슨 일을 한 건 아니잖아."

"아직……."

디안이 중얼거리며 픽 웃었다. 의미심장한 표현이었다. 외숙은 반드시 골칫거리가 될 것이다. 다만, 시기의 문제일 뿐. 쿤도 안다는 사실이 놀랍지 않았다.

"앞으로 어쩌려고?"

"우리 밀약은 파기야."

디안의 눈이 커졌다.

"네가 황제가 되더라도 나와의 약속은 지킬 필요 없다. 오히려 먼저 약속을 파기한 내가 배상금을 지급해야겠지. 원하는 것을 말해."

"그럼 이제 은왕을 황제로 세울 건가?"

쿤이 쓴웃음을 지었다.

"그녀가 허락하지 않을걸."

그녀의 낭랑한 목소리가 지금도 귓가에 생생했다.

「제국의 황제는 누가 밀어 올리고 끌어내릴 수 있는 자리가 아니야. 당신이 황제로 만드는 게 아니라고. 착각하지 마.」

"널 지원한 것처럼 내가 은왕을 도울 일은 없을 거야."

디안이 미간을 찡그렸다.

"넌 지금 목표에 닿기 직전에 돌아서는 거야. 곧 아케론 가문은 복권되겠지. 내 계승 서열이 회복되면 다음 황제는 나야."

"……."

"은왕을 돕지도, 날 방해하지도 않겠다고?"

디안은 대답하지 않는 쿤이 답답했다. 항상 모든 일에 명료한 녀석이 왜 이러나 싶었다.

"네 일족의 염원은? 네 생각을 일족들과 상의는 한 거야?"

"일부 몇 명과는."

"그러라고 해?"

쿤은 일족의 원로들과 상의했다.

일족의 원로회 구성원은 총 열둘. 그중 제국의 수도 근처에 터전이 있어서 빠르게 불러 모을 수 있는 사람은 셋이었다. 아마 올해 안으로 원로들을 전부 소집해 회의를 열게 될 것이다.

셋 중 둘은 깊은 우려와 실망을 나타냈고 메이슨은 별말이 없었다.

"네가 그런 일까지 걱정할 필요는 없어. 최종 결정권은 쿤의 권한이니까."

"대체 무슨 생각이야? 이제 와서 관망하겠다는 거야?"

"관망이라……. 틀린 말은 아니네."

"쿤!"

쿤은 지켜보고 싶어졌다. 그녀의 말대로 정말 황제의 자리는 하늘이 내리는 걸까. 이대로 디안이 황제가 될까, 아니면 변수가 발생할까. 그리고 은왕이 어떤 결정을 내리든 그녀의 곁에서 의지가 되어 주고 싶었다.

그녀가 원하면 모든 것을 바쳐서라도 그녀를 도울 것이다. 하지만 그녀가 그러지 않을 것을 알고 있다.

"미친놈아! 네가 정말 제정신이 아니지! 여자한테 미치는 것도 정도가 있지."

쿤은 버럭 소리치는 디안을 보며 웃었다.

재밌는 녀석이다. 디안의 눈빛에 가득한 염려를 읽었다. 누가 누구를 걱정하는 건지.

"웃어? 웃음이 나와?"

"그만하자. 우리가 지금 심각한 대화를 나누는 게 맞는지 헷갈리니까."

쿤을 노려보던 디안이 깊은 한숨을 내쉬며 일어났다.

"네 말뜻은 알아들었어. 나도 생각 좀 해 봐야겠다. 나중에 다시 얘기해."

"그래."

"그런데."

디안이 출입문으로 걸어가다가 몸을 돌렸다.

"만약 은왕이 황제가 되면 너와 결혼 못 해."

"……."

"제후 가문의 혈통만 황제의 배우자가 될 수 있지. 가문을 따지는 게 아니야. 황제는 후계자를 남겨야 하는 의무가 있고 제후 혈통과 결합해야만 신족이 태어나기 때문이지."

디안이 반응 없는 쿤을 물끄러미 쳐다보았다.

"하긴. 네가 모를 리는 없겠지."

디안이 나간 후 쿤은 빈 잔에 술을 따랐다.

단번에 들이키자 눈앞이 순간 빙 돌았다. 그는 손으로 이마를 짚으며 눈을 감았다.

그는 밤새 회의실에 혼자 앉아 있었다.

이른 아침의 햇살이 창으로 쏟아져 들어올 즈음 하인이 바깥에서 문을 두드렸다.

"후작님. 철왕 전하께서 환궁하신다고 합니다."

쿤은 디안은 배웅하기 위해 일어났다.

낮 휴식 시간.

시에나는 백작부인과 마주 앉아 차를 마시며 한가로운 시간을 보냈다. 베스가 엠마의 소식을 전했다.

"결정된 거요?"

"예, 전하. 석 달 후입니다."

베스가 엠마의 남편감으로 중매를 섰던 남작 집안이 모튼 공작의 인척이었다. 원래 초반에 이야기가 잘 진행되고 있었다. 그런데 모튼 공의 아들 사망 사건으로 보류되었다.

그런데 시에나가 블레스 공작령에 다녀오는 동안 다시 말이 오가기 시작했다.

"그쪽 집안에서 엠마가 무척 마음에 들었던 모양입니다. 특히 신랑 될 사람 쪽이요."

엠마와 남작의 아들은 딱 한 번 만났다. 그런데 혼사가 보류된 것이 남자의 속을 태운 모양이었다.

"엠마의 집안이 기우는 편이라 걱정이 많았는데 오히려 남작가에서 적극적인 태도를 보였습니다. 어느새 결혼식 날짜까지 잡게 되어 저도 얼떨떨합니다."

"엠마가 복이 많소."

"예, 그러게 말입니다."

엠마가 입궁하지 않은 지 꽤 되었다.

사가 오가는 중이라 혹시라도 구설에 오를까 염려되어 외출을 삼갔다.

"엠마가 타 주는 차를 더는 마실 수 없다니. 아쉬운 일이오."

"전하. 그것에 관해 드릴 말씀이 있사온데."

베스가 조심스럽게 말했다.

"엠마가 말씀을 전해 달라고 간곡히 청했습니다. 전하께서 허락하신다면 혼인 후에도 전하께 차를 올리고 싶다고 합니다."

엠마는 그동안 시에나의 손님 자격으로 은왕궁에 머물렀다. 미혼인 데다가 가족은 멀리 살고 포프 백작부인 외에는 수도의 귀족들과 어떤 접점도 없었다. 그래서 엠마는 그다지 사람들의 입에 오르내리지 않았다.

하지만 엠마가 결혼해서 남작가의 식구가 되면 좀 미묘해진다. 엠마가 매일 은왕궁을 드나들면 사람들은 확대 해석 할 것이다.

수도에 사는 귀족들이 모두 황궁에 출입할 수 있는 것은 아니었다. 황궁 안 구경을 일생의 소원으로 삼는 자들도 많았다. 자유로운 황궁 출입은 아무나 누리지 못하는 특권이었다.

"그러라고 하시오. 엠마의 차를 계속 마실 수 있으면 오히려 내가 고맙지."

시에나는 흔쾌히 승낙했다.

엠마가 과거의 인연을 빌미로 권력에 줄서기 하려는 사람이 아님을 알기 때문이었다.

조금은 긴장했던 베스가 환하게 웃었다.

"예, 전하. 엠마가 무척 기뻐할 겁니다."

바깥에서 시녀가 문을 두드렸다. 시에나가 의아한 눈으로 들어오는 시녀를 쳐다봤다. 어지간한 일로는 휴식 시간을 방해하지 않았다.

"전하. 파티마 공주님이 오셨습니다."

시에나가 시녀의 말이 끝나자마자 즉시 대답했다.

"어서 안으로 모셔라."

시녀들에게 파티마 공주가 오면 귀빈으로 모시라고 이미 말해 두었다. 아니었으면 시녀들은 휴식 시간이 다 끝날 때까지 손님을 기다리게 했을 것이다.

곧 파티마가 안으로 들어와 고개를 숙였다.

"전하. 연락 없이 찾아와 휴식을 방해한 무례를 용서하시옵소서."

"괜찮소. 내가 일전에 언제든 와도 좋다고 하지 않았소."

베스가 조용히 물러갔다.

응접실에 두 사람만 남았다.

"어찌 지냈소? 괜한 소문이 그대에게까지 불똥이 튈까 봐 연락하지 않았소."

"예. 신중하셨던 뜻은 이해합니다. 제가 백작 저에서 꼼짝하지 않았는데도 들려오는 말들이 굉장하더군요."

파티마가 야릇하게 눈을 빛냈다.

"소문이 어느 정도가 사실입니까?"

"내가 라드 후와 별궁에 함께 있었다는 사실 외에는 다 거짓이오."

"어머나. 신통치 않은 약물이었나 봅니다."

시에나가 낮은 헛기침으로 얼버무렸다. 파티마가 작게 웃었다.

"별일은 없었소? 라드 후가 백작 저 주변 호위를 강화한다고 했소만."

"예. 무탈했습니다."

유단이 '백작 저 주변에 수상한 자들이 돌아다닌다. 그런데 적의는 느껴지지 않는다.'라고 말했다. 그래서 파티마는 아마 라드 후작이 보낸 호위들이 아닐까, 짐작했다.

"오늘은 인사를 드리러 왔습니다."

"인사라니?"

"고국으로 돌아갑니다. 전하."

시에나의 눈빛이 흔들렸다. 순간 당황하여 아무 말도 하지 못했다. 이렇듯 갑자기 작별 인사를 하러 올 줄은 몰랐다.

"공주. 제국에 남아도 그대가 곤란을 겪을 일은 없을 거요. 내가 도와줄 수 있소."

"전하께서는 제가 돌아가는 편이 더 좋지 않으십니까?"

"그대의 거취를 결정하는 일에 내 의견이 무슨 상관이오. 그리고 난 그대가 제국에 남아도 개의치 않소."

시에나를 바라보던 파티마가 시선을 내리며 미소지었다. 떠날 생각을 하면서 딱 한 가지 아쉬운 점이 있었다.

은왕과 좋은 관계를 유지하며 친하게 지낼 것을 그랬다. 좋을 사람을 친구로 얻었을지도 모르는데. 제국의 화려한 문물에 사로잡혀 허황된 꿈만 좇았다.

유단의 말을 듣고 깨달았다. 이곳에서 자신은 영원한 이방인이었다. 외모가 다르고 문화가 다르다. 남은 생을 제국에서 보낸다고 해도 완전한 제국인이 될 수 없을 것이다.

"전하. 저는 제 고국을 사랑합니다. 전하께서 이 제국을 사랑하는 만큼이요. 그곳이 제가 살아갈 땅입니다."

파티마의 눈빛이 단단했다. 어쩔 수 없이 떠밀려 억지로 가는 사람의 표정이 아니었다.

시에나도 굳은 표정을 풀고 미소지었다.

"언제 떠나시오?"

"전하께 인사드리고 출궁하는 대로 오후 정기선을 탑니다."

"왜 그리 서두르는 거요?"

"어차피 전하께서도 곧 아시게 될 테니 말씀드리지요. 아버지께서 편찮으십니다."

"저런……."

시에나의 머릿속이 빠르게 회전했다. 연합국의 왕이 죽는 건가. 나라가 세워진 지 1년도 되지 않았다. 왕이 죽으면 연합국은 혼란에 휩싸일 것이다.

"라드 후와 인사는 나눴소?"

파티마가 고개를 저었다.

"오늘 라드 후가 입궁했소. 지금 행관에 연락을 넣겠소. 잠시라면 라드 후가 시간을 낼 수 있을 거요."

"아닙니다."

시녀를 부르기 위해 종을 집어 든 시에나가 멈칫했다.

"오늘은 그냥 이대로 떠나고 싶습니다. 후작님은 연합국의 외교 대리인이시니 언젠가 다시 뵐 날이 있겠지요."

시에나는 말없이 고개만 끄덕였다. 복잡한 파티마의 마음을 어렴풋이 알 것 같았다.

시에나는 은왕궁 출구까지 파티마를 배웅했다.

"공주. 그대에게 진 빚은 잊지 않겠소."

"제가 무얼 그리 대단한 일을 했다고요."

"도움의 가치는 받은 사람이 정하는 거요. 그리고……."

시에나는 꿈에서 봤던 그녀의 미래가 마음에 걸렸다. 하지만 꿈 속 미래에서 파티마가 언제 어떤 이유로 죽었는지 전혀 모른다. 어설픈 경고는 떠나는 사람의 기분만 상하게 할 것이다.

"그대의 곤란함을 돕겠다는 내 뜻은 진심이오. 고국에 돌아간 후에도 혹시 내 힘이 필요한 일이 생기면 꼭 연락하시오."

파티마는 싱긋 웃으며 상체를 깊이 숙였다. 정중한 인사를 마치고 허리를 천천히 폈다.

시에나는 멀어지는 파티마의 뒷모습을 꽤 오랫동안 바라보았다.

파티마는 궁을 나와 곧바로 선착장으로 가는 대신 마차를 동쪽 거리로 돌리게 했다. 복잡한 상거리 입구에서 마차가 멈췄다. 먼저 내린 유단이 뒤따라 내리는 파티마의 손을 잡아 도왔다. 그녀는 아련한 눈으로 북적이는 장터를 바라보았다.

'이상한 일이지. 제국을 떠나기 전에 마지막으로 봐두고 싶은 것이 화려한 파티가 아닌 장터라니.'

어쩌면 여기가 제국 사람들의 진짜 삶을 볼 수 있는 곳일 것이다.

파티마는 빠르게 걷는 사람들 틈에 섞였다. 뚜렷한 목적 없이 구경하던 그녀의 눈이 커졌다. 반갑게 이름을 불렀다.

"우스."

우스는 쭈그려 앉아 좌판에 널린 물건을 뒤적이고 있었다. 고개를 들어 파티마에게 눈인사를 건네고 그녀의 곁에 있는 유단에게 말했다.

"여어. 언제 왔냐?"

"여전하시군요. 우스 님. 온 지는 꽤 됐고 이제 갑니다."

"나도 가요. 우스."

우스가 일어났다. 앉아 있던 그가 몸을 일으키니 큰 덩치가 위로 쑥 올라갔다. 지나가던 사람들이 놀라 움찔했다.

"유단 배웅하러 가요?"

"아니요. 사막으로 돌아가요. 내가 다시 제국에 올 일이 있을지는 모르겠네요."

"쿤도 알아요?"

"저택으로 서신은 보내 놨어요. 뵙고 인사는 못 드렸지만요. 우스. 함께 안 갈래요?"

"엥?"

"제국보다는 사막이 훨씬 박진감 넘치는 일들이 많을걸요. 여기서 지내기 지루하지 않아요? 사막으로 와서 출세할 생각 없어요?"

어리둥절한 눈으로 파티마를 빤히 보던 우스가 피식 웃었다.

"쿤이 간다면."

파티마가 과장된 표정으로 입술을 삐죽였다.

"우스는 지금 복을 발로 찬 거예요. 나중에 후회할걸요."

파티마는 꾸벅 고개를 숙였다.

"이게 영원한 작별 인사는 아니었으면 좋겠어요. 건강하세요."

"잘 가요. 험한 동네인데 몸조심하고."

파티마와 유단의 뒷모습은 금세 사람들 틈에 섞여 사라졌다. 우스의 입술이 호선을 그렸다.

그리운 옛 친구와 재회한 것처럼 그는 기분이 좋았다. 사막에서 만났던 파티마를 오늘 다시 만났다. 표정과 눈빛이 그때처럼 살아 있었다.

그녀의 앞날에 행운이 가득하기를, 우스는 입안으로 중얼거렸다.

*   *   *

황제가 소집령을 내렸다. 공작들은 물론이고 정계, 재계, 사교계 가릴 것 없이 조금이라도 영향력을 가진 귀족들이 모두 부름을 받았다.

마차가 줄지어 황궁으로 들어왔다. 회의실은 수백 명이 넘는 사람이 들어가기에는 비좁았다. 시종들이 그들을 연회홀로 안내했다.

파티 준비가 전혀 되어 있지 않은 홀은 썰렁했다. 구석에 몰아 놓은 테이블과 의자를 전부 흰 시트로 덮어 마치 폐가 같았다. 곧 입장할 황제가 올라설 단상만 마련되어 있었다.

파티의 목적 외에 연회홀이 공개된 것은 처음이었다. 다들 낯선 곳인 것처럼 주변을 둘러보았다. 귀족들은 불안한 표정으로 웅성거렸다. 황제의 소집령에 이유는 쓰어 있지 않았다.

"대체 무슨 일이랍니까?"

"나도 들은 얘기가 없어서……."

황제가 통보한 정오에 가까워질수록 홀을 채우는 사람의 숫자가 늘어났다. 입장객의 신원을 확인해 주는 시종의 외침은 없었다. 다들 눈치껏 모여드는 사람의 면면을 살폈다.

"저기 철왕 전하께서 납시었군."

"은왕 전하도 오셨소."

공작들도 등장했다. 하지만 여섯 가문 중에 넷만 공작 본인이 왔다.

블레스 가문은 본래 공작을 대신해서 후계인 백작이 대소사에 얼굴을 내밀었다. 그런데 백작이 얼마 전 공작령으로 떠났다. 급한 소집령이라 당장 올 수가 없었다. 백작 대신 최근 사교계에 신성으로 등장한 백작의 막냇동생, 안드레가 참석했다.

그리고 리먼 가문도 대리인이 왔다. 블레스 가문은 그러려니 해도 리먼 가문은 왜 공작이 오지 않았는가에 대해 사람들이 수군거렸다. 사람들은 뭐 한마디라도 얻어들을 게 없을까, 유명 인사들 주변을 기웃거렸다. 그러나 건질 것이 없었다.

은왕과 철왕, 공작들 모두 다른 사람과 대화는커녕 눈도 마주치지 않았다. 입을 꼭 다물고 조심하는 태도를 유지했다.

웅성거림은 정오가 가까워질수록 점점 잦아들었다. 작은 속삭임이 멀리까지 들릴 정도로 조용했다. 사람들의 표정은 점점 굳었다. 숨이 막히는 긴장감이 홀을 가득 채웠다.

"황제 폐하, 납시옵니다!"

황제가 근엄하게 등장했다. 사람들은 황제를 따라 단상 위까지 올라간 낯선 노인을 흘끔거렸다. 오늘 모인 사람 중 노인의 정체를 아는 사람은 둘뿐이었다.

쿤의 눈이 가늘어졌다. 오늘 아침 일찍, 황궁에서 나온 사람이 검은 집을 방문했다. 제프리가 그자를 따라 입궁했다고, 감시의 눈이 보고했다. 황제의 소집령을 받았을 때 제프리와 관련 있을 거라고 대충 짐작은 했다.

'숙부님.'

단상 위의 제프리를 바라보는 디안의 마음이 무거웠다. 디안은 숙부한테서 어떤 말도 듣지 못했다.

"들으라."

황제가 군중을 둘러보았다.

완벽한 적막이었다.

"짐은 진명으로 옛 사건의 조사와 무고한 희생자들의 결백을 밝히고자 하였노라. 길지 않은 시간임에도 조사청의 부단한 노력으로 큰 성과를 얻었다."

일부 사람들이 라드 후작을 곁눈질했다.

'나도 모르는 성과인가.'

쿤은 내심 조소했다.

"오늘 그대들을 불러 모은 까닭은 이후 그대들의 더욱 적극적인 협조를 엄중히 촉구하고자 함이다. 또한, 앞으로 조사청에서 조사관의 업무를 나누어 맡을 이 사람을 소개하고자 한다."

제프리가 한 걸음 앞으로 나왔다. 담담한 표정을 지었으나 치솟은 격정을 겨우 누르고 있었다. 자신은 살아남았다. 끝내 오늘 이 자리까지 왔다. 가문의 명예 회복이 눈앞으로 다가왔다. 모든 것을 되돌릴 것이다.

"제프리 아케론. 아케론 가문의 생존자이자 아케론 가문의 무고함을 증명할 증인이다."

지긋한 나이의 귀족들은 아케론 가문을 기억했다. 그들의 표정이 허옇게 탈색했다.

"허어."

"설마."

여기저기에서 무거운 침음성이 흘러나왔다. 누군가는 제프리의 얼굴에서 아케론 공작과 닮은 부분을 발견했다. 그리움인지, 두려움인지 눈시울을 붉히는 자도 있었다.

'아……'

시에나는 입술을 꼭 물었다. 제프리의 등장으로 모든 수수께끼가 풀렸다.

'아케론. 아케론 공작 가문이었구나. 철왕의 모친이……'

미래가 완전히 틀어졌다. 변화는 이미 짐작했지만, 전혀 새로운 미래의 등장을 목격하자 오싹 소름이 돋았다. 이어지는 황제의 말이 더는 귀에 들어오지 않았다. 시에나의 유심히 제프리를 관찰했다.

'철왕과 닮았나? 잘 모르겠어.'

아주 잠깐, 제프리와 눈이 마주친 것 같았다. 기분 탓일까. 강한 적의를 느꼈다.

황제는 제프리만 모두에게 소개하고 퇴장했다. 하지만 사람들은 아케론 가문의 복권이 멀지 않았다고 짐작했다.

밀러 백작은 아리송했다.

'이 상황이 우리에게 유리한 건가, 불리한 건가.'

디안의 출생은 극비이며 디안의 측근 중에서 디안이 신뢰하는 소수의 몇 명만 알았다. 그리고 밀러 백작은 그 소수에 포함되지 않았다.

백작은 철왕 세력의 대장이라고 할 만했다. 목소리가 가장 크고

나서는 것을 좋아하다 보니 자연스레 그렇게 되었다. 그래서 백작
은 자신이 철왕의 가장 가까운 심복이라고 믿었다.

홀을 나오던 백작에게 시종이 접근했다.

"백작님. 백작님을 뵙자고 하시는 분이 계십니다."

"나를? 뉘신가?"

"철왕 전하를 위해 서로 뜻깊은 대화를 나눌 수 있을 거라고 하
셨습니다."

"흐음?"

백작은 잠시 고민하다가 고개를 끄덕였다. 두 사람은 다른 사람
들의 눈에 띄지 않도록 조용히 움직였다.

밀러 백작이 제프리와 은밀하게 만나는 그 시각, 패트리샤는 연
회홀에서 벌어진 일을 전해 들었다.

"……알았다. 지금 당장 리먼 공작가에 사람을 보내서 리먼 공께
서 언제 귀환하는지 알아보고 오너라."

"예, 적왕."

시녀를 전부 내보내고 혼자 남은 패트리샤는 숨을 가쁘게 몰아
쉬었다. 표정이 없는 그녀의 얼굴은 핏기가 없었다.

'아케론 가문의 생존자가 있어? 그럼 어떻게 되는 거야.'

패트리샤는 일전에 황제한테 심상치 않은 말을 듣고 옛일에 관
해 더그에게 알아보라고 했었다. 그런데 거기까지였다. 더그가 뭘
알아내기는 했는지, 아니면 그날 자신의 말을 허술히 듣고 그냥 넘
어갔는지는 모르겠다.

패트리샤는 은왕에게 매달리느라 사실상 리먼 가문의 일을 멀찍

이 밀어 두고 있었다. 정보가 없으니 돌아가는 상황을 파악할 수 없었다.

더구나 하필 이런 중요한 일이 벌어지는 때 더그가 수도에 없었다. 며칠 전 더그가 입궁해서 공작령에 다녀온다고 했다. 무슨 용무인지 자세히 말해 주지도 않았다. 패트리샤는 별일 아니려니, 가볍게 생각했다.

그녀는 벌떡 일어났다.

초조하게 소파 주변을 돌았다. 그녀는 한때 모든 정보의 중심에 있었다. 수도에서 벌어지는 일 중에 적왕 패트리샤가 모르는 것은 없었다.

불길했다. 손에 쥐었던 것들이 하나씩 하나씩 손가락 사이로 허무하게 빠져나가는 기분이 들었다.

* * *

"신목의 꽃……."

황제가 시선을 들었다. 시에나의 눈에 보이는 것은 어두운 천장뿐이었다.

하지만 시에나는 황제가 영광된 즉위식의 그 날을 떠올리고 있음을 짐작할 수 있었다. 지금 황제의 기억으로만 보일 그 광경을 함께 볼 수 없어 아쉬웠다. 신목에 꽃이 피어나는 모습은 얼마나 환상적이었을까. 그리고 얼마나 벅찬 감격이었을까.

황제가 마치 그 장면을 지우듯 눈을 감았다. 아무것도 보이지 않는 어둠이 꽤 길었다. 황제가 눈을 뜨고 공왕을 바라보았다.

"선황께도 상서로운 현상이 발생하였지. 그대도 알지 않소?"

"무슨 말씀이신지요?"

"선황께서 황궁 밖으로 행렬을 이끌고 수도를 한 바퀴 돌아보시다가 신비한 짐승을 얻으신 일 말이오. 수도의 거리 한복판에서 벌어진 그 광경은 수만 명이 목격했소. 아마 제국의 백성들에게는 선황이야말로 하늘이 인정한 성군이었을 거요."

"아……."

공왕이 멋쩍게 헛기침했다.

"이제 말씀드립니다만, 폐하."

공왕의 무심한 표정이 흐트러졌다.

"그건 사실, 계획된 연출이었습니다."

"연출?"

"선황께서는 정치적 기반이 약했습니다. 힘이 될만한 것이라면 뭐든, 백성들의 우호적인 여론이라도 끌어들여야 했습니다."

"전부 계획적이었단 말이오? 그날 갑자기 그 짐승이 등장한 것도, 날뛰던 짐승이 선황 폐하 앞에서 진정하던 것도?"

"……그렇습니다."

황제가 웃음을 터뜨렸다. 몹시 유쾌한 웃음이었다.

"내 어머니의 말이 전부 틀리지는 않았군. 어머니는 그게 가짜라고 주장하셨다오. 하지만 증명할 방법이 없으니 혼자 씩씩거리시다가 흐지부지 넘어갔지."

슬쩍 시선을 피하는 공왕은 왠지 민망해하는 것 같았다.

"그럼 그날이 그 짐승과 선황 폐하의 첫 만남이 아니었겠군."

"예. 선황께서 오랫동안 그 짐승을 길들였습니다. 쉽지는 않았습니다. 그 짐승이 성품이 무척 까다롭고 특히 남자는 가까이 오는 것조차 아주 싫어했습니다."

—어?

시에나는 헛웃음을 흘렸다.

—설마 리트?

대화 속에 등장하는 짐승이 아무래도 리트가 맞는 것 같다.

—리트가 원래는 철왕의 말이었어?

일각수의 주인이 바뀌었다. 재미있어하던 그녀가 탄식했다.

—그랬구나. 나도 참, 바보 같아. 귀한 짐승을 얻었다고 기뻐하기만 했네.

쿤이 리트를 선물한 의미를 이제 알아차렸다. 대륙 어느 나라에서는 신성한 일각수를 얻기 위해 전쟁도 불사한단다. 귀한 짐승을 그가 아무 생각 없이 수많은 귀족이 모인 생일 연희에서 공개했을 리가 없었다.

─나를 돋보이게 하는 선물이었구나.

그가 이면에 담긴 의미를 설명하지 않은 이유도 알 것 같았다. 그러면 자신은 거절했을 테니까.

"그럼 선황께서는 어찌 길들이셨소?"

"온갖 수단을 다 써 보다가 굶겼습니다."

공왕은 꽤 오래전 일인데도 진저리 난다는 표정으로 말했다.

"굶어 죽을 지경이 되어서야 선황께서 건네는 먹이를 받아먹었습니다. 영리해도 짐승은 짐승인지 먹이를 준 사람은 따르더군요. 그래도 제 등 위에 올라타는 것만은 절대 허락하지 않았습니다."

"아, 그래서 선황께서 그 짐승을 타는 모습을 보지 못한 거로군. 난 무척 아껴서 그러시는 줄 알았소."

황제가 쿡쿡 웃었다. 짧은 웃음 후 황제는 쓸쓸하게 중얼거렸다.

"그래도 상서로운 짐승이었소. 선황께서 승하하신 후 끝내 곡기를 끊고 죽지 않았소. 어머니가 그 짐승을 무척 탐냈다오. 어머니가 참 염치없는 사람이라는 사실을 처음 알았소. 탐낼 것이 따로 있지. 그때 내 어머니라는 사람에 관해 더 깊이 생각해 봤어야 했는데……."

─하아…….

시에나는 한숨을 내쉬었다. 어머니를 생각하면 여전히 가

습이 답답했다. 미래나 현실이나, 어머니 때문에 속을 태우
는 것은 마찬가지였다.

"선황께서는 내 어머니에게 더 단호히 대처하셔야 했소.
온실만 해도 그렇소. 선황께서 즉위한 시점부터 어머니는
적왕의 자리를 잃었소. 그럼 당연히 온실을 내놔야지. 내놓
을 수 없다고 단식 투쟁을 한 어머니도 문제, 결국 온실을
그대로 어머니께 내준 선황도 문제요. 그러니 어머니가 억
지가 통한다는 학습을 한 것이지."

하소연처럼 말을 쏟아 내던 황제가 입을 다물었다. 침묵
이 오래 이어졌다. 어색해 질쯤 황제가 말했다.

"공왕."

"예."

"나는 선황께서도 당연히 신목의 꽃을 피울 수 있었을 거
라고 믿소. 나는……."

황제는 '나는' 이라는 말만 몇 번 반복했다. 몹시 힘겹게
말했다.

"나는 선황께 죄인이오."

"폐하. 지난 일에 너무 매이지 마십시오. 선황께서는 폐하
를 원망하지 않으셨습니다."

황제가 강하게 고개를 저었다.

"아니. 그분이 내 죄를 아셨다면 용서하지 않으셨을 거
요. 때로는 침묵이 적극적인 기만보다 교활하다오. 나는 알
고 있었으면서도 침묵으로 선황을 속였소. 선황께서…….

그분께서 위대한 소원을 아셨다면 그분이야말로 제국의 역사에 길이 남을 성군이 되셨을 텐데."

*　　*　　*

아케론 공작 가문의 최후의 생존자, 제프리 아케론이 황제의 소개로 전면에 등장한 지 며칠이 지났다.

눈에 띄는 가장 큰 변화는 황제의 직속 기관으로 설치된 조사청의 구조 변동이었다. 이전까지 조사청의 조사관은 라드 후작이었고 후작이 총 책임자이자 유일한 최고 관리였다.

그런데 조사청이 둘로 나뉘었다. 그리고 책임 조사관도 둘이 되었다. 라드 후작과 아케론 조사관.

아직 제프리는 신분 회복이 안 되어 따로 작위는 없이 조사관의 감투만 썼다. 겉으로 보기에는 라드 후작의 권한이 축소된 모양새였다.

'철왕의 외숙이 옛일의 관련 당사자이니 조사청의 관리로 합류할 수는 있지. 하지만 그러면 당연히 쿤의 밑으로 들어가야 하는 것 아닌가?'

시에나는 조사청의 조직 개편 이야기를 듣고 몹시 언짢았다. 황제의 불합리한 결정을 이해할 수 없었다.

문이 조용히 열리며 베스가 안으로 들어왔다.

"전하. 철왕궁의 시종이 뵙기를 청합니다."

그녀의 눈썹이 미세하게 움찔했다.

조직 개편으로 일이 많은지 쿤은 아침 일찍 입궁해서 늦은 시간에 출궁했다. 엊그제 잠깐 시간을 내어 만날 수 있었다. 긴 대화는 나누지 못했다. 쿤은 '조만간 철왕과 나, 당신, 셋이 만날 자리를 마련할 거야.'라고 말했다.

"안으로 들이시오."

시종이 들어와 고개를 숙였다.

"은왕 전하. 철왕 전하께서 좋은 차가 들어와 나누고 싶다고 하셨습니다. 시간이 괜찮으시면 잠시 철왕궁으로 들러 주십사, 청하셨습니다."

"알았다. 마침 쉬는 중이니 곧 찾아뵙겠다고 말씀 올려라."

"예, 전하."

시종이 돌아가자마자 즉시 시에나는 일어났다. 마차를 타지 않고 걸어서 철왕궁으로 가는 그녀의 마음이 심란했다. 어머니의 덫에 걸린 포프 백작부인을 구하기 위해 철왕궁으로 갈 때도 이렇게 복잡한 심경이었다.

'위대한 소원. 그게 대체 뭘까.'

꿈을 꾼 후 황족만 드나들 수 있는 황실 서고를 샅샅이 뒤졌다. 한 번도 들어 본 적이 없으니 공개된 문서 중에는 없을 거라고 생각했다.

최초의 꿈을 꾸었을 때 이미 그녀는 한차례 서고를 뒤졌다. 그때 봤던 고서들을 제외하면 다시 볼 책은 그다지 많지 않았다. 성과는 없었다. '위대한 소원'이 무엇인지 전혀 알아내지 못했다.

그것은 신목의 꽃을 피우는 데 아주 중요한 역할을 하는 것 같다. 그리고 꿈의 내용을 추측하건대 꿈속 황제는 그 정보를 철왕에게 알려 주지 않았다.

'그럼 꿈속의 나는, 그 정보를 어디서 얻었지?'

예스러운 방식이지만 정말 중요한 정보는 문서화 하지 않고 입에서 입으로만 전하기도 한다. 사람이 끊기면 정보도 사라지는 치명적인 문제가 있다. 하지만 유출되느니 차라리 그런 위험성을 감수할 극비라면.

'황제가 다음 대 황제에게만 전해 주는?'

그렇다면 황제가 철왕을 제치고 오직 자신에게만 전했다는 거다. 앞뒤가 맞지 않았다. 황제가 그럴 이유가 없었다.

'미래에서는 폐하께서 철왕의 거짓 외가를 만들어 주실 정도로 철왕을 도우셨는데. 내게만 그런 정보를 귀띔하셨을 리가 없지.'

여러 생각을 하는 동안 그녀는 철왕궁에 도착했다. 시종은 입구에서 기다리고 있다가 시에나를 곧바로 응접실로 안내했다. 소파에 앉아 있던 두 남자가 그녀가 들어오자 일어났다.

그녀는 아주 자연스럽게 쿤의 옆에 앉았다. 디안이 나란히 앉은 두 사람을 묘한 표정으로 쳐다봤다.

디안이 큼, 하고 헛기침한 후 입을 열었다.

"무슨 얘기부터 해야 할지 모르겠군요. 은왕. 오늘 이 자리는 은왕이 청했다고 들었어요."

"네. 그랬어요."

시에나는 자신 때문에 쿤과 철왕의 사이가 벌어질까 봐 염려했다. 애초에 오늘 만남의 목적은 그것이었다. 그런데 상황이 좀 더 복잡해졌다. 제프리 아케론이 등장했고 '위대한 소원'이라는 골치 아픈 수수께끼는 풀리지 않았다.

"내게 화났지요?"

디안이 쓴웃음을 지었다.

"의뭉스럽게 황제가 될 수 있는 뒷공작은 다 해 놓고 신목의 관을 두고 경쟁하는 사이라는 은왕의 말에 맞장구나 치고요. 은왕은 이미 다 짐작하고 있었다니 내가 참 음흉스러워 보였겠어요."

"그렇게 생각하지 않았어요."

"말로는 그러면서 속마음은 아니겠지, 라고는 말 못 하겠네요. 은왕의 말이 진심이라는 걸 아니까."

디안의 눈빛이 음울하게 가라앉았다. 평소에 항상 얼굴에 가득했던 가벼운 미소가 오늘은 없었다.

"그래도 나는 황제가 되어야겠다고 한다면요?"

"제국법에 규정한 정당한 계승 서열에 따라 철왕이 제위에 오를 자격이 있다면, 내가 왈가왈부할 수 있는 문제가 아니에요."

"정말 그냥 물러설 거예요?"

의심하는 눈빛은 아니었다. 디안은 그저 진심으로 궁금하다는 표정이었다.

"철왕. 제국의 역사상 제위를 두고 다투는 황제의 후계자가 다수였던 적이 몇 번이었는 줄 알아요?"

"글쎄요."

디안은 제국의 황실 역사에 별로 관심이 없었다.

"한 번도 없어요."

"정말요?"

"대부분 황제의 후계자는 한 명뿐이었어요. 동복의 형제가 존재했던 적이 한 번 있었죠. 그런데 나이 차이가 컸어요. 그러니 철왕. 철왕께서 내일 당장 신목의 관을 쓴다고 해도 후계가 태어나 일곱 살이 되기 전까지는 내가 서열 일 순위예요. 최소한 앞으로 칠 년. 내가 마음만 먹으면 철왕을 괴롭히는 무슨 짓이든 할 수 있어요. 전례가 없으므로 철왕은 옛 역사를 통해서도 날 상대할 방법을 찾기 어려울 거예요."

분위기가 서늘하게 가라앉았다.

시에나가 표정이나 말투의 과장 없이 담담하게 말하는데도 디안은 손에 땀을 나도록 긴장했다.

"하지만 그런 소모적인 싸움을 나는 하지 않을 거예요. 그 싸움으로 고통받는 자들은 제국의 백성이기 때문이지요."

디안은 시에나를 물끄러미 바라보다가 힘없이 웃으며 시선을 내렸다.

"은왕. 난 은왕보다 그릇이 아주 작아요. 얼굴도 모르는 누군가보다는 내 사람이 소중합니다. 내 사람을 지키기 위해 힘이 갖고 싶은 거예요. 내 아내, 그리고 내 아내가 품은 내 아이. 그 두 사람을 위해서 못 할 일 없다는 내 마음을 이해할 수 있나요?"

디안의 시선이 쿤을 스쳐 지나갔다. 잠깐이지만, 놀란 쿤의 표정을 봤다. 디안은 혹시나 해서 물었다.

"라드 후. 비올렛이 아이를 가진 사실을 몰랐소?"

"몰랐습니다."

디안이 미간을 찡그렸다. 당연히 아는 줄 알았다.

"은왕. 라드 후에게 말 안 했어요?"

"안 했어요."

"왜요?"

"나는 철왕비에게 임신 사실을 당분간 숨기라고 했어요. 그런데 내가 여기저기 말하고 다닐 수는 없잖아요."

멍하게 시에나를 보던 디안이 허허, 웃음 같기도 한 기이한 헛숨을 몇 번 내쉬었다. 헛숨이 숨죽인 웃음으로 이어졌다.

디안은 한참을 큭큭거리며 웃었다. 은왕의 말대로 소모적인 싸움은 하고 싶지 않았다.

하지만 이름 모를 백성의 고통이 염려되어서가 아니다. 부러질 지언정 꺾이지 않을 외강내강한 누이동생이 정말 좋기 때문이다.

"내가 지금부터 이름 모를 어느 나라에서 벌어진 일을 두 사람에게 말하려 해요. 꽤 긴 이야기가 될 것 같군요. 내 말이 끝날 때까지, 은왕, 라드 후. 두 사람 다 의문이 생기더라도 인내심을 갖고 들어 줬으면 해요. 어떤 질문도 하지 말고요."

디안이 시에나와 쿤을 번갈아 보며 대답을 요구했다. 두 사람 모두 고개를 끄덕였다.

"아주 오래전의 일입니다. 수십 년도 더 되었군요. 그 이름 모를 나라의 왕족은 대대로 특이한 혈통을 타고났어요. 혈통 덕분에 왕좌를 보장받았지요."

디안의 이야기 속에 제국, 선황, 아케론 가문을 뜻하는 단어는 전혀 등장하지 않았다.

이름 모를 어느 나라에서 수십 년 전에 벌어진 비극일 뿐이었다. 왕이 신하를 시기하여 끝내 죽인 후 신하의 가문마저도 짓밟은, 어쩌면 흔하디흔한 그런 이야기.

처음에는 디안의 의도를 몰라 의아한 표정으로 듣던 시에나와 쿤은 숨겨진 뜻을 금방 알아차렸다.

어떤 질문도 하지 않기로 약속했기에 잠자코 들었지만, 두 사람의 표정은 점점 굳었다.

쿤은 도대체 왜 선황이 아케론 가문을 그토록 증오했는가, 내내 의문이었다. 아케론 가문이 황실의 위험한 기밀을 아는 바람에 입막음 당한 것일지도 모른다고 생각했다. 그렇지 않고서는 설명이 안 되었다.

하지만 고작 이런 진실이었다니. 허탈하지만 한편으로 이해도 되었다.

예전에 대륙의 왕국에 머물 때 목격한 일이 떠올랐다. 명망 있는 귀족 가문이 치정 사건에 휘말려 순식간에 무너졌다. 사소한 빌미로 빚어지는 엄청난 결과. 뜻밖에 이런 경우는 아주 많았다.

시에나가 받은 충격은 차원이 달랐다. 쿤은 자신과 관련 없는 남의 이야기일 뿐이고 황족의 자부심이 크지 않은 디안은 씁쓸한 마음 정도였다.

하지만 시에나에게는 그녀의 세상이 무너지는 참담함이었다. 지금껏 그녀가 배워 온 것들이 모두 거짓이기 때문이다.

'신족의 특별함은 당연한 진실이 아니라 그래야만 한다는 강요된 진실인가.'

그녀는 자신의 경우를 대입해서 생각했다. 정말 신족이 감정을 모르면 자신이 느끼는 사랑, 고통, 질투를 어찌 설명할 것인가. 정말 신족이 완벽하다면 꿈속 미래에서 왜 자신은 후회하고 절망하는가.

제국 건국의 초기에 황족은 특별했을 수도 있다. 정말 신의 자손이었을지도 모른다.

하지만 무수한 세월이 흘렀다.

이미 신족은 인간과 분리할 수 없을 만큼 섞였다. 그들과 아이를 낳고 그들의 감정을 보고 배웠다.

'신족은 완벽해야 한다는 강박관념이 선황 폐하가 아케론 공작을 증오하도록 몰아간 것이 아닐까.'

지난 1년, 시에나의 마음은 무수히 깨졌다가 아물면서 단련이 되었다. 비교적 빠르게 흔들리는 자신을 다시 붙들 수 있었다. 꿈을 통해 미래를 봤다. 이 세상에 벌어지는 어떤 괴상한 일도 자신이 겪은 기적보다 놀랍지는 않았다.

오래된 과거에서 시작한 디안의 이야기는 왕의 피를 물려받고도 죽은 듯이 살아야 했던 신하의 손자 이야기로 흘러갔다.

"아이는 자신이 누구인지 모르고 자랐어요. 동네 또래 아이들과 뛰어노는 개구쟁이였지요."

항상 염색해야 했고 나이를 속여야 했다. 남들에게 들키지 말아야 하는 비밀이 있다는 점은 알았지만, 낙천적인 어린아이에게 그런 일들은 심각하게 와 닿지 않았다. 자신을 보살피는 노인이 조부인 줄 알았고 가끔 들르는 중년인을 작은아버지라고 불렀다.

디안은 '할아버지'라고 불렀던 그리운 얼굴을 떠올렸다. 노인은 아케론 가문의 마지막 집사였다. 노구의 몸으로 온갖 험한 일을 하며 주인의 마지막 혈육을 양육했다.

'작은아버지'는 아케론 가문의 하인이었다. 그는 아케론 가문의 생존자를 찾아 계속 떠돌아다녔다. 디안이 열 살이 되던 해에 '작은아버지'는 아케론 가문의 가신 중 생존자들을 만났다. 그들이 디안은 맡기로 했다.

노인은 디안이 가기 싫다고 고집을 부리자 곧 따라간다는 말로 달래 보냈다. 하지만 금방 온다던 노인을 다시는 만나지 못했다.

몇 년 후에야 소식을 들었다. 디안을 보낸 후 해야 할 일을 다 끝마친 것처럼 자는 듯이 세상을 떠났다고 했다. 디안이 충격받을까 봐 아무도 알려 주지 않았다. 디안은 노인의 임종을 지키지 못한 것이 지금도 마음이 아팠다.

아케론 가문의 생존자들 사정 역시 넉넉하지는 않았다. 그래도 노인과 함께 빈민가에서 살 때보다는 잘 먹고 교육도 받았다. 자신이 누구인지도 배웠다.

그들은 바라는 것은 그저 디안의 생존이었다. 아케론 가문의 마지막 핏줄이 정체성을 잊지 않고 명맥을 유지해 주기를 원했다. 아케론 가문의 충신들은 오직 그것만을 위해 비통한 마음을 안고 죽지 못해 살았다.

"아이는 자신의 외가 혈통을 숨긴 채 왕족으로 인정받았어요. 하지만 항상 목숨의 위협을 받아야 했지요. 그래서 아이는 살아남기 위해서는 왕이 되어야겠다고 생각했어요. 그리고 그 아이는 죽은 줄 알았던 외숙과 우연히 재회합니다. 그 후는 어찌 되었는지는 모르겠네요. 내 얘기는 여기까지예요."

디안은 이미 다 식은 차를 들이켰다. 계속 떠드느라 메마른 입안을 적셨다. 디안은 골똘히 생각에 잠긴 시에나를 흘끔 보고 쿤에게 말했다.

"라드 후. 조사청의 업무 분담은 끝났소?"

"대충은요."

"뭐가 달라진 거요?"

"저는 차이점을 잘 모르겠습니다만, 새로운 조사관께서는 아주 분주하시더군요. 무척 많은 사람을 만나고 있습니다. 새 조사관을 불러 물으시면 들을 이야기가 많으실 겁니다."

디안이 쓴웃음을 지었다.

"몇 번 사람을 보냈는데 이런저런 말로 거절하시더군. 날 피하고 계시오."

"조심하려는 뜻이겠지요."

디안이 한숨을 내쉬었다.

"……어쩌시려는 걸까."

"둘 중 하나겠지요."

"어떻게?"

쿤이 말을 하려다가 입을 다물었다.

"라드 후 생각, 들어 봅시다."

"아닙니다. 말이 헛나왔습니다."

"뭐든 좋으니 말해 보시오."

디안은 못 들은 척 찻잔을 드는 쿤을 노려보았다.

"치사하게 이럴래?"

"내 생각을 들어서 뭐 하려고."

"단순히 네 생각이 아니잖아. 분명히 앞으로 벌어질 일이 네가 말한 그 둘 중 하나겠지."

"과대평가는 감사합니다. 전하."

"야!"

디안이 약이 올라 버럭 소리쳤다. 그리고 움찔 놀라 천천히 고개를 돌렸다.

시에나가 묘한 표정으로 두 사람을 구경 중이었다.

"아, 은왕. 내가 말이 좀 거칠게 나와서……."

시에나가 피식 웃었다.

"내 생각보다 격의 없는 사이였군요. 상관없어요. 내 앞에서만 말조심할 필요 없습니다. 두 사람, 화해한 거예요?"

디안과 쿤이 마주 보았다. 그리고 디안이 큼, 낮게 헛기침한 후 말했다.

"은왕. 우린 싸운 적 없어요."

쿤이 덧붙여 말했다.

"잡았던 손을 놨을 뿐이지."

디안이 굳이 반박하지 않겠다는 듯 어깨를 으쓱했다.

시에나는 고집 센 사춘기 소년 같은 표정을 짓고 있는 두 남자를 번갈아 보다가 웃음을 터뜨렸다. 처음엔 입안으로 삼키는 작은 웃음이었지만, 곧 소리를 내어 유쾌하게 웃었다. 두 남자는 맑은 웃음을 터뜨리는 시에나한테서 눈을 떼지 못했다.

디안은 왠지 가슴이 뭉클했다. 그동안 시에나의 빈틈없이 딱딱한 표정만 봤다. 친해지고 싶어서 주변만 맴돌던 외사랑이 조금이나마 보답받은 기분이 들었다.

'이 녀석은 저 웃음을 자주 봤겠지?'

흐물흐물하게 풀어진 눈으로 시에나를 바라보는 쿤을 보고 있자니 심술궂은 마음이 비죽 솟았다. 내 동생 곁에 알짱거리지 말라고 오라버니의 위세를 부려 보고 싶었다.

곤란해서 쩔쩔매는 표정이 볼만할 것이다.

상상만 해도 통쾌했다.

한바탕 웃고 난 시에나의 표정에는 미소가 가득했다.

"신기한 일이에요."

그녀는 중얼거렸다. 한편의 희극을 보는 것 같은 지금의 상황이 즐거웠다. 막이 내리면 끝날 연극이 아닌, 현실이라서 더 좋았다.

"얼굴을 붉히지 않고, 서로를 미워하지도 않으면서 우리는 이런 대화를 나눌 수 있군요."

두 남자는 머쓱하게 시선을 돌렸다.

"철왕. 철왕의 이야기에 등장하는 아이에게 묻고 싶어요. 복수를 원해요?"

디안이 눈을 크게 떴다가 곧바로 고개를 저었다.

"돌아가신 분들에게는 참 미안한 얘기지만. 난 그분들을 몰라요. 만나 본 적도 없고. 어릴 때 헤어진 어머니 얼굴도 사실 잘 기억 안 나요."

디안은 자연스럽게 이야기 속 아이를 자신으로 바꿨다. 위화감은 없었고 누구도 지적하지 않았다.

"내게 과거는 중요하지 않아요. 그런데…… 내 주변 사람은 과거를 중요하다고 생각해요. 그리고 난 그 주변 사람의 생각에 휘둘리지 않을 자신이 없어요. 내게 아주 소중한 사람이거든요."

디안은 우울한 표정으로 시에나를 보며 힘없이 웃었다.

"난 어딘가 문제가 있나 봐요. 은왕처럼 옳고 그름을 딱 자르지 못하겠어요."

시에나는 현실의 철왕이 꿈속 미래의 철왕과 틀림없는 동일인이라는 사실을 실감했다.

처음 꿈을 꾸었을 때는 그의 모순을 이해하지 못했다.

황제가 된 철왕은 후환이 될 것이 분명한 이복 누이를 끝내 살려 두었다.

적으로 돌아설 각오로 제위를 빼앗았으면 피도 눈물도 없는 권력자가 되었어야지. 고작 강제로 결혼시켜 계승권을 박탈하는 정도가 철왕이 할 수 있는 악랄함의 최고치였다.

'모든 사람이 나와 같을 수는 없지.'

철왕의 어린 마음이 안타깝기는 해도 한심하지는 않았다. 오히려 철왕과 마주 앉아 이런 이야기를 나눌 수 있어서 다행이라고 생각했다. 철왕이 자신과 닮았으면 아마 철왕과의 관계는 영원한 평행선이었을 것이다.

"철왕. 답은 스스로 찾아야 해요."

디안은 뚫어지게 바닥만 내려다보다가 대답했다.

"……알아요. 내가 되게 뻔뻔한 놈이라는 것도 알고. 은왕을 붙들고 이런 투정이라니."

"하지만 잘못된 답을 찾아도 잘못을 안다면 실패는 아니에요. 다시 길을 찾을 수 있도록 정신이 번쩍 들게 괴롭혀 줄게요."

디안이 고개를 들었다. 휘둥그레진 눈으로 시에나를 응시했다. 그녀는 살벌한 대사와 어울리지 않게 부드럽게 웃었다.

"전에 철왕이 그랬잖아요. 잘못된 길로 가면 서로 비판해 주자고."

"그래요……. 그런 말을 했었지요."

"나는, 그래도 신족이 특별하다고 믿고 있어요. 위대한 제국을 이 땅에 세운 분들의 정신을 물려받았으니까요. 그리고 철왕도 그분들의 후손이에요. 자부심을 가져요."

"……."

시에나는 철왕이 충분히 고민하고 답을 찾는 시간이 필요하다고 생각했다. 그녀는 쿤의 소매를 잡아당겨 신호를 보냈다.

두 사람은 조용히 일어났다. 돌아가겠다는 인사를 따로 건네지 않았다. 디안도 아무 말 없이 두 사람을 보냈다.

철왕궁을 나서며 시에나가 말했다.

"좀 걸을까?"

쿤이 웃으며 대답했다.

"난 언제든 좋지."

두 사람은 정원의 안쪽으로 걸어 들어갔다. 두 사람은 말없이 계

속 걸었다. 쿤은 그녀의 복잡한 심경을 헤아려 굳이 위로하지 않았
다. 자신의 기분도 싱숭생숭한데 그녀는 오죽할까 싶었다.

시에나는 쿤의 짐작과는 다소 다른 생각에 빠져 있었다. 그녀가
조부의 용렬함에서 느끼는 수치심은 무겁게 와 닿는 책임감에 비하
면 사소했다.

'도량이 좁은 자가 군주의 자리에 오르면 많은 사람이 고통을 겪
는구나.'

자신보다 뛰어난 자를 부러워하고 시기하는 감정을 죄라고 할
수는 없다. 그러나 군주가 자신의 어둠을 다스리지 못한 것은 큰 실
책이다.

'내가 배우고 익혔던 제왕학은 껍데기였어. 그래서 꿈속의 나는
실패한 거야. 난 제위의 빛만 보며 선망했지 그림자는 아예 존재조
차 몰랐으니까.'

시에나의 눈동자에 빛이 감돌았다.

'내게 기회만 주어진다면.'

가슴 속에서 강한 바람이 몰아쳤다. 애써 눌렀던 감정의 조각이
일시에 떠올랐다. 엉겨 붙어 뜨겁게 꿈틀거렸다.

꿈속의 실패를 되풀이하지 않을 자신이 있다. 올바른 제왕의 길
이 어렴풋이 보인다. 잘할 수 있다. 누구보다도!

꽉 주먹 쥐었던 손이 스르르 풀렸다. 그녀는 아직 제 마음을 완
전히 다스리지 못한 사실을 깨달았다.

'나야말로 적임자, 이런 생각이 분란의 시초가 되는 거겠지.'

철왕과 싸우는 길을 택하면 이번에는 둘 중 하나는 죽어야 끝날

지도 모른다. 피로 물든 제위가 과연 영광스럽겠는가.

'내가 물러나는 게 옳아.'

철왕이 원래 가졌어야 하는 자리를 회복하는 것이다. 빼앗긴 것이 아니다. 시에나는 질긴 미련을 털어 내며 쿤에게 물었다.

"아까 철왕에게 하려던 말이 뭐였어? 둘 중 하나라는 거."

"그분이 디안과의 관계를 가까운 시일 내에 밝히든가, 시간을 한참 끌다가 밝히던가."

"차이가 뭔데?"

"전자는 디안의 계승 서열 회복이 그분의 목적 전부일 것이고 후자는 본인을 위한 세력 확보가 목적이겠지."

"철왕을 위해서가 아니라?"

"물론 명목은 그렇겠지."

쿤의 한쪽 입술 끝만 슬쩍 올라갔다. 제프리 아케론 같은 유형은 정말 많이 봤다. 그럴듯한 명분을 내세워 결국은 제 욕심을 차리는 자들.

"결국은 본인을 위해서야."

"당신의 예측은? 전자, 아니면 후자?"

"후자."

쿤의 대답은 망설임이 없었다.

"……그렇구나."

시에나는 꿈속 미래의 자신을 옭아맸던 거미줄에 이번에는 디안이 매달리게 되었음을 알았다.

철왕이 황제가 되면 꿈속 미래의 패트리샤 자리를 제프리 아케론이 차지할 것이다. 철왕은 제프리를 품을지 버릴지 택해야 할 것이다.

'철왕은 올바른 선택을 했으면 좋겠는데…….'

"철왕과는 어떻게 하기로 했어?"

"얘기 끝났어."

"끝나다니?"

"말 그대로 끝. 더는 서로에게 줄 것도 받을 것도 없어."

시에나가 걸음을 멈췄다.

당혹스러운 표정으로 그를 불렀다.

"쿤."

"그럴 거라고 말했잖아."

시에나는 정말 두 사람의 동맹이 끝났으리라고는 생각 못 했다. 아까 봤던 두 사람은 전혀 달라진 것 같지 않았다.

"그래도 당신이 지금껏 도운 공이 있으니까 철왕이 황제가 되면……."

"상관없어. 다 원점이야. 그러기로 했어."

"그게 그렇게……. 간단히 되는 일이야?"

미래가 또 바뀐다.

그는 일족이 정착할 영토를 얻지 못하는 걸까. 흑암성은 공국의 왕성이 되지 않는 것인가.

"사람이 왜 이렇게 요령이 없어. 철왕을 도와도 상관없다고 했잖아. 당신이 그토록 원하던 일이 이루어지기 직전인데, 그걸 포기한단 말이야?"

"시에나. 내가 정말 정착지를 얻을 수 있을지는 장담 못 해. 디안을 못 믿어서가 아니라 세상일이라는 게 그렇거든. 계획대로 잘 안 돼."

"아니. 당신은 원하는 걸 분명히 얻었을 거야."

미래를 봤으니까 안다. 속상했다. 시에나는 휙 돌아섰다. 뒤에서 부르는 소리가 들렸지만, 그녀는 화난 듯 빠르게 걸었다. 그러나 그녀는 멀리 가지 못하고 잡혔다. 그의 팔이 그녀의 허리를 감으며 뒤에서부터 끌어안았다.

"시에나."

"당신의 희생을 바라지 않았어."

"희생이 아니라니까."

그녀는 고집스럽게 아무 말이 없었다.

쿤은 소리 없이 웃었다. 가끔 보통 사람처럼 감정을 드러내는 그녀를 볼 때마다 그녀의 감정을 이끌어 내는 사람이 자신이라서 즐거웠다.

"시에나. 만약에…… 철왕이 황제가 되면 내가 계속 당신의 옆에 있어도 될까?"

"……응."

"당신의 그 대답으로 충분해."

돌아가는 상황은 디안에게 유리했다. 디안이 계승 서열을 회복하면 큰 이변이 없는 한 다음 황제는 철왕이 될 것이다. 혹은 현 황제가 최소한 십 년 이상 더 제위를 지킬 수도 있다. 그것도 나쁘지는 않았다.

하지만 쿤은 무엇도 확신할 수 없었다. 세상일은 변수가 너무 많았다.

「만약 은왕이 황제가 되면 너와 결혼 못 해.」

디안이 던진 말은 그 후 시도 때도 없이 불쑥 떠올라 그를 괴롭혔다. 그녀를 안은 그의 팔에 더 힘이 들어갔다.

이 손을 놓을 수 있을까. 그녀 없이 남은 인생을 살 수 있을까. 그는 질끈 눈을 감았다. 위가 쥐어짜는 것처럼 아팠다.

5장

실패에서 배우다

안드레가 수도로 온 지 어느덧 한 달이 되었다. 그는 어지간한 사교 파티에 모두 얼굴을 내밀었다. 단기간에 인지도를 높이는 데에는 사교 모임 만한 것이 없었다.

"블레스 경. 오늘도 혼자이신가요?"

"제가 아직 부족한 점이 많아서 저와 어울려 주실 너그러운 숙녀분을 찾지 못했습니다."

"겸손이 지나치시네요. 블레스 경의 눈이 지나치게 높으신 거겠죠."

사교 파티는 파트너 동반이 일반적이었다. 연인이 없으면 가족이라도 데리고 참석해야 체면이 상하지 않는다고 생각했다.

그러나 꿋꿋하게 계속 혼자 참석하는 안드레는 사람들의 흥미를 끌었다. 공작의 아들이며 기사인 안드레가 파트너를 구하지 못한다고 생각하는 사람은 아무도 없었다.

"제가 어울릴만한 분을 소개해 드릴까요?"

"말씀은 감사합니다만, 사실 제가 이제나저제나 말을 건넬 기회만 엿보는 분이 계십니다."

"저런. 기회만 엿보다가 올해가 다 가겠네요."

"그러게 말입니다. 도저히 용기가 안 나는군요."

주변 사람들이 웃음으로 넘겼다.

레이디를 소개해 준다고 하면 안드레의 대답은 항상 같았다. 처음에는 호기심을 가졌던 사람들도 이제는 안드레가 거절을 돌려 말한다고 해석했다.

"요즘은 재미있는 일이 없네요."

"그러게요. 어딜 가나 매번 비슷비슷해요. 파티는 당분간 나오지 말고 다른 취미를 찾아봐야겠어요."

"메르제 백작부인이 요즘 보석 경매에 빠졌다던데요."

"그건 재미있으려나."

귀부인들이 심드렁한 표정으로 부채를 흔들었다. 오늘 파티가 부족해서가 아니라 최근 사교 파티에 참석하는 사람들 생각이 다 비슷했다.

사교 파티의 질은 참석자가 좌우한다. 최근 유명 인사는 은왕과 라드 후작, 철왕 부부인데 그들의 모습을 어디서도 볼 수 없었다.

은왕은 원래 사교 모임에 관심이 없고 라드 후작은 남자들의 사교 클럽조차도 나오지 않았다. 철왕은 결혼한 후부터 아예 출궁하지 않았다. 철왕비도 원래 사교 활동이 활발했던 사람이 아니다. 적왕 패트리샤조차 티파티도 열지 않고 조용했다. 요즘처럼 사교계가 무료했던 적이 없었다.

안드레는 들려오는 사람들의 말소리를 들으며 피식 웃었다. 그는 약 한 달에 걸쳐 사교 활동이 무엇인지를 대충 파악했다. 여기는 남 얘기를 하기 좋아하는 사람들이 모여드는 곳이었다.

그가 가장 많이 들은 이야기가 은왕과 라드 후작에 관한 소문, 억측, 목격담 등이었다. 남의 뒷말을 하는 건 한심하다고 생각했는데 그는 자신도 모르는 새에 은왕에 관한 이야기가 나오면 귀를 기울였다.

'완벽한 아름다움……'

은왕의 소문은 공작령까지 들려왔다. 그때는 그냥 웃으며 들어 넘겼다. 그녀를 직접 보고 나서야 소문이 전혀 과장이 아님을 알게 되었다. 눈앞에 아른거리는 그녀의 모습은 시간이 지날수록 흐려지는 것이 아니라 더 선명했다.

'아버지. 중요한 얘기를 알려 주지 않으셨잖아요.'

블레스 공작은 안드레를 수도로 보내면서 말했다.

「내가 밑 작업해 놨으니 가서 잘 해 봐. 너 하기에 달렸다.」

'밑 작업을 무슨. 하여간 아버지는 큰소리만 치는 버릇은 여전하다니까.'

라드 후작이라는 막강한 장벽이 은왕의 주변을 에워싸고 있을 줄은 몰랐다. 후작이 신분을 내세워 으스댔다면 차라리 코웃음 치고 무시할 수 있었다.

'내가 상대가 안 된다고요, 아버지.'

안드레는 아버지의 명에 따라 공작의 아들이라는 신분을 숨기고 기사 훈련을 받았다.

특별 대우는커녕 제대로 험하게 굴렸다. 고생할 때는 아버지 욕을 엄청했지만, 지나고 보니까 실력으로 얻은 기사의 칭호는 안드레의 자산이자 자부심이 되었다.

은왕의 생일 연회의 그 날, 남들은 모르는 사건이 있었다. 안드레는 은왕에게 다가가려다가 계속 흐름을 빼앗겼다. 후작은 아주 자연스럽게 한 걸음 내딛거나 방향을 트는 식으로 안드레를 차단했다.

검술을 모르는 자는 후작의 수법이 얼마나 신묘한지 알 수 없을 것이다. 기술만으로 검술 실력을 높이는 데는 한계가 있다. 실력의 단계를 높여 주는 비밀 병기는 보법이었다.

보법으로 상대의 박자를 빼앗고 적절하게 물러나 허를 찌른다. 진짜 실력자들의 대결은 생각보다 격렬하지 않았다. 찰나의 순간이 승패를 가르기 때문이다.

안드레는 그날, 후작에게 패배했다. 단 한 번도 유리한 위치를 잡지 못했다. 그날 상황을 검술 대결에 대입하면 완패였다.

안드레는 한숨을 내쉬었다. 장벽을 무너뜨릴 방법이 떠오르지 않았다. 신분도, 실력도 밀리고 후작을 바라보던 은왕의 눈빛에는 파고들 틈새가 없었다.

그는 들고 있던 샴페인 한 잔만 다 마시고 슬그머니 연회장을 빠져나왔다.

오늘은 특히 지루했다.

*　　*　　*

"전하, 라드 후작님이 오셨습니다."

소파에 앉아 생각에 잠겨 있던 디안이 고개를 들었다.

"안으로 모셔라."

잠시 후 쿤이 들어왔다. 평소와 다름없이 시종들은 모두 물러갔다. 가볍게 손을 흔드는 디안의 태도는 전과 다르지 않았다. 쿤은 소파로 걸어갔다.

디안은 소파에 곧바로 앉지 않고 버티듯이 서 있는 쿤에게 말했다.

"앉아. 우리가 하루아침에 원수가 된 것도 아니고. 난 굳이 태도를 바꾸고 싶지는 않은데 네가 원하면 후작님으로 대우해 줄게."

쿤이 픽 웃으며 앉았다.

"됐다."

"갑자기 부른 거니까 긴 시간은 뺏지 않으마. 의뢰하고 싶은 게 있다."

"의뢰?"

"전에는 그냥 네가 해 줬지만 이제 네 도움을 받으려면 의뢰해야 하잖아."

디안을 물끄러미 바라보던 쿤이 팔짱을 끼고 소파에 등을 기댔다.

"난 비싸."

디안이 기가 막힌다는 표정으로 고개를 설레설레 내저었다. 이토록 거만한 판매자는 없을 것이다.

"비싼 거 알아. 일단 달아 둬."

"외상? 난 외상은 취급 안 해."

"야. 그 정도 사정은 봐줄 수 있지 않냐? 우리 사이에."

"우리 사이가 뭔데?"

"치사하게 군다고 은왕에게 이른다?"

"……."

디안이 히죽 웃었다.

"돈 몇 푼 때문에 네가 날 안 도와준다고 하면 은왕이 뭐라고 할까?"

"그걸 돈 몇 푼이라고……!"

쿤은 반박하려다가 입을 다물었다. 불편한 안색으로 내뱉듯 말했다.

"……뭔데."

디안이 눈을 크게 떴다가 낄낄거렸다.

"좋아, 좋아. 네 약점을 완전히 파악했어. 따지고 들면 너보다는 내가 은왕과 가깝거든? 넌 언제든 남이 될 수 있지만, 난 은왕과 피를 나눈 형제란 말이지."

쿤은 의기양양하게 잘난 척하는 디안을 노려보았다. 디안이 그녀의 혈육이라는 사실은 전혀 장점이 아니었다. 혈육은 남녀 관계가 되어 사랑할 수 없다.

그래도 디안과 그녀 사이에 영원히 끊어질 수 없는 연결 고리가 있다는 건 부러웠다.

"정보가 필요해."

디안은 곧바로 말을 잇지 못하고 망설였다. 결심하기까지 얼마나 고민했는지 모른다.

"제프리 아케론. 숙부님이 하는 일, 어디를 가고 누구를 만나는지, 모든 정보를 내게 줘. 그리고 내가 이런 의뢰를 한 건 네가 알고 있는 내 쪽 사람은 누구도 몰랐으면 해."

디안은 쿤의 반응이 궁금해서 유심히 살폈다. 놀랄까, 당혹스러워할까. 기대했던 반응은 없었다. 쿤은 조심스럽고 진지하게 고개를 끄덕였다. 무슨 생각을 하는지 전혀 보이지 않았다. 과하지도 부족하지도 않았다.

'맞다. 이런 녀석이었지.'

최근에 쿤은 은왕에게 빠져서 감정을 마구 흘리고 다녔다. 요즘처럼 쿤의 속마음이 잘 보였던 적이 없었다. 하지만 절대 그 모습이 평소의 쿤은 아니었다.

디안이 쿤을 처음 만났을 때는 '차갑고 무섭다'라고 생각했다. 그러나 얼마 지나지 않아서 '의외로 허술하고 사람이 괜찮네.'라고 평가했다. 더 오랫동안 교류하면서 평가는 다시 바뀌었다. '도대체 무슨 생각을 하는지 알 수 없는 녀석.'이 되었다.

다른 사람에게 쿤이 어떤 사람인지 설명할 수 없었다. 잘 아는 사람인데 전혀 모르는 사람이기도 했다.

'은왕은 이 녀석의 가면을 벗겨 봤을까?'

"알았다. 전달 방식은?"

"그건 알아서 해. 앗, 참. 너 나한테 배상금 준다고 하지 않았냐? 그걸로 퉁치는 건?"

"그럼 네가 손해일 텐데. 너무 싸잖아."

디안이 헛웃음을 흘렸다.

"네 계산법의 기준을 모르겠다. 으음. 그럼 하나 더. 좋은 보약을 구할 수 있을까? 임부 건강에 좋은 것으로."

"알아볼게."

비올렛을 생각하는지 디안의 표정이 금세 밝아졌다. 쿤은 일어나려다가 슬쩍 물었다.

"어떤 기분이야?"

"음?"

"아이."

"아……. 으음. 실감은 잘 안 나. 신기하기도 하고 무섭기도 하고. 근데 아이가 곧 태어난다고 하니까 비올렛이 전보다 더 가깝게 느껴져. 아이가 태어나면 나와 비올렛을 영원히 이어 주는 매개가 있는 거잖아."

"……매개."

"부부가 돌아서는 최악의 상황이 되더라도 아이의 어머니이고 아버지라는 사실은 절대 변하지 않지. 그런 점이 좀 든든하달까."

"……."

싱글싱글 웃던 디안의 표정이 점점 굳었다. 새겨듣는 쿤의 표정이 거슬렸다.

"야. 너 엉뚱한 생각하지 마."

"무슨?"

"지난번에도 말했지만, 연애만 해, 연애만. 결혼 전까지는 선 지켜."

쿤이 코웃음 치며 삐딱하게 고개를 기울였다.

"그런 충고할 주제는 되고?"

"난 결혼 날짜를 잡은 후라고!"

쿤이 일어났다. 디안은 돌아서서 나가는 쿤의 등에 대고 소리쳤다.

"난 분명히 경고했다! 은왕 명예에 흠집 내면 가만 안 둘 거야!"

  *   *   *

갑작스러운 손님이 은왕궁을 찾아왔다.

시에나는 리트를 타고 승마장을 한 바퀴 돌아볼 셈으로 막 승마복을 입은 참이었다.

"전하. 다음에 오시라고 할까요?"

미리 약속하지 않았으니 되돌려 보내도 무례는 아니었다.

"들이시오."

잠시 후 안드레가 안으로 들어왔다. 그는 승마복 차림으로 앉아 있는 시에나를 보고 적잖이 당황했다.

"송구합니다. 전하. 제가 적절하지 않은 시각에 방문했나 봅니다. 다른 일정이 있으신 듯한데……."

"경의 말대로 내가 다른 일정이 있소. 긴 이야기를 나눌 시간은 안 될 듯하오. 앉으시오, 블레스 경."

안드레는 소파로 걸어가려다가 멈칫했다.

"전하. 승마하러 가시는 길이라면 저도 함께 가고 싶습니다."

"그 차림으로 말이오?"

"전하와 경주하고 싶은 것은 아닙니다. 그때 선물 받으신 귀한 말을 구경할 수 있으면 영광이겠습니다."

"어려울 건 없소만, 성격이 좀 까다로운 녀석이라……."

"멀리서 구경만 하겠습니다. 절대 가까이 가지 않고요."

"좋소. 갑시다."

시에나는 흔쾌히 승낙했다. 안드레의 리트 공략은 효과적이었다.

시에나는 자신의 사랑스러운 애완동물을 여기저기 자랑하고 싶었다. 하지만 누구도 감히 구경시켜 달라는 사람이 없었다.

은왕궁 근처에 리트를 위한 마구간을 지었다. 마구간 주변을 기사들이 번을 서며 지켰다. 리트는 고삐도 매지 않고 묶어 두지도 않았다. 자신만을 위한 마구간에서 자유롭게 다니며 가끔은 멋대로 혼자 정원을 돌아다녔다.

시에나를 발견한 리트가 우아한 걸음걸이로 다가왔다. 시에나의 옆에서 함께 걷던 안드레가 슬금슬금 물러났다. 리트가 시에나가 뻗은 손에 고개를 디밀었다. 시에나는 리트의 콧잔등을 쓸었다.

"오늘은 달려 볼까, 리트?"

대답하듯 리트가 푸르릉 울었다. 시에나가 고개를 돌려 저만치 도망간 안드레에게 손짓했다.

"그렇게 멀리까지 가지 않아도 괜찮소."

"예. 전하."

안드레는 나직이 '아…….' 하고 탄성을 질렀다. 윤기가 자르르 흐르는 순백색의 일각수와 그 곁에 서 있는 미녀는 마치 이 세상 광경이 아닌 것처럼 환상적이었다.

마구간지기가 시에나에게 고삐와 안장을 건넸다. 시에나는 손수 안장을 얹었다. 그녀는 리트의 고삐를 쥐고 안드레와 함께 승마장으로 걸어갔다.

"블레스 경. 오늘 무슨 용무로 날 찾아왔소?"

"오늘은 뵈러 올 약속을 정하러 왔습니다. 기왕 온 김에 전하를 뵈면 좋고 아니면 다음에 오면 된다고 생각했습니다. 운 좋게도 전하께서 만나 주셨네요. 아, 하지만 오늘은 덤입니다. 약속을 정하러 왔으니까 또 뵈러 와도 되겠지요?"

"그럼 오늘은 아무런 용무가 없소?"

없지만 없다고 하면 안 될 것 같았다. 안드레는 가까스로 용건을 생각해 냈다.

"아버지께서 오신다는 소식을 받았습니다. 한창 오고 계실 겁니다."

"그럼 보름 후에는 공을 만날 수 있는 거요?"

시에나가 활짝 미소지었다. 반가워하는 기색이 확연했다.

"아……. 그게……."

안드레는 눈을 꽉 감았다가 떴다.

얼음 인형 같던 은왕의 얼굴에 번지는 미소가 눈앞을 아찔하게
했다. 몸이 붕 뜬 것처럼 걷는 감각이 제대로 느껴지지 않았다. 심
장이 미친 듯이 뛰었다.

"보름…… 보다는 더. 선착장까지 가는 마차 여정이 오래 걸립니
다."

"아, 그렇군. 블레스 공의 다리 때문이오?"

"예."

"부디 건강한 모습으로 블레스 공을 만났으면 좋겠소."

안드레는 시에나의 옆얼굴을 훔쳐보며 한숨을 쉬었다. 왜 좀 더
빨리 그녀를 만나지 못했을까. 라드 후작보다 먼저 만났다면 분명
자신에게도 승산이 있었을 텐데. 무척 아쉬웠다.

황궁의 승마장은 황궁 기사들이 종종 승마 훈련을 위해 이용했
다. 승마장 관리인은 은왕이 온다는 소식을 한발 앞서 전해 듣고 승
마장을 싹 비웠다.

"먼저 한 번 돌고 오겠소."

안드레가 빌려 탈 수 있는 말을 고르는 동안 시에나는 승마장으
로 리트를 몰아 달려갔다.

안드레는 멀어지는 은왕의 뒷모습을 넋 놓고 바라보았다. 그녀
는 절대 가녀리지 않지만, 그래서 더 매력적이었다. 그녀의 모습을
작아지는데 점점 가까이 말발굽 소리가 들렸다.

'다른 승마 연습은 통제하는 것 아니었나?'

그가 소리가 들리는 방향으로 고개를 돌리는 순간, 사람을 태운 말이 안드레의 앞을 휙 스쳐 지나갔다. 안드레는 아주 잠깐, 말을 모는 남자와 눈이 마주쳤다.

"⋯⋯라드 후작?"

후작이 모는 말은 승마장 출입구로 방향을 꺾지 않았다. 달리는 기세 그대로 직진하여 승마장 주변을 빙 둘러 세운 울타리를 뛰어 넘었다. 기가 막힌 안드레의 입이 떡 벌어졌다.

마구간지기가 말을 한 마리 끌고 다가왔다.

"이 녀석은 어떠십니까?"

"필요 없네."

"예?"

안드레는 저리 가라는 듯 손만 내저었다. 마구간지기가 고개를 갸웃하면서 다시 말을 끌고 가버렸다.

"에휴⋯⋯."

허탈한 한숨만 나왔다.

시에나는 텅 빈 승마장에서 마음껏 속도를 내며 달렸다. 크게 원을 그리며 한 바퀴 돌았다. 그녀는 멀리서 달려오는 말을 발견했다. 처음에는 안드레인 줄 알았다.

하지만 희미한 점으로 보이던 형체가 커지고 말 위에 올라탄 사람의 모습도 덩달아 커질수록 아무래도 이상했다. 안드레가 아닌 것 같았다. 그녀는 눈을 가늘게 좁히고 상대방의 정체를 파악했다.

'어?'

그녀는 놀라 고삐를 잡아당겼다. 리트가 곧바로 속도를 줄였다. 완전히 멈춘 리트가 제자리걸음을 하며 푸르릉 투레질했다. 시에나는 리트의 목덜미를 문질러 흥분한 녀석을 달래 주었다.

자신을 향해 맹렬하게 달려오는 남자를 바라보는 기분이 묘했다. 손끝이 간질거리고 심장이 두근두근 뛰었다. 금세 상대의 모습을 알아볼 수 있을 정도로 그는 빠르게 가까워졌다.

"쿤⋯⋯."

시에나는 그의 이름을 중얼거렸다. 그의 말이 속도를 줄였다. 수십 걸음 앞에서부터는 천천히 걸어서 다가왔다.

"당신이 어떻게⋯⋯."

"어차피 나도 궁 안에 있었어. 놀랄 일인가?"

"내가 여기 있는 것은 어떻게 알고?"

"당신이 그 녀석을 끌고 승마장까지 걸어간다는 소문이 내 귀에까지 들어왔거든."

은왕궁에서 승마장까지 거리가 꽤 되었다. 평소에 승마장으로 갈 때는 리트는 이동 마차에 태워서 옮기고 그녀는 마차를 타고 갔다. 안드레가 찾아와 대화를 나누다 보니까 승마장까지 걷게 되었다.

"그래서 일부러 온 거야? 일할 시간이잖아."

쿤이 한숨을 푹 쉬었다.

"이럴 줄 알았지."

"뭘?"

"야단맞을 줄 알았어."

쿤이 손끝을 좌측으로 뻗었다. 그는 고삐를 당겨 방금 가리킨 방향으로 말을 움직였다. 앞서가는 그의 뒤를 시에나가 리트를 몰아 따라갔다.

승마장은 아무것도 없는 탁 트인 벌판이 아니었다. 듬성듬성 심은 나무들이 거리를 재는 표식이 되거나 승마하다가 잠시 쉬는 장소가 되기도 했다. 그는 나무들이 모인 곳에서 멈췄다. 말에서 내린 후 나무에 고삐를 묶었다.

쿤은 리트 위에 올라탄 그녀의 앞으로 바짝 다가갔다. 그가 손을 내밀면 만질 수 있는 거리까지 왔는데도 리트는 예전에 보살핌받은 정 때문인지 별로 경계하지 않았다.

그는 그녀에게 두 손을 벌려 위로 뻗으며 말했다.

"당신 소식이 들려오니까 일이 손에 안 잡히더라고. 상을 주면 돌아가서 열심히 일할게."

시에나는 웃으며 쥐었던 고삐를 놓았다. 냅다 그의 품으로 뛰어내렸다. 반동으로 두 사람의 몸이 서로를 끌어안은 채 한 바퀴 돌았다.

두 사람의 입술이 바로 포개졌다. 입을 벌리고 서로를 집어삼켰다. 누가 먼저 시작했는지 알 수 없는 키스가 길게 이어졌다. 서로의 숨결조차도 받아 마셨다.

연인은 서로의 체온을 느끼는 것만으로도 마른 들풀에 불길을 놓은 것처럼 빠르게 흥분했다. 이곳이 사방이 트인 공개된 장소라는 것은 유감이면서도 동시에 다행이었다. 밀폐된 곳이었다면 누가 먼저랄 것도 없이 서로의 옷을 벗겼을 것이다.

가볍게 입술만 닿았다가 떨어지는 짧은 키스가 또 한참 이어졌다.

　"리트가 얌전하네. 다른 사람은 곁에 오는 것도 싫어하던데. 전 주인을 알아보는 걸까?"

　"난 저 녀석 전 주인이 아니야. 그냥 내가 저 녀석을 주웠을 뿐. 저 녀석이 지금껏 등 위에 태운 사람은 당신뿐이야."

　"난 리트를 타는데 그다지 애먹지 않았어."

　"당신이 주인이니까."

　"내가 주인이 될 줄 어떻게 알았어? 리트가 날 거부했을지도 모르잖아."

　"그냥 알았어. 당신밖에 주인 될 사람이 없겠다 싶었지."

　시에나는 미심쩍은 눈으로 그를 쳐다보았다. 먹이를 이용한 강제적인 방식이기는 해도 꿈속 미래에서 리트는 철왕을 주인으로 받아들였다.

　쿤의 말은 반은 사실, 반은 거짓이었다.

　이마에 뿔을 매단 기이한 짐승은 취향이 확고했다. 남자를 싫어하고 아름다운 것을 좋아했다. 쿤은 리트를 시에나에게 보내는 전날 밤, 협상과 협박을 동시에 했다.

　　「네 취향에 꼭 맞는 주인님께 데려다주마. 얌전히 굴면 넌 평생 호의호식할 거다. 만약 뻗대고 날뛰거나 사람을 상하게 하면 널 말고기로 팔아 버리겠다.」

쿤은 영악한 짐승이 틀림없이 알아들으리라고 생각했다.

쿤이 싱글싱글 웃기만 하자 시에나는 대답을 듣기를 포기했다. 현재 리트의 주인은 자신이었다. 과정이 어찌 되었든 달라질 건 없었다.

"아! 가 봐야 해."

시에나는 기다리고 있을 안드레를 뒤늦게 떠올렸다.

"나 혼자 승마장에 온 것이 아니라서."

그녀는 몸을 뒤틀었지만, 쿤이 허리를 꽉 감은 팔을 풀어 주지 않았다.

"쿤. 가야 한다니까."

그는 슬그머니 시선을 피하면서 대답도 하지 않고 여전히 놔주지도 않았다.

시에나는 그를 빤히 보았다.

"알고 있었어?"

"……."

"설마 내가 블레스 경과 있다고 해서 승마장에 온 거야?"

"……나하고는 한 번도 승마하러 온 적 없잖아."

시에나는 풋, 웃음을 터뜨렸다.

"미리 약속을 잡은 게 아니야. 갑자기 블레스 경이 찾아온 거지."

"갑자기 찾아왔는데 왜 만나 줘?"

시에나는 툴툴거리는 그의 어깨를 내리쳤다.

"유치한 억지 부리지 마. 찾아오는 손님을 만나야지 그럼. 내가 당신이 누구와 만나든 참견한 적 있어?"

"참견해도 돼. 내가 언제 누구와 만나는지 매일 보고할까?"

시에나는 마치 기다렸다는 듯이 반색하며 되묻는 그를 흘겨보았다.

"쿤. 놔줘."

"그자는 지금쯤 돌아갔을 거야."

"그럴 리가 없어."

"정말 갔을 거라니까."

만약 돌아가지 않고 기다리고 있다면 그놈의 도발을 그냥 넘기지 않겠다고, 쿤은 내심 잔뜩 별렀다. 영역을 침범하는 겁 모르는 도전자는 철저하게 밟아 놔야 뒤탈이 없는 법이다.

한참의 실랑이 끝에 시에나는 겨우 풀려났다. 승마장의 출입구에 도착해서 그녀는 주변을 둘러보았다. 안드레는 보이지 않았다.

"돌아갔을 거라고 했잖아."

무슨 짓을 한 거야? 시에나가 의심 가득한 눈으로 그를 보았다. 쿤은 모르는 척 눈을 돌렸다.

'영 눈치가 없는 녀석은 아니었군.'

마음속 앙금이 조금은 풀렸다.

*　　　*　　　*

해 질 무렵부터 후작 저로 모여드는 사람들이 있었다. 그들은 나이와 성별이 다양했다. 총 열한 명이 비밀 회의실에 모였다. 회의실은 특수한 시공으로 개조했다.

안의 소리는 절대 밖으로 새어 나가지 않지만, 바깥에서 소란이 발생하면 안에서 알 수 있었다. 만약의 경우 도망칠 수 있는 비밀 통로도 있었다.

모아 놓으니 각자 개성이 두드러졌다. 너무 달랐다. 사람은 끼리 끼리 어울리기 마련이다. 서로 어떤 접점도 없을 것 같은 사람들이었다.

"마누크는? 왜 안 보여?"

백발이지만 노인 같지는 않은 여인이 사람 수를 세어 보다가 말했다.

"오늘 못 오신답니다."

레반이 대답했다.

"왜?"

"주문이 밀려서 오늘 밤새 작업하셔야 한다고……."

"아니, 저만 바쁜가? 마누크는 지지난번에도 빠졌잖아."

"벌금은 내시겠답니다."

"그건 당연한 거고! 레반. 넌 마누크에게 전해. 다음에도 또 빠지면 내가 그 염소수염을 다 뽑아 버릴 거라고."

"……."

"왜 대답이 없어?"

"아, 진정하쇼. 레반이 그 말을 전했다가는 도리어 제 머리털이 뽑힐 텐데. 마누크 성질도 누님 못지않게 지랄 맞지 않소."

"지랄 맞다니. 빌어먹을 놈아! 네놈 말본새야말로 지랄 맞다."

백발 여인의 표적이 덩치 큰 남자로 바뀌자 레반은 소리 없이 안도의 숨을 내쉬었다.

라드 일족 지도부의 내부는 열두 개의 조직으로 나뉘었다. 지역마다 열두 조직의 지부가 있었다. 모든 지역의 지부장들은 비정기적으로 회의를 열었다. 회의록의 사본은 다른 지역으로 보내고 그렇게 곳곳에 퍼져 있는 일족의 소식을 공유했다.

제국의 수도에도 열두 조직의 지부가 있다. 그런데 다른 지역보다 특별했다. 제국 수도에는 쿤이 머물고 있다. 쿤이 머무는 지역의 지부가 본점이 된다.

굳이 제국의 신분 제도와 비교하면 오늘 모인 자들은 공작의 후계자급이었다. 실제로 열두 명은 열두 원로의 제자들이기도 했다.

레반은 여기서 막내였다. 그가 고작 나이 때문에 기가 죽을 성격이 아니지만, 예외는 있다. 선배들이 워낙 드센 사람들이라서 그들 앞에서는 절대 나대지 않았다.

"레반. 스승님께서 곧 수도로 오신다던데, 뭐 아는 거 없니?"

자그마한 체구의 여자가 느른한 말투로 레반에게 말했다. 버럭버럭 언성을 높이던 백발 여인과 덩치의 남자가 관심을 보였다.

"어, 나도 스승님이 오신다던데."

"나도 엊그제 들었소."

"뭐야. 원로 회의가 열리는 거야? 갑자기 왜?"

"레반. 아는 거 없냐?"

"모릅니다."

"거짓말 마."

"네가 모를 리가 없잖아."

모두가 입을 모아 몰아붙이자 레반이 한숨을 내쉬었다.

"정말 몰라요. 왜 저는 당연히 알 거라고 생각하세요?"

"그야 넌…… 레반이니까."

"음. 그렇지."

전혀 논리가 없다. 레반은 또다시 한숨을 내쉬었다. 촉망받는 기재로 인정받는 건 감사하지만, 은근히 성가시기도 했다. 무슨 일만 터지면 다들 자신을 붙들고 못살게 굴었다.

"넌 알면서 매번 시치미 떼잖냐."

"전적도 있지. 발터가 그러던데. 쿤이 연애하시는 것도 네가 제일 먼저 알았으면서 입 다물고 있었다고."

"치사한 녀석. 재밌는 얘기는 혼자만 알지."

'하아……. 쿤. 언제 오십니까.'

레반의 간절한 기도는 곧 응답을 받았다. 회의실 문이 열리며 쿤이 들어왔다. 왁자하던 소란이 일시에 멎었다. 다들 레반에게 달려들 것처럼 테이블 위로 힘껏 빼냈던 상체를 뒤로 젖혔다. 점잖게 자세를 잡았다.

쿤이 모두를 훑어보다가 다시 문고리를 잡았다.

"중요한 얘기 중입니까? 조금 이따 올까요?"

"아닙니다, 쿤. 오늘 결석자가 있어서 그 얘기 중이었습니다."

레반이 얼른 대답했다.

쿤이 자리에 앉으면서 회의는 바로 시작했다. 회의의 주목적은 정보 공유이기 때문에 엄격한 격식은 없었다. 정해진 순서도 없이 한 사람씩 생각나는 대로 발언했다.

지부장들은 평소 평범한 '옆집 사람'이 되어 제국인들과 섞여 살았다. 그래서 대외적인 직업이 따로 있었다. 어떤 직업을 택할지는 개인의 선택이었다.

오늘 결석한 마누크는 제작 지부의 책임자이며 직업은 대장장이였다. 대외적인 직업이 지부장으로서 업무와 관련 있었다.

백발의 여인은 의학 지부의 책임자로 직업은 대필업자였다. 의뢰를 받아 연서 혹은 서류를 적절한 서체로 대필해 주었다. 다양한 서체를 연구하는 본인의 취미를 직업으로 삼았다.

지부장들은 지부의 업무 이외에 할당된 구역의 일족들 생활을 보살피는 일도 했다.

"지난달 중순부터 어제까지 태어난 아이들이 스물다섯입니다."

"그 동네는 왜 이렇게 많아? 우리는 열셋인데."

"우리는 스물. 그쪽의 열셋이 너무 적은 거 아니야?"

출생자, 사망자, 혼인하여 새로 가정을 꾸린 자들의 소식도 전했다. 서기를 맡은 레반의 손은 쉬지 못했다. 중구난방으로 떠드는 말을 전부 받아 적었다.

쿤은 핵심 단어만 메모했다.

'작년보다 인구 증가율이 높겠어.'

한때 일족의 인구수는 정체되었지만, 수십 년 전부터 꾸준히 증가하는 추세였다. 쿤의 조부, 즉 2대 위의 쿤이 시작한 정책 덕분이었다.

조부는 일족의 정체성을 유지하는 정신 교육에 들이는 비용을 줄이고 일족의 출산, 양육, 교육비를 지원하는 예산을 늘렸다. 당시에는 주변의 우려를 샀던 정책이었지만, 조부가 강하게 밀어붙였다.

시간이 흐르면서 오히려 조부의 혜안이 증명됐다. 일족에서 이탈하는 숫자도 확연히 줄었다.

"린디. 내가 알아보라고 한 일은 어떻게 되어 가고 있습니까?"

쿤이 아이처럼 작은 체구의 여인에게 물었다. 린디는 정보 지부의 책임자였다.

"진행 중입니다. 아시다시피 금방은 파악이 어렵습니다."

쿤은 인명부 관리의 재점검을 지시했다. 인명부는 유출을 대비하여 점조직으로 관리했다. 누구도 전체 인명부를 갖지 못하는 시스템이었다.

기밀을 지키기 위해서이지만, 그만큼 자체 관리도 어려웠다. 무척 번거롭고 시간과 비용이 많이 들었다. 평소에는 무작위로 본보기만 뽑아 확인했다. 전체적인 재점검은 무척 오랜만이었다.

"이왕 시작했으니 빈틈이 없어야 합니다. 아주 사소한 의문점이라도 발견 즉시 보고하라고 하세요. 린디. 일족의 명운이 달린 중요한 작업입니다."

"예, 쿤. 우선순위에 두고 진행하겠습니다."

어느새 회의를 시작한 지 두 시간이 훌쩍 넘었다.

"그리고……."

땡, 땡.

종소리가 집중력을 깨뜨렸다. 쿤이 언짢은 표정으로 고개를 돌렸다. 잠시 후 문이 열리고 발터가 들어왔다.

"쿤. 손님이 오셨습니다. 스투스 기사님입니다."

다들 의아한 표정이었다. 회의를 중간에 방해할 정도로 중요한 손님 같지는 않다. 발터가 그만한 판단도 못 할 사람은 아닌데.

"곧 가지."

쿤의 반응이 더 놀라웠다. 벌떡 일어나 널려진 문서를 대충 정리했다. 그조차도 시간이 아까운지 움직이는 손이 무척 조급했다.

"내가 굳이 없어도 남은 이야기를 하는 데 무리 없겠지요. 레반. 회의록 정리해서 나중에 가져와."

"예, 쿤."

"다음 회의에 봅시다."

쿤은 인사 같지 않은 인사를 남기고 발터와 나가 버렸다. 다들 졸지에 벌어진 광경에 어안이 벙벙했다.

"그러면 남은 안건은……."

중얼거리며 고개를 든 레반이 움찔했다. 열 쌍의 눈이 일제히 자신에게 꽂히는 느낌이 스산했다.

"레반? 레에반?"

"누구니?"

"스투스 기사가 누구냐?"

"쿤이 맨발로 뛰쳐나가 맞이할 기세잖아."

"넌 알지?"

레반이 암담한 한숨을 내쉬었다. 아무래도 열 명의 등쌀에 달달 볶이겠다. 두 시간 안으로 회의록 완성을 할 수 있을까.

＊　　　＊　　　＊

시에나는 응접실에 홀로 앉아 차를 마셨다. 설탕을 넣은 차는 달콤했다.

'발터…… 라고 했던가.'

후작 저의 모든 살림을 집사 한 명이 맡아 한다고 들었다. 세심한 사람이었다. 두 번째 방문부터였던가. 그녀의 입맛에 맞추어 차를 내오기 시작했다.

그녀는 주위를 둘러보았다. 세 번째 방문부터는 이곳으로 안내받았다. 손님을 맞이하는 응접실이 아니라 쿤의 침실에 딸린 사적인 공간이었다.

'좀 민망하네.'

연인 사이라도 서로의 침실 공유는 일반적인 관습이 아니었다. 두 사람의 깊은 관계를 집사가 당연하게 생각하는 것 같았다.

시에나는 4, 5일의 간격으로 벤을 후작 저에 보냈다. 그럼 쿤은 벤에게 적당한 서류를 쥐여 준다. 벤은 그걸 적왕궁으로 가져갔다. 벤을 후작 저로 보내는 날은 시에나도 외출하는 날이었다.

최초의 방문은 중요한 정보 전달이라는 뚜렷한 명분이 있었는데도 각오가 필요했다. 그런데 시작이 어렵지 두 번째는 쉬웠다. 어느새 시에나의 후작 저 방문이 오늘로 여섯 번째였다. 굳이 명분도 만들지 않았다.

시에나는 반쯤 남은 찻물을 내려다보았다.

'올 때가 됐는데.'

어김없이 벌컥 문이 열리는 소리가 들렸다.

그녀는 찻잔부터 내려놓았다. 찻잔을 들고 있다가 그가 달려들어 안는 바람에 몇 번 차를 쏟았다. 고개를 들자 어느새 쿤이 성큼 다가와 있었다.

"시에나."

그녀의 옆에 앉자마자 와락 안았다.

꽉 안았다가 놓더니 그녀의 입술, 볼, 콧등을 가리지 않고 자잘한 키스를 퍼부었다.

"그만해."

시에나는 그의 얼굴을 밀어냈다. 그의 환영의 세레모니는 날이 갈수록 길어졌다. 그녀의 손에 입술이 막히자 이제는 손바닥에 입을 맞추었다. 웃음이 자꾸 나왔다. 이제는 그의 요란하고 성가신 인사가 없으면 서운할 것 같았다.

*　　*　　*

늦은 시각, 벤은 오늘도 어김없이 라드 후작이 준 봉투를 들고 적왕궁에 갔다. 후작이 주는 봉투는 언제나 밀랍으로 단단히 봉인되어 있었다. 벤은 안에 무엇이 들었는지 열어 볼 생각도 없고 궁금하지도 않았다.

패트리샤가 벤이 건네는 봉투를 시녀에게 넘겼다.

"적왕. 밀랍의 재질과 봉인한 형태가 또 달라졌습니다."

패트리샤가 짜증스럽게 쯧, 혀를 찼다.

"여우 같은 놈. 알았다. 기다릴 테니 서두르다가 실수하지 마라."

"예, 적왕."

봉투의 봉인을 뜯기 전, 나중에 감쪽같이 재봉인 하기 위해서 봉인 형태의 본을 떠 놓고 사용한 밀랍도 똑같은 재질로 맞췄다.

그런데 봉인 형태가 새로워질 때마다 본을 뜨는 데 시간이 오래 걸렸다. 꼼꼼한 작업이 필요하므로 패트리샤는 꼼짝없이 기다려야 했다.

밉다, 밉다 했더니 거슬리지 않는 구석이 없었다. 패트리샤는 라드 후작의 빈틈없는 주의력이 이가 갈렸다. 한편으로 그만큼 완벽히 해서 보내는 문서인 만큼 틀림없이 가치 있는 내용이 들었으리라는 믿음도 있었다.

벤은 신중하게 작업을 시작하는 시녀를 흘끔 보았다. 내색하지 않았으나 참 우스웠다. 저 안에 든 것이 절대 중요한 것일 리가 없었다.

"은왕이 이상한 낌새를 눈치채는 기색은 없더냐. 너를 떠보려고 한다거나."

"저를 불러 후작 저로 보내시고 후작한테서 받은 문서를 드릴 때도 가타부타 별다른 말씀은 없으십니다."

패트리샤가 고개를 끄덕였다.

'하긴, 은왕 성격상 의심이 들었을 때 즉시 추궁해 쫓아내겠지.'

"네게 안에 든 문서에 관한 내용을 얘기한 적은?"

"전하께서는 제 앞에서는 봉투도 열지 않으십니다."

"흐음……."

'은왕이 이자를 믿기는 하는데 완전한 신뢰는 아닌 건가.'

"너의 잦은 출궁을 은왕궁의 다른 사람들이 수상하게 보지는 않고?"

"제가 집안 사정으로 정기적으로 출궁해야 한다는 핑계를 이상하게 생각하지 않는 듯합니다. 은왕궁의 시녀들도 일이 생기면 종종 은왕 전하의 허락을 얻어 출궁합니다."

패트리샤가 혀를 찼다.

"아랫것들은 풀어 주면 기고만장하는 법이거늘. 은왕의 관대함을 아랫것들이 이용하지 않을까 염려스럽군."

벤은 패트리샤와 대화를 나누는 내내 눈을 아래로 내리깔았다. 복종하는 모습이지만, 한편으로 벤이 자신의 속내를 감추는 방식이기도 했다.

만약 패트리샤가 벤의 눈을 똑바로 보면서 대화했다면 민감한 패트리샤는 벤의 눈빛이 어딘가 달라졌다는 것을 알아차렸을 것이다.

벤의 눈빛에는 희미한 반감과 미약한 비웃음이 서려 있었다.

패트리샤는 언제나 벤에게 하대했다. 노예를 부리듯 말투는 강압적이었다. 벤은 자신이 사실상 노예나 다름없으니 부당한 처사라고 생각하지 않았다. 그런데 요즘은 무척 거슬렸다.

은왕은 벤의 정체를 안 이후에도 하대한 적이 없었다. 항상 '경'이라는 호칭을 붙여 벤을 기사로 대해 주었다. 처음에는 무척 죄스럽고 민망해서 차라리 욕하고 경멸해 주기를 바랐다. 그런데 시간이 지나면서 깨달았다.

은왕과 적왕이 벤 스투스를 바라보는 시선의 차이가 태도의 차이를 만들었다. 패트리샤가 보는 벤은 그저 뒷골목 출신의 비천한 노예였다.

한때 적왕이 언젠가 자신의 가치를 인정해 줄 거라고 믿었다.

엎드려 개처럼 기었다. 얼마나 어리석었나.

이상하게도 요즘은 적왕이 옛날처럼 압도적인 벽처럼 느껴지지 않았다.

전에는 적왕을 떠올리면 숨이 턱 막히고 절대복종해야 할 것 같았는데 그런 느낌이 사라졌다. 이제는 은왕을 떠올리면 비슷한 감각을 느꼈다.

'나는 이제야 제대로 된 주인을 모시게 된 거야.'

벤은 뿌듯했다.

비로소 자신이 진짜 기사가 된 것 같았다.

"요즘 은왕은 승마에 빠졌다지."

"예. 라드 후작의 선물을 애지중지하십니다."

패트리샤가 코웃음 쳤다.

후작이 귀한 짐승을 선물했다는 말은 들었다. 궁금했다. 아직 짐승의 실물을 구경하지 못했다.

패트리샤는 은왕궁 앞에서 망신을 당한 그 날 이후 계속 딸과 냉전 중이었다. 은왕이 찾아오기만 해도 못 이긴 척 기분을 풀려 했다. 하지만 은왕은 심부름꾼을 통해 일방적이고 형식적인 안부 인사만 보냈다.

'한번 고집부리기 시작하면 꺾이지를 않으니.'

패트리샤는 이대로 은왕과 영영 관계가 소원해질까 봐 두려웠다.

벤은 작업에 열중하는 시녀를 곁눈질했다. 종이가 상하지 않고 밀랍을 감쪽같이 떼는 솜씨가 신묘했다.

'저게 뭘까?'

시녀의 옆에는 파란색의 용액을 담은 접시가 있었다. 시녀는 그 용액을 밀랍에 조금씩 발랐다.

'은왕 전하께 밀랍을 떼는 과정을 말씀드렸더니 무척 신기해하셨지. 약재 같은 것에 관심이 많으신 것 같았는데.'

적왕이 특이한 약재를 다루는 모습을 여러 번 봤던 기억이 났다. 벤은 주인의 마음을 흡족하게 해 드리고 싶었다. 패트리샤에게 슬쩍 말했다.

"적왕. 소인이 남다른 능력을 보여 드려 은왕 전하의 신임을 얻는 방식은 어떻습니까?"

"어떤 능력?"

적왕이 흥미를 보였다.

"전하께서는 재능있는 자를 귀하게 여기십니다. 기사가 무력이 아닌 특이한 능력을 갖췄다면 더 관심을 두고 가까이하시지 않겠습니까?"

"가령?"

"의학이라면 전혀 엉뚱하지도 않습니다. 훈련하다 다칠 일이 많으니 익혔다고 하면 그럴듯합니다. 약초를 다루는 지식은 어떨까요?"

"흐음……."

"은왕 전하께서는 호위 대장인 길버트를 무척 신임하십니다. 그
자는 성품이 단순하고 오직 검술에만 힘씁니다. 소인이 그자와 비
슷한 위치를 고수하면 차별이 되지 않습니다."

패트리샤가 고개를 끄덕였다. 제법이라는 듯 벤을 아래위로 훑
었다.

"네가 이제야 쓸모 있는 모습을 보이는구나. 좋다. 내가 특이한
약초 배합을 아는 게 있지. 그걸 알려 줄 테니 어떤 방식으로 은왕
의 흥미를 끌어낼지는 네가 고민해야 할 것이다."

"예, 적왕."

*   *   *

작은 등만 켜 둔 침실은 어두웠다. 침대 위에서 도란도란 나누는
목소리만 잔잔하게 울렸다. 쿤은 베개를 등 뒤로 잔뜩 쌓아 반쯤 눕
듯이 기대앉았다. 그의 몸을 소파 겸 침대로 삼은 시에나가 푹 기대
안겼다.

한차례 격렬한 정사를 치른 침실에 달콤하고 나른한 공기가 가
득했다. 두 사람의 허리 아래쪽을 얇은 이불이 하나 덮고 있을 뿐,
서로 끌어안은 그들은 나신이었다.

"내가 자꾸 연락 없이 갑자기 와서 당신이 하는 일을 방해하는
건 아니야?"

쿤의 손바닥이 그녀의 허벅지부터 통통한 엉덩이를 지나 등허리

를 타고 오르며 매끄러운 피부를 부드럽게 쓸었다. 그녀가 오는 바람에 중간에 나온 회의가 잠깐 생각났지만, 어차피 중요한 내용은 다 끝난 상태였다고 그는 정당화했다.

"당신은 늦은 시각에 오니까 일하는 중은 아니야."

그녀의 목덜미로 올라간 손이 흐드러진 머리카락 속을 파고들었다. 그녀의 머리통을 쥐어 살짝 당기면서 고개를 숙여 그녀의 머리에 입을 맞추었다.

"언제든 괜찮아."

쿤은 그녀를 마음껏 만지고 키스하고 노랫소리 같은 그녀의 목소리를 감상하는 이 평온하고도 한가로운 시간이 꿈만 같았다. 왜 인간이 잠시의 달콤함에 취해 주변의 무엇도 돌아보지 못하고 종종 어리석을 짓을 저지르는지 알겠다.

용병단 칼리고의 악명이 자자한데도 간혹 거금의 의뢰를 받아 칼리고의 뒤를 치려는 자들이 있었다.

칼리고는 은혜도 원수도 잊지 않았다. 누구도 칼리고의 절대 원칙에서 벗어나지 못했다. 그래서 쿤은 재물 욕심에 목숨을 거는 자들을 이해할 수 없었다.

역시 사람은 남의 일을 속단해서 말하면 안 되는 거다.

재물에 눈이 멀어 뒷일을 생각 못 하는 그놈들과 자신이 다를 것이 무엇인가.

지금 이 순간만큼은 다른 것이 생각나지 않았다. 아마 이 침실의 문 바깥에서 죽고 죽이는 처절한 싸움이 벌어진다 해도 상관하지 않을 것이다.

"오늘은 스투스 경에게 뭘 줬어?"

"리먼 공작령의 소식."

시에나가 고개를 위로 들어 그의 가슴 위에 턱을 얹었다.

"당신에게 알려 준 소식에서 이것저것 빼고, 약간 쓸모 있는 정보만."

더그는 공작령에 내려간 후 아직도 수도로 오지 못하고 있다. 공작령에서 변고가 발생했기 때문이다.

리먼 공작령에서 북서쪽으로 가면 옛 아케론 공작령이 있다. 그리고 아케론 공작령에서 북서쪽으로 가면 블레스 공작령이 나온다.

즉, 옛 아케론 공작령을 가운데 두고 좌우로 블레스 공작령과 리먼 공작령이 있었다.

옛 아케론 공작령은 주인이 없는 땅으로 지금껏 리먼 가문에서 관리했다. 그런데 리먼 가문의 착취가 도를 넘었다. 아케론 공작령의 영지민들의 쌓였던 불만이 결국 터졌다.

그들은 반당과 동맹하여 무력을 손에 넣었다. 철저하게 리먼 공작령만 약탈하는 도적 떼가 되었다.

일족의 정보부에서 쿤에게 전한 소식에 따르면 더그는 상당히 고전하는 중이라고 한다.

'공작령의 훈련된 병사와 기사들을 상대로 유리한 고지를 점한다는 것은 정상적이지 않아. 아무래도 오합지졸이 아니야. 배후에 누군가 있어.'

쿤은 정황이 의심스러워서 더 자세히 파고드는 중이었다. 유력한 용의자는 있었다.

'황제 혼자의 뜻인가, 황제와 제프리 아케론의 합작인가.'

어느 쪽이든 황제가 관여하고 있는 것은 확실했다.

'충격받지 않았으면 좋겠는데.'

쿤은 시에나가 염려되었다.

황제가 그녀의 외가를 공격하고 있다. 확실한 증거를 찾으면 그
녀에게도 말해 줄 생각이었다.

친어머니인 적왕은 딸을 앞세워 권력 쥘 욕심에 눈이 벌겋고 외
가는 적왕과 한통속, 황제는 과거사를 빌미로 풍파를 일으키려 한
다.

쿤은 그녀가 처한 현실이 마음 아팠다.

그녀가 힘들어할 때 그녀의 곁에서 의지가 되어 주고 싶다.

"폭정에 못 이겨 백성들이 들고일어나다니. 리먼 공은 수치를 알
아야 해."

시에나가 작은 한숨을 폭 내쉬며 중얼거렸다.

"당신은 요즘 어때?"

"나?"

"아케론 조사관……."

"아……."

쿤의 예측이 맞았다.

제프리는 디안이 조카라는 사실을 밝히기는커녕 오히려 더 멀리
했다. 철저하게 타인처럼 행세했다. 그리고 부지런히 밤낮으로 사
람들을 만나고 다녔다.

굳이 디안이 부탁하지 않았어도 제프리의 행적은 조사했을 것이다.

쿤이 알아낸 내용은 전부 디안에게도 전했다.

"난 뭐, 별문제 없어."

시에나가 그를 빤히 쳐다봤다.

할 말이 많은 표정이었다.

"……내가 무슨 말을 들어서……."

"무슨 말?"

"조사청의 권력 구도가 둘로 나뉘었대. 당신과 아케론 조사관."

"흐음."

"……."

"그리고? 뭐가 더 있는 모양인데?"

"아케론 조사관이 당신 윗사람처럼 행세한다고……."

쿤이 고개를 갸웃했다. 그런 적이 있었나?

최근엔 얼굴도 보지 못했다. 제프리는 조사청에 거의 나오지 않았다.

"당신이 선임관이잖아. 폐하께서 명시적으로 상하를 정하신 것이 아니면 당연히 후임이 예의를 차려야지!"

시에나의 표정을 살피던 그가 씨익 웃었다.

"내가 밀린다는 얘기를 들어서 속상했어?"

시에나가 뾰로통한 표정으로 휙 고개를 돌렸다.

쿤이 큭큭 웃으며 그녀를 꽉 안았다. 그녀가 사랑스러워서 미칠 것 같았다.

"내가 밀리면 나한테 실망할 건가?"

"그건 아니지만."

입안으로 꿍얼거린 시에나가 고개를 들었다.

"밀리지 마."

쿤이 웃음을 터뜨렸다.

"나 못 믿어?"

시에나가 새침하게 흥, 코웃음 쳤다.

"사기꾼 대사 같아."

"너무하네. 가끔은 기 좀 살려 주지?"

쿤은 상체를 일으켜 앉으면서 그녀의 몸을 안아 든 채 뒤집었다. 순식간에 아래위가 역전됐다. 침대에 등을 대고 누운 시에나의 위에 그가 오른 자세가 되었다.

"당신이 데리고 다니기 부끄럽지 않도록 노력할게."

"그런 뜻이 아니라⋯⋯."

그의 입술이 그녀의 입술 위를 꾹 눌렀다. 짧은 키스 후 그가 속삭였다.

"말만 해. 당신이 바라는 건 뭐든 해 줄 테니까."

시에나는 웃으며 두 팔을 그의 목에 감았다. 허세 가득한 장담이 입에 발린 말처럼 들리지 않았다. 어떤 불가능한 일을 요구해도 그는 얼마든지 해 줄 것 같았다.

두 사람의 입술이 깊이 맞물렸다. 곧 신음 섞인 열기가 침실을 가득 메웠다.

　패트리샤와 거리를 두기 시작하면서 시에나의 일과에 변동이 있었다.

　예전 그녀의 하루는 온종일 공부 혹은 실무 경험을 쌓기 위한 다양한 국정 회의 참관이었다. 사교 활동은 쓸데없고 사람들과 만남은 시간 낭비라고 생각했다. 여전히 사교 파티는 참석하지 않았다. 다만, 대신 은왕궁으로 들어오는 알현 신청을 대부분 승인했다.

　유력한 계승권자인 은왕을 만나 인사 한마디라도 나누고 싶은 사람을 줄 세우면 끝이 없었다.

　하지만 시에나는 뚜렷한 용무가 없으면 만나 주지 않았다.

　은왕은 칼같이 자르기로 유명했다.

　알현 신청을 했다가 번번이 퇴짜 맞는 것도 체면 깎이는 일이라 은왕궁으로 들어가는 알현 신청 건수는 그녀의 입지에 비해 무척 적었다.

　그런데 은왕이 근래에 알현을 청하는 자들을 잘 만나 준다는 소문이 퍼졌다. 은왕을 만나 함께 차도 마셨다는 자랑 섞인 경험담을 늘어놓는 자들이 한둘이 아니었다.

　소문의 진위를 확인하며 눈치 보던 자들이 걸음을 서두르다가 이제는 뒤질세라 달렸다. 은왕궁으로 들어오는 알현 신청이 폭발적으로 늘었다. 시에나는 매일 꼬박 오후를 전부 투자해서 사람들을 만났다.

　"만나 뵙고 인사드리게 되어 영광입니다. 은왕 전하."

화려하지는 않으나 정갈한 차림새의 노신사가 어쩔 줄 몰라 하며 허리를 깊이 숙였다.

"반갑소. 피에르 백작."

"약소하지만 작은 인사 선물입니다. 전하께서 차를 즐겨 드신다고 들었습니다."

백작은 기름종이로 꽁꽁 싸맨 반투명한 찻잔 두 개를 꺼냈다.

"어머니께서 물려주신 것입니다. 부부용 찻잔인데 제가 아끼느라 한 번도 사용하지는 않았습니다."

시에나는 미소지었다.

소박한 선물을 자못 민망해하면서도 추억이 담긴 물건이라 애틋해 하는 백작의 감정이 느껴졌다.

"이런 귀한 것을 내게 줘도 되겠소?"

"받아 주신다면 영광입니다. 전하."

"고맙소. 훗날……."

쿤과 마주 앉아 부부용 찻잔으로 차를 마시는 모습을 잠시 상상한 시에나는 귀가 후끈했다.

"……용도대로 잘 쓰리다."

피에르 백작 가문은 대대로 수도에서 터 잡아 살았으나 크게 융성한 적은 없는 집안이었다. 백작으로서 체면만 유지할 정도였다.

그는 큰 기대 없이 은왕궁에 알현 신청을 넣었다가 시간과 날짜를 통보받고 매우 놀랐다. 대단한 목적 없이 소문의 은왕 전하를 뵙고 싶었을 뿐이었다. 약 반 시간에 걸친 대화 내용에 중요한 것은 없었다.

피에르 백작이 바닥에 코가 닿을 듯 인사하고 나간 후 시에나는 작은 한숨을 내쉬었다.

오늘 알현 일정이 끝났다.

'내가 사교 활동을 우습게 봤어.'

사람을 만나는 일은 몇 시간을 꼬박 앉아 회의를 참관하는 이상으로 힘들었다.

시에나는 알현 신청자들을 셋으로 분류했다.

정·재계의 유력자, 사교계의 유명 인사, 둘 중 어디에도 해당하지 않는 자. 그리고 세 가지 유형의 사람을 만나는 비중을 비슷하게 배분했다.

그녀는 뜻밖의 사실을 알게 되었다. 정치, 경제, 사교계 중 어디에도 영향력이 없는 귀족들과 나누는 대화가 생각보다 유용했다.

그들은 최상층의 특권 계층과는 차별된 시선과 의견을 가졌다. 지배자는 아니지만, 지배받는 평민도 아닌 중간층. 어쩌면 제국 귀족의 대부분을 차지하는 계층이다.

시에나는 전보다 넓은 시야로 세상을 볼 수 있게 되었다고 느꼈다. 세상을 살아가는 사람은 다양하고 각자의 입장은 극과 극으로 달랐다. 결코, 책에는 나오지 않는 지식이었다.

그리고 많은 사람을 만나면서 귀한 정보를 덤으로 얻었다. 누군가가 대단한 기밀 정보를 싸 들고 와서 귀띔하지는 않았다. 그 사람은 그냥 무심코 했던 말, 조각조각 나뉘어 있으면 아무 가치 없는 정보들을 하나로 모으면 생각지도 못한 부분에서 유기적으로 연결됐다.

시에나는 영민하게 머리를 굴려 이리저리 앞뒤를 꿰맞췄다. 정보 조직에 거액을 줘야 구할 수 있을 만한 고급 정보를 추론해 낼 수 있었다.

'아케론 조사관은 밀러 백작과 회동이 잦군.'

아케론 조사관이 참석한 사교 모임에 밀러 백작도 대부분 참석했다.

시에나는 그 두 사람이 손을 잡았거나 최소한 서로 간을 보는 중이라고 추측했다.

'밀러 백작은 철왕의 측근이지. 어쩌면 밀러 백작은 아케론 조사관과 철왕의 관계를 알고 있는지도 모르겠어.'

쿤의 말대로 아케론 조사관은 세력을 키우고 있다. 철왕을 도울 의도이든, 권력을 쥘 의도이든.

수고한 만큼 보상을 받고 싶은 것이 보편적인 사람의 심리다.

철왕이 황제가 되면 아케론 조사관은 보상을 바랄 것이다. 조카가 황제가 된 것에 만족하고 조용히 뒷방으로 물러날 것 같지 않다.

'내가 이 정도로 알아냈는데 아케론 조사관의 행보를 철왕이 모를 리 없고 폐하께서도 모르실 리 없겠지.'

두 사람은 어떤 생각으로 지켜보고 있을까.

'어머니는 조용하고.'

근래 패트리샤는 사교 모임을 거의 주최하지 않았다.

'내가 스투스 경을 통해 넘기는 정보에 정신이 쏠려 있거나, 다른 계획을 꾸미고 있거나 둘 중 하나겠지.'

하지만 지금은 더그가 수도에 없으므로 당장 어머니가 무슨 계획을 꾸민다 해도 우려할 만한 일은 없을 것이다.

'공작들은 나와 철왕 사이에서 눈치를 보고 있어.'

시에나의 외가인 리먼 가문과 철왕비의 가문인 그로시 가문을 제외하고, 슐츠, 루크, 모튼 가문은 정확한 입장을 표시하지 않고 있다.

'철왕의 중재로 루크 가문과 모튼 가문이 화해했다길래 루크 가문은 철왕 쪽에 서나 했더니…….'

루크 가문은 리먼 가문과 소원해졌으나 철왕과 가깝게 지내지도 않았다. 아예 은왕과 철왕, 양쪽과 적당히 거리를 두는 태도를 보인다.

과거에도 그랬듯 황제의 배우자를 배출하지 않은 공작 가문은 마지막까지 한 발 뒤로 물러나 있을 것이다.

제국은 계승 서열에 따라 제위에 오르며 뒤집힌 적이 없기 때문이다. 공작 가문으로서는 굳이 득 없는 싸움에 끼어들 이유가 없었다.

'재밌네.'

그녀는 미소지었다.

앉아서 세상을 꿰뚫어 본다는 게 이런 기분일까.

'내가 황족이고 유력한 황위 계승권자인 덕분이겠지.'

돌밭에서 옥을 고른 것은 그녀의 능력이지만, 시에나는 자만하지 않았다.

은왕이라서 양질의 정보를 얻을 수 있었다.

다들 은왕의 눈에 들기 위해 기억을 더듬어 뭐든 얘기하려 애쓴 덕분이었다.

가령 시에나가 '그날 모모 백작가의 파티 분위기는 어땠소?'라고 물으면 따로 묻지 않아도 상대방은 그날 누가 참석했고 어떤 가십이 돌아다녔는지 상세하게 설명했다.

'내가 뜬소문의 중요성을 그동안 너무 무시했어. 얼마든지 중요한 정보로 쓰일 수 있는데.'

"전하."

바깥에서 베스가 문을 두드렸다.

잠시 후 베스가 들어왔다.

"저녁 진지를 준비하라고 할까요?"

"한참 앉아만 있었더니 갑갑하오. 리트를 보러 갔다 와야겠소."

"승마복을 가져올까요?"

"잠시 걷기만 할 거요"

시에나가 일어났다.

"아, 전하. 경사스러운 소식을 들었습니다. 철왕비께서 회임하셨다고 합니다."

나가려던 시에나가 멈칫했다.

그녀는 돌아섰다.

"그걸 어디서 들었소?"

굳은 시에나의 표정을 보고 베스의 표정도 덩달아 굳었다.

"저는 시녀한테 들었습니다. 제게 얘기해 준 시녀를 불러올까요?"

"……아니, 내가 철왕궁에 다녀와야겠소."

시에나는 비올렛의 임신 개월 수를 계산해 보았다. 넉 달을 채우기에는 약간 모자랐다.

'더 숨길 수 있었으면 좋았을 텐데…….'

6장

현재와 미래가 교차하다

라드 상회의 본점.

비밀 통로로 내려가는 지하의 밀실에 머리부터 발끝까지 까만 옷으로 감싼 십여 명의 사내들이 모여 있었다.

특수한 직조법으로 제작한 검은 의복은 매우 질겨서 어지간한 공격은 방어했다. 갑옷만은 못하지만 가볍고 몸의 움직임에 제한이 없었다. 날렵하게 움직여 기습할 때 유용했다.

그들은 눈과 입만 내놓고 흑색 두건을 뒤집어썼다. 허리춤에 매달린 검의 손잡이는 짙은 밤색, 검집이 검은색이었다.

다들 조용했다. 평소에는 유쾌한 성격들이지만, 때와 장소를 가릴 줄 알았다. 그리고 중요한 작전을 앞두고는 조용히 마음을 가라앉혔다. 떠들지는 않으나 서 있는 자세는 제멋대로였다. 누군가는 벽에 기댔고 누군가는 바닥에 앉았다.

문이 열리고 세 명의 남자가 들어왔다. 그들은 아직 두건을 쓰지 않고 얼굴을 드러낸 상태였다.

쿤이 대열을 갖추어 서는 사내들을 좌우로 훑어보았다. 쿤의 한 걸음 뒤에 마틴과 우스가 섰다.

"다들 오늘이 어떤 작전인지 숙지했겠지?"

"예, 쿤."

십여 명의 사내들이 나직한 목소리로, 힘 있게 입을 모아 대답했다.

"조용히, 그리고 빠르게 친다. 누구도 빠져나가게 해서는 안 될 것이다. 가능하면 죽이지 마라. 하지만 위협이 된다고 느꼈을 때는 주저하지 마라. 오늘 밤 우리 중 누구도 다쳐서는 안 된다."

"예, 쿤."

쿤이 손을 옆으로 내밀었다. 뒤쪽에서 마틴이 쿤의 손에 복면을 올렸다. 쿤과 쌍둥이 형제가 복면을 썼다.

"가자."

돌아서는 쿤의 허리춤에 매달린 검은 손잡이와 검집이 전부 흑색이었다.

라드 상회에서 빠져나온 마차들이 어두운 밤거리를 달렸다. 자정에 가까운 시각이라 거리에는 인적이 없었다.

마차는 서쪽 거리에 들어가 잠시 멈추었다. 다시 출발하는 마차는 텅 비었다. 그리고 서쪽 거리의 안쪽으로 어둠에 동화된 검은 옷을 입을 자들이 스며들었다.

달리는 그들의 발소리가 거의 없었다. 발이 그저 바닥을 스치듯 가벼웠다. 정강이까지 푹푹 빠지는 사막에서도 뛰어다녔다. 딱딱한 돌바닥 위에서는 나는 것처럼 움직였다.

대부분 사람은 한창 깊은 잠에 빠졌을 시각이지만, 뒷골목의 하루는 이제 시작됐다. 어두운 빈민가를 유령처럼 배회하는 자들이 있었다. 그들은 빈민가의 근위대였다.

뒷골목을 장악한 세력이 보초를 선다. 그리고 현재 뒷골목의 주인은 올가였다.

"!"

비명조차 지르지 못하고 남자가 고꾸라졌다. 상대의 급소를 쳐서 순식간에 기절시킨 복면인이 쓰러지는 남자의 몸을 붙들어 바닥에 조용히 눕혔다.

일국의 군사로 비교하자면 가장 바깥 경비를 서는 보초들이 여기저기에서 픽픽 쓰러졌다.

보초들은 실력자는 아니지만 예민한 감각과 빠른 발을 가졌다. 그들의 임무는 침입자와 맞서 싸우는 게 아니라 안쪽에 경고를 해주는 것이다.

하지만 누구도 역할을 제대로 하지 못했다. 짧은 비명도 없이 무력하게 정신을 잃었다.

사람들이 흔히 칼리고 용병단에 관해 오해하는 점이 있다. 칼리고를 힘을 과시하는 무력 집단으로 생각했다. 오해하도록 의도한 면도 있었다.

실제로 칼리고의 특기는 암습이며 가장 자신 있는 분야가 암살이었다.

기사들의 명예로운 결투와 일대일 승부는 칼리고 용병들이 생각하는 최하책이었다.

가장 적은 희생으로 적을 괴멸한다. 칼리고가 쓸고 지나간 자리에는 풀 한 포기도 남지 않는다는 무시무시한 이름값은 그렇게 만들어졌다.

뒷골목의 바깥 방어막은 허무하도록 쉽게 깨졌다.

칼리고는 대륙의 다른 왕국에서 이곳과 비슷한 암흑 조직을 싹쓸어 버린 경험이 많았다. 어차피 이런 자들의 생리는 비슷비슷했다.

이들에게 결사 항전이란 없다. 언제든 상황이 불리하면 다 버리고 내뺀다. 단지 쫓아내는 것이 목표가 아니라면 도망갈 틈을 주지 말고 빠르게 몰이 사냥을 해야 한다.

쿤의 목적은 올가를 쫓아내는 것도 전멸도 아니었다. 이들이 가진 물건을 반드시 회수해야 했다.

에비타는 한창 고객 상담 중이었다. 이름만 대면 알 만한 가문의 귀부인 마님의 의뢰였다. 남편이 바람피우는 심증은 확실한데 물증이 없으니 증거를 찾아 달라며 찾아왔다.

눈물 바람으로 어떻게 이럴 수 있냐며, 흔히 생각하는 배신당한 여자의 태도와는 달랐다. 귀부인의 눈빛은 매서웠고 표정은 냉랭했다.

"철저하게 증거를 확보해 주게."

"예, 염려 놓으십시오. 저희가 일 처리 하나는 확실합니다."

에비타는 내심 '이런 짓도 해야 하나.'라고 생각했으나 은근히 돈이 짭짤했다.

문이 벌컥 열렸다. 뛰어 들어오는 남자에게 에비타가 인상을 썼다.

"손님이 계시는데 웬 소란이야."

"마스터, 큰일 났소. 지금……."

남자의 말이 채 끝나기 전에 문이 다시 열렸다. 복면을 쓴 시커먼 남자들이 성큼 안으로 들어왔다. 가장 앞서 들어온 자가 한 손에 쥐고 있던 축 늘어진 올가의 조직원을 바닥에 던졌다.

"꺄아아악!"

귀부인의 비명이 터졌다. 높은 고음이 에비타의 정신을 번쩍 들게 했다.

에비타는 슬금슬금 뒤로 물러났다. 벽 가까이 등을 붙였다. 벽에 감추어진 비밀 통로를 열려고 손으로 더듬었다.

쉬익.

공기를 가르는 소리를 내며 날아온 단검이 에비타의 눈 옆을 스쳐 벽에 박혔다. 에비타의 몸이 그대로 얼어붙었다.

"꺄아악! 꺄아아악!"

귀부인이 있는 힘껏 소리를 질렀다. 귀가 따가울 정도였다.

복면인이 자루를 귀부인의 머리에 푹 뒤집어씌운 후 끌고 나갔다. 계속 들리던 비명은 곧 멎었다.

"저분을 해치면 상당히 곤란해질 텐데요."

에비타가 마른침을 꿀꺽 삼켰다. 그녀는 복면인들이 옆으로 물러나 터 주는 길 사이로 나오는 남자에게 말했다.

"……라드 후작님. 아니면 칼리고 단장님이라고 불러드릴까요?"

허리춤에 매달린 검의 정체를 모를 수가 없었다. 복면을 쓴 남자들 전부가 허리에 흑검이 달렸다. 대놓고 정체를 드러내고 있었다. 숨길 생각이 없다는 거다.

어떤 의미에서는 숨기는 것보다 더 위험했다. 목격자는 살려 보내지 않겠다는 의미일 수도 있다.

쿤이 복면을 벗었다. 애초에 속일 생각도 없었다는 듯 망설이는 기색조차 없었다. 드러난 사내의 얼굴을 보고 에비타가 긴장된 숨을 삼켰다.

얼마 전에 봤을 때와 풍기는 기세가 달랐다. 하지만 낯선 모습은 아니었다. 그를 처음 마주한 날, 이런 오싹함을 느꼈다. 그날의 강렬한 두려움을 대체 왜 잊고 있었을까.

에비타는 의뢰를 받거나 혹은 정보를 팔거나, 이런저런 일로 쿤을 여러 번 만났다. 뒷세계 인간치고 자신만큼 칼리고 단장을 자주 본 사람은 없을 것이다.

악명 높은 칼리고 단장은 뜻밖에도 상식을 갖춘 사람이고 후한 대가를 지급하는 마음씨 좋은 고객님이었다. 너절한 일거리를 맡기며 진상을 부리는 귀족에 비하면 신사 중의 신사였다.

'멍청하기는. 나만 해도 상황에 따라 몇 가지 얼굴을 갖고 있는데.'

지금 눈앞의 남자는 지금껏 계속 만났던 라드 후작이 아니다. 무심한 표정으로 사람 목을 날려 버리는 무자비한 학살자, 칼리고의 단장이었다.

경비를 서는 조직원들이 순식간에 제압된 것은 전혀 놀랍지 않았다. 올가는 강력한 제국에 터 잡았지만, 지닌 무력은 약했다. 제국 수도의 강력한 치안 때문이다.

올가가 공권력을 위협할 수준이었다면 진즉에 대대적으로 토벌되었을 것이다.

칼리고에게 올가 정도는 식후의 간식거리에 불과하리라. 인접한 여러 나라의 국경에 걸쳐 밤을 지배하던 암흑 조직이 칼리고의 표적이 되어 공중 분해된 사건은 유명했다.

쿤이 의자를 끌어내 앉았다. 팔짱을 끼고 에비타를 보며 턱을 까딱 움직였다.

"앉아."

에비타가 주변의 눈치를 살폈다. 복면을 쓴 남자들이 출입구를 봉쇄했다. 저들을 뚫고 도망갈 가능성은 아예 없었다. 비밀 통로로의 도주는 이미 실패했다. 다시 시도했다가는 단검이 자신의 목으로 날아올지도 모른다.

에비타는 쭈뼛거리며 슬금슬금 움직여 테이블로 다가갔다. 상대가 대화하자는 태도를 보였으니 그나마 최악은 아니었다.

"과격하시네요. 미리 연락 주셨으면 손님맞이를 준비했을 텐데요."

그녀는 영업용 미소를 지었다.

"가져서는 안 될 물건을 손에 넣었더군."

나직한 목소리는 건조했다. 눈빛도 표정도 아무 감정이 담기지 않았다.

에비타의 머릿속이 핑핑 돌아갔다.

에비타는 쿤의 말을 듣자마자 그가 무슨 소리를 하는지 알아차렸다.

'그것이군!'

얼마 전에 우연히 얻은 라드 일족의 기밀. 그것을 올가에서 갖고 있다는 사실은 올가 안에서도 극비였다. 에비타와 간부 몇 명만 안다. 간부가 배신했을 리 없으니 순전히 칼리고의 추적 능력으로 여기까지 알아내 찾아왔다는 말이었다.

'칼리고의 정보력이 그 정도였어?'

칼리고의 살생부에 오르면 죽음으로만 벗어날 수 있다는 말이 과장은 아니었던 모양이다.

에비타는 능숙하게 표정을 관리했다. 천연덕스럽게 고개를 갸우뚱 기울였다.

"무슨 말씀이신지 좀 더 확실하게……."

탁, 쿤이 검을 테이블에 올렸다. 손잡이마저 새까만 검을 바라보는 에비타의 눈동자가 흔들렸다. 어떤 협박보다도 효과적이었다.

"내가 지금. 거래하러 온 것 같나?"

남자의 목소리는 여전히 평이했다. 화를 내거나 협박을 하는 것보다 스산했다.

에비타는 입을 꽉 다물었다. 짧은 순간에 그녀는 치열하게 갈등했다. 그 물건의 존재를 아는 사람은 몇 명뿐이다. 그것이 어디 있는지 아는 사람은 자신뿐이다.

이들은 절대 그 물건을 찾을 수 없다. 상상도 하지 못할 곳에 두었기 때문이다.

하지만 모른다고 잡아떼면 저들이 그냥 '그렇군.' 하면서 물러날 리가 없었다. 협상으로 적절한 대가를 받기 위해서는 올가의 명줄을 거는 모험을 해야 한다.

도박이었다. 칼리고가 협상 따위를 성가시다고 생각하면? 올가의 생존자를 한 사람도 남기지 않고 학살하는 최후의 수단을 택할지도 모른다.

'협상을……'

에비타가 생각하자 한기가 목덜미를 스쳤다. 그러지 말라고, 본능적인 감각이 그녀에게 경고했다.

'아깝다.'

어디에 갖다 팔아도 엄청 받아 챙길 수 있을 텐데.

'그때 팔 걸 그랬나?'

최근에 그 정보를 팔까, 유혹을 느꼈던 제안을 받았다. 리먼 공작가에서 접촉해 왔다. 라드 후작의 정보를 원한다고 했다.

평소에 라드 후작의 정보를 원하는 사람은 리먼 가문뿐만이 아니었다. 다양한 사람들이 라드 후작의 정보를 사러 왔고 에비타는 늘 팔아도 되는 정보만 팔았다.

그런데 얼마 전 리먼 공작가의 제안은 좀 달랐다.

「특별한 정보는 없나?」

「어느 정도의 특별함을 원하시는지요?」

「라드 후작의 약점이 될만한 정보를 구해 주면 톡톡히 대가를
지급하지.」

리먼 가문에서는 신분 세탁을 대가로 내밀었다. 빈민가 출신을
평민으로 만들어 준다고 했다. 제안 내용도 꽤 구체적이었다.

「성인은 실종자나 사망자의 등록부에 이름을 올리는 방법으로,
신생아는 매달 일정 숫자의 등록부를 새로 만드는 방법으로 손을
쓸 수 있다.」

빈민가 사람들은 평생 뒷골목을 벗어나지 못하는 태생적인 한계
가 있었다. 체념하거나 혹은 뒷골목 삶에 순응해 살아가는 자들도
제 자식만큼은 바깥세상으로 나가기를 원했다.

에비타는 몹시 솔깃했다. 리먼 가문의 영향력을 생각하면 충분
히 가능했다. 더구나 리먼 가문을 외가로 둔 은왕이 가장 유력한 황
위 계승권자 아닌가.

리먼 공작이 영지에 일이 생겨 부랴부랴 공작령으로 가지 않았
다면 상당히 이야기는 진척되었을 것이다.

'에휴.'

에비타는 낙담의 한숨을 내쉬었다. 그녀는 자신의 감을 믿기로
했다. 그쪽에 팔아넘긴 후 칼리고가 들이닥쳤으면 더 큰일이 아니

었겠나, 좋게 생각했다.

"일단 우리 조직원들이 전부 무사한지 확인해야겠어요."

쿤이 고개를 돌려 복면인에게 신호를 보냈다. 복면인이 방을 나
간 잠시 후 중년의 남자를 데리고 돌아왔다.

허옇게 질린 얼굴의 남자는 올가의 간부 중 한 명이었다. 에비타
가 남자에게 손짓했다. 남자는 주변의 눈치를 살피며 얼른 에비타
곁으로 갔다.

"다들 무사해?"

"이마 깨지고 팔다리 부러진 놈들 몇은 있지만, 다 숨은 붙어 있
소."

"정말이지? 거짓말하는 거면 너부터 죽을 줄 알아."

"차라리 누구 하나 죽었으면 나았겠소."

남자가 투덜거렸다.

"다들 대가리 처박은 꿩처럼 겁만 잔뜩 먹었다니까."

에비타는 안도의 숨을 내쉬었다. 상황을 알 만했다. 이래 죽으나
저래 죽으나 마찬가지면 독기를 품고 달려들겠지만, 얌전히 있어서
목숨 부지가 되면 이쪽 바닥의 놈들은 비겁자가 되는 것을 수치스
러워하지 않는다.

죽은 사람이 없다고 하니까 에비타의 마음이 누그러졌다.

"그 물건은 흑지붕 주점에 있어요."

올가에서 운영하는 주점 중 하나였다. 가끔 썩은 나무 바닥을 걷
어 내고 새 바닥을 덮는 공사를 한다. 얼마 전에 바닥 교체 공사를
했고 그때 그 물건을 바닥 아래에 묻어 버렸다. 바닥을 아예 뜯지

않는 이상 누구도 모를 테니 보안은 확실했다.

위치를 설명하며 에비타는 쩝, 아쉬운 입맛을 다셨다. 쏠쏠하게 써먹던 혼자만의 비밀 장소가 들켰다.

이제 다시는 바닥 아래 파묻지 못할 거다. 분명히 이 정보는 조만간 조직원들 사이에 쭉 퍼져서 한탕을 노리는 놈들이 한동안 여기저기 바닥을 뜯어내겠지.

쿤이 고개를 살짝 틀어 뒤쪽에 말했다.

"다녀와."

복면인 둘이 조금 전 끌고 들어온 올가의 간부를 데리고 나갔다. 그들이 물건을 가지고 돌아오기를 기다리는 동안 에비타는 대화를 시도했다.

"올가는 정보 조직이라고요. 이런 식의 강탈은 규칙 위반이에요."

"안의 내용, 봤나?"

에비타가 동그랗게 커진 눈으로 고개를 마구 저었다. 여기서 봤다고 말할 골 빈 멍청이가 있을까.

쿤은 에비타의 말을 믿지 않았다. 바닥에 파묻을 정도로 귀한 보물을 보지 않았을 리가 없다. 어쩌면 복사본을 만들어 두었을지도 모른다.

에비타는 제 발이 저려 더 말을 붙이지 못했다. 안의 내용을 봤고 베껴 두기도 했다. 심장이 두근두근했지만, 표정은 태연했다.

얼마 후 복면인들이 물건을 가지고 돌아왔다. 쿤은 가죽으로 둘둘 말아 감싼 작은 노트를 펼쳤다. 그는 대충 내용을 훑은 후 덮었다.

"확인해."

복면인이 쿤이 내미는 노트를 받았다. 대답은 없었다. 방에 들어온 이후 말하는 사람은 쿤뿐이었다. 복면인이 노트를 갖고 방에서 나갔다.

그 후는 다시 기다림이었다. 복면인이 어디로 갔는지, 무엇을 확인하려는 것인지, 언제 돌아오는지 쿤은 설명하지 않았다.

잠자코 기다리던 에비타는 한 시간쯤 지나자 슬슬 좀이 쑤셨다.

"저기요. 그 물건, 갖고만 있었어요. 정말이에요. 그리고 앞으로도 딴 데 팔 생각은 없었다고요."

에비타는 천연덕스럽게 거짓말을 했다.

"그쪽에다가 팔려고 했다고요. 난 칼리고를 적으로 돌릴 만큼 멍청하지 않아요."

쿤이 말없이 쳐다보자 에비타는 용기를 얻었다.

"이런 식으로 무슨 범죄자 취조하듯 하는 건 경우가 아니죠. 정보 조직이 정보를 가진 게 죄는 아니잖아요."

쿤이 냉소를 지었다.

"분에 넘치는 보물을 가진 것은 죄지."

"이봐요!"

뭐라고 한마디 더 하려던 에비타는 입을 다물었다. 문이 열리며 아까 나갔던 복면인이 돌아왔다.

에비타가 몸을 움츠리자 쿤은 내심 피식 웃었다. 감이 좋은 여자였다. 미묘하게 달라진 칼리고의 분위기를 감지한 듯했다. 돌아온 자가 어떤 답을 가지고 왔느냐에 따라 오늘 밤 학살극이 벌어질지 말지, 결정된다.

쿤이 복면인에게 물었다.

"이상이 있나?"

복면인은 정보 지부의 린디를 만나고 왔다. 인명부의 내용이 유출되었는지 확인하기 위해서였다.

인명부는 특수한 용지에 특수한 잉크로 기록했다. 쓰는 즉시 종이에 흡수되어 사라진다. 다시 특수 처리를 해야 내용을 볼 수 있다.

그리고 그 위에 위장하기 위한 거짓 내용을 기록했다. 즉, 눈에 보이는 글씨들은 거짓 정보였다. 그건 에비타가 봤거나 사본으로 베껴 뒀다고 해도 상관없었다.

쿤은 린디에게 인명부를 보내서 특수 처리를 건드린 흔적이 있는지 확인하도록 했다. 물건을 회수하는 정도로는 안심할 수 없었다. 내용을 본 자는 누구도 살려 둘 수 없다.

팽팽한 긴장감이 감돌았다. 칼리고 단원들은 언제든 쿤의 지시가 떨어지자마자 검을 뽑기 위해 준비했다.

올가를 급습하여 본거지를 장악하기까지 아직 누구도 검집에서 검을 뽑지 않았다. 체술로 상대하거나 검집째 몽둥이처럼 휘둘렀을 뿐이다.

칼리고 용병들은 적의 숨을 끊을 각오 없이는 흑색의 검날을 드러내지 않았다. 맹수가 사냥할 때가 아니면 이빨을 보이지 않는 것처럼.

"이상 없습니다."

복면인이 처음으로 소리 내어 대답했다. 대답은 신호가 되어 칼리고 단원들의 날 선 기운을 흩트렸다. 보통 사람은 감지할 수 없지만, 쿤은 단원들이 내뿜던 살기가 가라앉는 것을 느꼈다.

1차 척살령은 저절로 해소됐다. 날카롭게 곤두선 쿤의 신경도 가라앉았다. 그는 살인을 즐기는 미치광이가 아니었다. 무력은 언제나 최후의 수단이었다.

하지만 일단 무기를 들면 절대 동정을 베풀지 않았다. 그래서 칼리고 용병단은 피도 눈물도 없다는 소문이 났다.

"끌고 와."

쿤이 새로운 지시를 내렸다. 쿤의 뒤에 선 두 명만 남고 전부 우르르 나갔다. 잠시 후 돌아온 복면인들의 손에 올가의 간부들이 붙들려 있었다.

에비타를 포함하여 총 여덟 명.

에비타의 주먹 쥔 손에 힘이 들어갔다.

"이만하면 올가의 머리는 다 여기 모인 건가?"

"글쎄요."

에비타는 태연한 척 받아쳤다. 하지만 동요한 속내를 들키지 않으려고 안간힘을 썼다. 올가의 간부는 다섯 명으로 알려져 있다. 만일의 경우를 대비해 두 명은 음지에서 활동했다.

그런데 칼리고는 그마저도 다 파악하고 있었다. 에비타는 수치심과 공포를 동시에 느꼈다.

"정보의 출처는 말 못 해요."

에비타는 이를 악물고 말했다.

"여기서 내가 죽는다고 해도 제보자 신원만큼은 절대."

어떤 쓰레기 같은 정보 조직이라도 절대 깨뜨리면 안 되는 금기가 있다. 제보자는 보호해야 한다. 신뢰가 깨지면 누구도 조직에 정보를 주지 않을 테고 그러면 그 조직은 망할 수밖에 없다.

이 자리에서 자신을 포함한 간부들 전부가 죽든, 신뢰를 잃고 조직이 망하든 둘 다 끝이 나는 것은 마찬가지다. 그럼 차라리 목숨을 걸어 올가의 이름만큼은 더럽히지 말자고, 에비타는 결심했다.

쿤은 결연한 표정의 에비타를 감흥 없이 바라보았다.

"출처는 됐어. 그건 우리가 알아서 할 거니까."

일족의 인명부가 다른 곳으로 흘러 들어갔다는 것은 일족 안에 배신자가 있다는 뜻이다. 일족의 연락망을 통해 대대적인 비상 경계령을 발동했다.

이미 유출자의 신원은 확인했고 한창 추적 중일 것이다. 지금쯤 잡혔을 수도 있다.

"하지만 우리가 기밀로 관리하는 정보가 있다는 것. 그 사실을 안다는 자체가 문제 있지. 보물을 지키는 가장 완벽한 방법은 존재를 누구도 모르게 하는 거야. 그렇지 않나?"

에비타가 테이블을 짚고 벌떡 일어났다.

"난 그게 뭔지도 몰라요!"

"유감이지만 믿지 못하겠군."

"다른 데 빼돌릴 생각은 없었다니까요. 칼리고에 팔려고 했다고요. 만약 그랬어도 이런 식으로 나왔을 건가요?"

"손에 넣은 즉시 우리에게 접촉했어야지. 기회는 많았어. 예를 들면 얼마 전에 내가 왔을 때."

"그때는!"

그때는 물건을 얻기 전이었다고 둘러대려 했다. 하지만 에비타는 관찰자의 차가운 시선을 느끼고 흠칫했다. 그는 앞뒤 사정을 모두 파악한 상태에서 '뭐라고 지껄이는지 들어 볼까'라고 말하는 듯했다.

얄팍한 거짓말은 상황을 더 악화시킬 것이다. 에비타는 체념의 한숨을 내쉬며 다시 의자에 털썩 앉았다.

"좋아요. 인정한다고요. 그때는 이리저리 재고 있었어요. 기왕 얻은 보물이니 최고의 값을 받고 싶었으니까요. 사람 마음이 다 그렇지 않나요?"

에비타는 입안이 바싹바싹 말랐다. 늘 죽음을 가까이 두고 살았지만, 여기서 죽으면 개죽음밖에 안 된다.

"잊을게요. 우리는 그런 물건을 가진 적도 없고 그쪽에서 가져간 적도 없고."

에비타는 제 뒤쪽에 모인 간부들을 보며 동의를 구했다.

"그렇지?"

"넵, 그렇고말고요."

"무슨 일이 있었나요?"

"오늘 손님이 많이 오셨네."

다들 바짝 굳어서 무표정하게 너스레를 떠는 꼴이 우스꽝스러웠다. 하지만 아무도 웃지 않으니 분위기는 더 썰렁해졌다.

"글쎄. 어쩔까⋯⋯."

그들의 목숨을 쥐고 농락하려는 것이 아니라 쿤은 정말 고민 중이었다. 죽은 자는 말이 없다. 잔혹한 진리다. 일족의 안위를 위해서라면 피에 미친 살인마라는 오명도 감수할 수 있었다.

에비타의 얼굴에서 핏기가 사라졌다. 불길한 예감으로 온몸이 오싹오싹했다.

'장난이 아니야. 정말 위험해.'

그녀는 지금 자신이 까마득한 낭떠러지의 가장자리에 발을 걸치고 서 있음을 본능적으로 알았다. 이를 악물고 목덜미 안쪽을 더듬었다. 가죽 줄에 꿰어 목에 걸어 둔 작은 주머니를 꺼냈다.

그것을 테이블에 내려놓고 쿤의 앞으로 툭 밀었다.

"그걸로 계산하죠."

쿤이 주머니를 열었다. 안에는 무지개색으로 빛나는 원석이 들었다.

"내 목숨 한 번 값이라고 했지만, 이번 일에는 나를 포함한 내 사람들 목숨도 포함해 줘요. 물건은 무사히 그쪽이 도로 가져갔잖아요."

에비타는 오늘 기밀 정보를 빼앗긴 것보다 의부한테 받은 징표를 넘기는 것이 훨씬 더 눈물 나게 아까웠다.

쿤이 픽 웃으며 원석을 위로 가볍게 던졌다가 받았다. 이거라면 고민을 끝낼 명분으로 충분했다.

"전부 잊겠다는 약속. 지키는 게 좋을 거다. 어디서 엉뚱한 소리가 내 귀에 들려오면 다음에 경고는 없어."

쿤이 일어났다. 그가 나가는 뒤로 복면인들도 모두 따라 나갔다. 덩치 큰 사내들로 꽉 차 있던 방이 순식간에 널찍해졌다.

쾅, 에비타가 신경질적으로 테이블을 내리쳤다. 그녀는 홱 고개를 돌려 간부들을 노려보았다.

"잘들 한다? 엉? 이게 무슨 꼴이야! 적들이 너희 대장의 코앞까지 들이닥치는데 잠깐의 도망갈 틈조차 못 만들어?"

면목 없는 간부들이 우물쭈물했다. 멀리 시선을 보내고 괜히 헛기침을 큼큼거렸다.

"칼리고잖소."

"날고 기는 놈들도 못 당하는데 우리가 무슨 수로."

"칼리고가 복면까지 쓰고 오면 아주 작정했다는 거라던데. 오히려 누구도 죽지 않고 무사한 우리가 운 좋은 거 아닌가?"

"그러게."

에비타가 빽 소리쳤다.

"다 나가! 다친 애들 추스르고 입단속 시켜!"

우르르 몰려 나가는 간부들의 꽁무니를 보며 에비타는 이를 부득부득 갈았다.

*　　*　　*

쿤은 뒷골목을 나와 린디를 만나러 갔다. 우스와 마틴에게 다른 단원들의 통솔을 맡겼다. 그들은 라드 상회로 귀환할 것이다.

린디는 서쪽 거리에서 잡화상을 운영했다. 온갖 물건을 취급하므로 온종일 다양한 나이, 성별, 신분의 사람이 드나들었다. 그녀는 많은 사람을 만나야 하는 정보부 지부장이었다. 잡화상을 눈가림으로 이용했다.

한참 전에 문을 닫았을 시각이지만, 쿤은 굳게 닫힌 상점 출입문을 주저 없이 밀었다. 잠겨 있지 않았다.

그는 상점 안쪽의 좁은 나무 계단을 올라갔다. 낡은 계단이 삐걱삐걱 요란하게 소리를 냈다. 방문자를 알리는 신호음이 되므로 일부러 수리하지 않고 그냥 두었을 것이다.

린디는 상점의 2층에 있는 자신의 업무실에 있었다. 책상에 앉아 일에 골몰하다가 문이 열리자 고개를 들었다.

그녀는 미소를 지으며 안경을 벗었다.

"생각보다 일찍 오셨습니다."

"물건만 회수하는 것으로 마무리했습니다."

"그럼 올가는……."

"멀쩡합니다. 당분간 올가가 누구와 접촉하는지 주시하세요."

"예, 쿤."

오늘 밤 올가가 이 세상에서 흔적 없이 사라졌다 해도 놀라지 않았을 것이다. 그만큼 중차대한 사안이었다.

하지만 린디는 왜냐고 묻지 않았다. 쿤이 알아서 처리할 거라는 믿음이 있었다. 인명부 유출을 초기에 감지한 것은 전적으로 쿤의 공이었다.

쿤이 인명부 관리의 전체적인 점검을 지시하지 않았다면 명부의 유출을 한참 동안 몰랐을 것이다. 자칫 벌어질 뻔한 큰 재앙은 상상만 해도 아찔했다.

"늦은 시간까지 고생했습니다."

"제가 한 일이 있나요. 하룻밤 잠을 못 잔 정도로는 고생도 아니지요."

린디는 출입문으로 돌아서는 쿤을 불렀다.

"쿤. 곧 원로 회의가 열린다고 들었습니다."

쿤은 멈추어 섰다.

"스승님께서 곧 수도에 오신다면서 서신을 보내셨습니다. 그런데 쿤께서 제국에서의 기반을 조만간 정리하실지도 모른다고 하시더군요."

스승의 편지에 자세한 이야기는 없었다. 린디의 스승은 오랫동안 정보부를 관리해 왔다. 그래서 자신의 제자에게도 대가 없는 정보는 내주지 않았다.

그런데 린디는 왠지 원로 회의의 안건이 쿤의 열애와 관련 있을 것 같다는 예감이 들었다.

쿤이 고개를 돌렸다.

"라이먼 원로가 그런 말을 했다고요?"

"예."

"내 거취는 내가 결정합니다."

"언제까지 수도에 머무실 수는 없지 않습니까? 여기는 제국의 심장부입니다. 우리는 잠시 들른 여행자일 뿐이지요."

"......."

일족들은 곧 쿤이 결혼하실 것 같다, 안주인이 들어오실 모양이다, 호들갑을 떨어댔다.

하지만 린디는 쿤의 상대가 은왕이라는 사실을 들었을 때부터 두 사람 관계에 회의적이었다. 연애를 굳이 뜯어말릴 필요는 없으니 지켜보았지만, 결혼은 무리라고 생각했다.

'쿤과 함께 일족을 이끌어 나갈 분이 안주인이 되셔야 해.'

제국의 황족인 은왕에게 그런 역할은 기대할 수 없었다.

쿤은 말없이 다시 돌아섰다. 린디는 방을 나가는 그를 또 불러세우지 않았다.

쿤은 잡화상을 나와 어두운 거리를 걸었다.

'여행자……'

린디의 말이 계속 귓가에 맴돌았다.

일족의 정착을 시도할 때를 제외하면 선대의 쿤은 특정한 지역에서 장기간 머물지 못했다. 일부러 기간을 정해 옮겨 다닌 적은 없었다. 공교롭게도 떠날 수밖에 없는 상황이 발생했다.

선대의 방랑하는 운명을 쿤도 물려받았다. 디안을 후원하느라 제국에 온 이후에도 그랬다.

'꼭 일이 생겨서 중간중간 제국을 떠나 있었지.'

작년만 해도 몇 개월 동안 사막에 다녀왔다. 사막에서 돌아온 이후 거의 9개월이 지났다.

'석 달만 지나면 일 년인가? 그럼 최장기 기록일 텐데.'

이제는 정착하고 싶다. 그녀의 곁에.

그는 어두운 밤하늘을 올려다보았다. 그의 선조들은 과감하고 때로는 무모했다. '고민하느니 움직여라.'라는 유훈까지 남겼다. 그도 선조의 정신을 이어받았다. 과감하게 그녀를 얻기 위해 움직였다.

시작할 때는 자신과 그녀를 둘러싼 주변의 상황과 뒷일 따위는 생각하지 않았다. 무책임하다고 누군가는 말할 수도 있겠다.

하지만 무조건 직진할 수밖에 없었다. 그녀 외에는 아무것도 보이지 않았으니까.

그토록 대책 없이 끌린 사람은 그녀가 처음이었다. 그녀는 끝이 보이지 않는 사막을 걷다가 발견한 오아시스 같았다. 지나칠 수 없었다.

결과적으로 많은 시간과 재물이 들어간 프로젝트가 무위로 돌아갔다. 일족의 미래가 달린 계획을 제 손으로 무너뜨렸다.

지금 와서 후회하는 것은 아니었다.

다만, 그만한 희생을 기꺼이 감수했는데도 앞이 전혀 보이지 않는 상황이 답답했다.

그는 라드 상회로 걷던 방향을 담쟁이 저택으로 꺾었다. 뒷마무리는 잠시 미루어도 될 것이다. 해가 뜨려면 얼마 안 남았다. 기분이 가라앉아 그런지 머리도 묵직했다. 쉬고 싶었다.

귀가하는 그를 레반이 맞이했다.

"무슨 일이야?"

이 시간에 레반이 자신을 기다리고 있었다는 것은 결코 좋은 징조가 아니었다. 레반의 표정도 심각했다.

"쿤. 페로 연합국의 왕이 서거했습니다."

쿤이 인상을 썼다. 왕이 오늘내일한다는 말은 이미 들어 알고 있었다.

"그런데 왕이 죽기 직전 자신의 후계로 아힌 투이사를 지정했습니다."

"아힌? 누구야 그게?"

"왕의 열두 번째 아들입니다. 올해 일곱 살입니다."

쿤이 입안으로 욕설을 중얼거렸다. 노인네가 죽기 전에 망령이 들었나.

사막의 부족 셋이 모여 뭉친 연합국은 시작부터 불완전했다. 투이사 부족의 족장을 왕으로 추대했으나 다른 두 부족은 내심 다음은 자신의 차례라고 생각했을 것이다.

그래서 일왕비 레카가 자신의 양아들을 다음 대 왕으로 올리기 위해 왕권 강화에 힘썼다. 레카는 목적을 위해서는 수단 방법을 가리지 않는 여자였다.

쿤은 그녀와 대립하지도 가까이 지내지도 않았다. 개인적으로는 친해지고 싶지 않지만, 레카는 대단한 여자였다. 그녀가 아니었으면 연합국이 짧은 시간 안에 이 정도로 자리를 잡지 못했다.

레카의 양아들이 왕좌에 오르면 왕의 죽음으로 인한 연합국의 혼란을 최소한으로 수습할 수 있었을 것이다. 그런데 들도 보도 못한 어린애라니.

쿤은 한숨이 나왔다. 그는 이마를 짚으며 짜증스레 중얼거렸다.

"난리가 났겠군. ……그래서?"

"자세한 내용은 직접 들으시지요. 유단이 와 있습니다."

"유단이? 설마 파티마 공주한테 무슨 일이⋯⋯."

"대충 듣기로는 공주는 무사하다고 합니다. 염려되는 쪽은 유단입니다. 우리에게 연락이 닿았을 때 부상이 심각했습니다."

"지금 어딨지?"

"접선 장소에 있습니다. 부상 때문에 이쪽으로 데려오지 못했습니다. 쾌속선을 타고 한나절은 가야 합니다."

"배는?"

"말해 뒀으니 부두에 가시면 정박해 있을 겁니다. 당장 출발하시겠습니까?"

"그래야지."

쿤은 그대로 다시 돌아서서 저택을 나왔다.

*　　　*　　　*

해가 저문 이후에는 남의 집에 방문하지 않는 것이 예의였다. 일반적인 예절은 황궁 안에서도 적용됐다.

그런데 꽤 늦은 시각임에도 은왕궁의 응접실에 시에나와 비올렛이 마주 앉았다. 갑작스러운 손님을 위해 베스가 곁에서 손수 차를 올렸다.

베스는 내일 아침에 다시 입궁하려고 막 나가려던 참이었다. 그러다 느닷없이 찾아온 비올렛과 마주쳤다. 그래서 귀가를 잠시 늦추었다.

"죄송해요. 전하. 제가 갑자기 찾아와 민폐를 끼쳤어요."

비올렛은 자못 민망해하며 웃었다. 표정 관리에 애쓰는 기색이었다. 그러나 얼굴은 금방이라도 울음을 터뜨릴 것 같았다.

"괜찮아요. 내가 언제든 와도 된다고 했잖아요."

"감사합니다. 전하. 정말 다정하시네요."

찻잔을 들고 배시시 웃는 비올렛의 눈에서 눈물이 뚝뚝 떨어졌다. 당황한 시에나의 표정이 경직됐다.

"찻잔은 내려놓으시고 진정하세요. 왕비님."

베스가 부드럽게 위로하며 손수건을 건넸다. 비올렛이 손수건을 받아 눈을 꾹꾹 눌렀다.

"요즘 감정 기복이 심하시지요? 하루에도 몇 번씩 기분이 좋아졌다가 나빠졌다가 반복하고요."

비올렛이 훌쩍거리며 고개를 끄덕였다.

"아이를 가지면 자연스러운 증상이랍니다."

"백작부인도요?"

"그럼요. 저도 겪었지요. 내 몸 상태가 하루가 다르게 달라지는데 주변에서는 그게 다 엄마가 되기 위한 준비라고만 말하지요. 내가 얼마나 힘든지는 알아주지 않아요."

"네, 맞아요."

"내 아이가 무사히 태어날까 두려워 자다가도 깨고요."

"네, 네."

"입덧이 있으세요?"

"네. 과일만 조금 겨우 먹어요."

"어쩐지 핼쑥해 보이신다 했어요. 속에서 받는 음식을 찾아내서 조금이라도 드셔야 해요. 이런. 생각 없이 차를 올렸네요. 향이 거슬리지는 않으세요?"

"차는 괜찮아요."

시에나는 두 사람이 나누는 대화를 잠자코 들었다. 그녀는 아직 전혀 공감할 수 없는 이야기였다.

"남편은 내가 예민해지니까 눈치를 보기는 하는데 정확히 내가 원하는 건 하나도 알아차리지 못하고요. 어느 날은 괜히 남편이 밉고 꼴도 보기 싫지요."

"네. 자꾸 전하께 짜증을 내요. 전하께서는 다정한 분이라 다 받아 주시는데……. 전하께서도 당황스러우시겠죠. 드러내지 않으시다가도 가끔 언뜻 표정에 비칠 때가 있어요. 그럼 저는 그게 왜 그렇게 서운한지 모르겠어요. 조금 전에도 전하께서 작게 한숨을 내쉬는 소리를 듣고 그대로 일어나 나와 버렸어요. 갈 데는 없고 걷다 보니 은왕궁 앞이었어요."

울다가 웃다가, 비올렛은 제정신이 아닌 사람 같았다. 시에나가 보기에는 그랬다.

베스는 적절하게 맞장구치면서 토닥토닥 비올렛을 달래 주었다.

'백작부인이 남아 주어서 다행이야.'

자신이 혼자 비올렛을 맞이했으면 위로할 방법을 몰라 무척 곤란했을 것이다. 그리고 얼마 안 되어 철왕이 찾아왔다. 디안은 몹시 고마워하면서도 겸연쩍어하며 비올렛을 데리고 돌아갔다.

시에나는 베스에게 물었다.

"아이를 가지면 저런 변화가 일반적이오?"

마치 다른 사람처럼 달라진 비올렛의 변화가 신기했다. 천성이 순해서 쓴소리를 들어도 미소로 대답할 사람이었다. 그런데 데리러 온 철왕의 쩔쩔매는 태도를 봐서는 비올렛이 꽤 고약하게 구는 모양이었다.

"사람마다 다릅니다. 한데 철왕비께서는 많이 예민하시네요. 입 덧도 심하신 것 같고. 마음을 편히 하시면 훨씬 나을 텐데요."

시에나는 뜨끔했다. 비올렛이 불안해한다면 아마 상당 부분은 자신 때문일 것이다. 철왕비가 임신했다는 정보를 듣고 바로 비올 렛을 만났다. 조심하라고 단단히 일렀다.

「출처를 모르는 음식은 절대 섭취하지 마세요. 음식뿐만이 아 니에요. 향수처럼 냄새로 마시는 것들도 마찬가지예요. 외부에서 반입하는 물건은 함부로 만지지도 마세요.」

하얗게 질린 얼굴로 열심히 고개를 끄덕이던 비올렛의 모습을 떠올렸다.

'난 걱정이 되어 경고한 거지만, 듣는 사람으로서는 불안할 수도 있겠네.'

섬세함이 부족했나 싶어서 비올렛에게 미안했다.

'하지만 철왕비는 타인의 악의에 둔감한 사람이라……'

직설적으로 경고하지 않으면 진지하게 받아들이지 않을 것 같았 다.

비올렛 때문에 귀가를 지체한 베스가 출궁하고 시에나는 잠자리에 들 준비를 했다. 마지막 시중을 마친 시녀들마저 모두 물러갔다. 침실에 홀로 남아 그녀는 침대에 눕지 않고 소파에 앉았다.

'어머니도 소식을 들었을 텐데.'

어머니가 무슨 짓을 할까 봐 걱정됐다. 그래도 아직은 노골적으로 마수를 뻗지는 않을 것이다. 문제는 진실이 밝혀졌을 때다.

디안의 계승 서열이 시에나보다 앞서게 된다는 사실을 알게 되면 패트리샤는 무슨 수를 써서든 디안의 후계를 해코지하려 들 것이다.

'꿈으로 본 미래에서 철왕에게 후계가 있었다면 절대 내가 제위에 오르지 못했어.'

비올렛의 임신으로 철왕 부부가 불임은 아닌 것이 증명됐다. 미래에서 어머니가 철왕의 아이를 해쳤을 거라는 의심이 점점 확고해졌다.

신족은 태생적으로 독에 강하지만, 아이를 품은 모체는 취약했다. 아이를 사산하고 그 후유증으로 비올렛이 아이를 더는 갖지 못하는 몸이 되었다면 철왕의 성품으로는 자식을 얻기 위해 아내를 버리지 않았을 것이다.

'어머니는 내가 공왕비가 되어 황궁을 떠난 동안에도 온실을 사수했지. 대체 그 온실 안에 얼마나 무시무시한 것들이 있을까.'

빤히 알면서 내버려 두자니 무척 거슬렸다. 폐하께 고해서 온실을 싹 뒤엎고 싶었다. 하지만 황제를 끌어들이지 말라는 쿤의 조언이 옳았다.

'왜 오늘 입궁하지 않았을까.'

시에나의 생각이 쿤으로 옮겨 갔다. 조사청에 제프리가 조사관으로 임관한 후 쿤은 하루도 빠지지 않고 입궁했다. 그런데 오늘은 입궁하지 않았다. 온종일 소식도 없었다.

'무슨 일 있나?'

걱정되고 궁금했다. 생각이 꼬리에 꼬리를 물었다. 그녀는 팔짱을 끼고 앉아 한참을 골똘히 생각에 잠겼다.

'그만 자자.'

그녀는 한숨을 푹 쉬며 일어났다. 최근에 잠드는 시각이 들쭉날쭉했다. 이런저런 상념이 많아 잠들기 전에 미적거리는 시간이 늘어났다.

하지만 진짜 이유는 잦아진 밤 외출 때문이었다. 담쟁이 저택에 다녀오면 그녀의 규칙적인 생체 리듬이 무너졌다.

그와 함께 있을 때 자신은 수다쟁이가 되었다. 자주 만나는데도 왜 그렇게 할 말이 많은지 모르겠다. 그렇다고 대화만으로 밤을 새운 적은 없었다.

대화는 언제나 키스와 진득한 애무로 이어졌다. 정사가 시작되면 항상 새벽을 넘겼다. 지칠 줄 모르는 그의 끈질긴 치근댐에 지쳐 잠들었다.

완전히 옷을 벗고 서로의 맨살이 닿을 때부터 그 남자는 약간 사람이 바뀌는 것 같았다. 평소에는 언성 한 번도 높인 적 없이 싱글거리던 남자는 정사에 빠져들면 조금도 양보하려 들지 않았다.

좀 과도할 때도 있긴 하지만, 정말 싫은 적은 없었다. 울음을 터뜨릴 정도로 극한으로 내몰리는 쾌락조차 소름 끼치도록 좋았다.

'하아…….'

그녀는 나른한 한숨을 내쉬었다. 촘촘한 근육으로 싸인 그의 몸을 만지고 싶었다. 생각만으로 열이 오르고 아랫배가 간지러웠다. 쾌락을 배운 몸은 갈수록 민감해졌다.

'내일은 스투스 경을 보낼까?'

마지막으로 후작 저에 다녀온 날짜를 꼽으니 사흘 전이었다.

'그것밖에 안 됐어?'

외출이 잦아지면 언젠가는 누군가의 눈에 띌 것이다. 은왕이 후작 저로 밤마실을 다닌다더라, 사교계가 또 한 번 뒤집힐 일이다.

이미 온갖 소문이 떠돌고 있으니 거기에 하나 더 보탠다고 해서 무슨 큰일이겠는가마는.

'백작부인은 싫어하겠지.'

쿤이 슬쩍 말한 적이 있었다.

「아무래도 그 소문 때문에 백작부인이 날 미워하나 봐.」

「그럴 리가. 백작부인이 당신을 대하는 태도가 달라진 것은 모르겠던데?」

「날 보는 눈이 차가워. 난 알 수 있어.」

그 후 베스를 유심히 관찰하니까 확실히 쿤에 관한 감정이 안 좋은 듯했다. 대놓고 뭐라고 하지는 않았지만, 라드 후작에 관한 이야기가 나오면 은근히 말을 돌렸다.

울적하게 중얼거리던 쿤의 표정이 떠올라 시에나는 작게 웃음을 터뜨렸다. 그녀는 심장이 있는 가슴 부근을 손바닥으로 눌렀다. 그 사람 생각만 하면 웃음이 나오다가도 문득문득 거친 바람이 부는 척박한 어딘가에 혼자 서 있는 것 같았다.

그녀는 외로움을 배웠다. 그가 곁에 있어서 행복한 만큼 함께가 아닐 때의 외로움이 무엇인지 알게 되었다.

그녀는 일어나 침대로 걸어가려다가 발코니 창으로 시선을 돌렸다. 특별한 의미는 없었다. 그냥 그러고 싶었다. 그리고 막 창을 두드리려고 손을 들고 서 있는 쿤과 눈이 마주쳤다.

시에나가 크게 뜬 눈을 깜빡거렸다. 얼마나 놀랐는지 그녀는 숨을 들이마신 상태로 멈추었다.

톡, 톡.

쿤이 창틀을 두드렸다. 시에나는 여전히 어리둥절한 표정으로 천천히 발코니로 걸어갔다. 방금까지 그를 떠올리며 보고 싶다고 생각하자마자 그가 나타난 것이 신기했다.

시에나가 걸쇠를 당겼다. 쿤이 창을 열어 당기면서 안으로 들어왔다.

"아직 안 자서 다행이야. 자고 있으면 어쩌나……."

쿤은 자신의 품에 확 안기는 그녀에게 반사적으로 팔을 뻗느라 말을 멈추었다. 잠시 얼떨떨하다가 그는 웃으면서 그녀를 팔 안으로 가두어 꽉 끌어안았다.

얇은 잠옷으로 감싼 몸이 따뜻했다. 그녀를 안을 때마다 힘을 조절하는 게 어려웠다. 숨이 막히도록 힘주어 안고 싶다가도 그녀의 여린 피부에 멍이라도 들까 봐 바짝 정신 차려야 했다. 포만감 같은 기쁨을 만끽하던 그의 몸이 미세하게 굳었다.

"……시에나."

등 뒤로 두른 그녀의 손이 손가락을 세워 그의 등을 긁으며 쓸어
내렸다.

"시에나."

다시 한번 불렀다. 그제야 시에나가 그의 가슴에 파묻었던 고개
를 빼꼼히 들었다. 뭐가 문제냐는 듯 동그랗게 뜬 눈을 깜빡였다.

쿤은 정신이 혼미해졌다. 예쁘고 귀엽고, 뭐라고 표현해야 할지
모르겠다. 한입에 확 집어삼켜 버리고 싶었다.

'안 돼.'

그녀를 만지고 싶은 손가락 끝이 움찔움찔했다. 그는 필사적으
로 견뎠다. 이러려고 온 게 아니다. 오밤중에 욕망에 휩싸여 그녀의
침실에 침입한 게 아니었다.

"시에나. 내가……."

시에나가 그의 목울대에 입을 맞추었다. 불시의 기습을 당한 쿤
은 뻣뻣한 인형처럼 굳었다.

시에나는 어색하게 구는 그의 반응이 재미있었다. 그는 나무랄
데 없는 신사였다가 때로는 원초적 본능만 남은 야만인처럼 굴었
다. 오늘은 신사인가? 그녀는 장난꾸러기처럼 키득거렸다. 이번에
는 발끝을 올려 그의 턱을 가볍게 깨물고 입술에 키스했다.

시에나는 그의 눈빛이 서서히 변하는 모습을 만족스럽게 바라보
았다. 그는 정말 유혹하기 쉬운 남자였다. 자신을 원하는 수컷의 눈
을 하는 그가 좋았다.

검은 눈동자가 한층 더 짙게 가라앉아 뜨겁게 일렁거렸다. 하지만 미약한 망설임이 아직 감돌았다. 그게 못마땅했다. 지금 그녀가 바라는 그의 모습은 신사가 아니라 야만인이었다.

등 뒤로 두른 손을 그의 가슴에 얹고 과감하게 아래로 움직였다. 손이 단단한 복부를 쓸면서 바지 앞섶까지 내려갔다. 이미 반쯤 부풀어 오른 그의 중심은 손이 닿자 더 단단해졌다. 그녀는 그것을 감싸 쥐면서 살짝 눈을 올려 뜨며 웃었다.

그는 그녀의 도발에 형편없이 무너졌다. 그녀의 허리를 안은 팔에 힘이 들어갔다. 시에나는 다가오는 그의 입술을 보며 눈을 감았다.

그가 허겁지겁 그녀의 입술을 집어삼켰다. 그녀의 입안 가득히 혀를 밀어 넣고 샅샅이 뒤질 기세로 점막을 훑었다.

시에나는 눈을 꼭 감고 희미한 신음을 흘렸다. 그에게 붙잡힌 혀가 빨아들이는 힘에 끌려가자 손끝이 찌릿했다. 힘이 풀리는 다리는 자꾸 뒷걸음질을 쳤다.

조금씩 뒤로 밀려난 그녀는 침대 가장자리에 오금이 탁 걸려 그대로 뒤로 넘어졌다. 잠깐의 아찔한 낙하감 후 푹신한 침대의 탄성에 몸이 묻혔다. 그녀와 함께 넘어진 그의 온몸이 그녀를 내리눌렀다.

시에나는 그의 목에 팔을 감아 꽉 끌어안고 입안을 데우는 따끈한 그의 혀를 삼켰다. 입안에 단맛이 돌아 머릿속이 찡했다. 묵직한 그의 무게도 그의 손이 몸을 어루만지는 손길도 탄성이 나올 정도로 좋았다.

"하아…… . 시에나. 잠깐, 잠깐만."

쿤은 그녀의 미간과 콧방울에 입을 맞추며 제 목을 꽉 감아 당기는 그녀의 팔을 잡았다.

"이러면 움직일 수가 없어. 응?"

그녀의 팔에 조금 힘이 풀리자 그는 다시 입술을 겹쳤다. 그녀의 입술을 깨물고 안쪽의 여린 살을 핥았다.

그의 손이 잠옷 위로 그녀의 가슴을 쥐고 부드럽게 주무르다가 그녀의 허리선을 따라 아래로 내려갔다. 잠옷을 들치고 포동포동한 엉덩이를 움켜잡았다. 허벅지로 파고들어 안쪽을 쓰다듬던 손이 곧바로 속옷 안으로 들어갔다.

"음…… ."

그가 미간을 찡그리며 나직이 신음했다. 둔덕을 덮은 보들보들한 거웃이 이미 축축했다. 키스와 잠깐의 애무로 흥분했다기에는 흠뻑 젖었다. 그는 질구 안쪽으로 손가락을 밀어 넣었다. 젖은 내벽이 빨아들이듯 손가락을 삼켰다.

"훗!"

그는 흠칫 몸을 떠는 그녀의 귓불을 깨물며 속삭였다.

"내가 오기 전에 뭐 하고 있었어."

낮게 가라앉은 저음이 탁하게 갈라졌다. 목소리에 가득 담긴 흥분을 읽고 시에나는 오싹 소름이 돋았다. 그의 손가락이 빠져나갔다가 다시 쑥 들어와 안쪽을 휘저었다. 축축한 혀가 볼을 핥아 올렸다.

"여기 만졌어?"

"으읏. 아니…… 아니야."

그녀는 고개를 흔들었다. 강한 부정은 마치 긍정 같았다.

"그런데 왜 이렇게 젖었을까. 모르겠어? 내 손 위로 흐르고 있는 거."

그녀의 눈동자가 흔들렸다. 그가 오기 직전, 그와의 정사를 떠올리며 살짝 흥분했던 터라 얼굴이 화끈거렸다. 오늘따라 빠르게 달아오르는 몸 상태가 민망했다.

"……그냥……."

"그냥?"

그녀는 입술을 깨물며 시선을 돌렸다. 하지만 그는 그녀가 도망가도록 내버려 두지 않았다. 질벽을 들쑤시는 손가락의 왕복 움직임이 빨라졌다.

"흑!"

"그냥, 뭐?"

"그냥…… 당신을……."

그의 눈에 번뜩이는 빛이 스쳐 지나갔다.

"지금 당신 안쪽이 어떤지 알아? 움찔거리면서 내 손가락을 �꽉 물고 있다고. 내 생각하면서 혼자 했어?"

그녀는 마구 도리질을 쳤다. 자신도 옴씰옴씰 움직이는 질구의 경련을 느낄 수 있었다. 완전히 열린 몸이 사내를 원했다.

그의 손가락이 움직이는 아래에서 질척이는 소리가 선명하게 들렸다. 수치스러움도 쾌감의 고조에 일조했다. 그녀는 흐윽, 흐윽 신음만 흘리다가 몸을 쭉 뻗었다. 눈앞에서 불꽃이 터졌다.

"흐읏!"

달뜬 눈빛과 살짝 벌어진 입술. 절정을 느끼는 그녀의 표정을 내려다보며 그는 입안으로 사납게 중얼거렸다. 자신이 무슨 말을 하는지 자각은 없었다. 온몸의 피가 부글부글 끓어올라 터지기 직전이었다. 바지 안에서 완전히 부피를 늘린 그의 물건이 해방시켜 달라고 아우성이었다.

하지만 그는 지금 그녀의 쫀득한 안쪽에 내지르는 것보다 그녀가 뿜어내는 암컷의 냄새를 온몸에 묻히고 개처럼 뒹굴고 싶었다. 속옷을 잡아 뜯어 버리고 잠옷 원피스를 걷어 올렸다. 두 손으로 허벅지를 잡아 벌리며 그녀의 가랑이 사이에 얼굴을 처박았다.

"흐응!"

그녀가 새된 비음을 흘리며 턱을 위로 꺾었다. 그가 혀끝을 세워 질구 속으로 파고들었다. 잘게 경련하는 은밀한 샘으로 혀를 찔러 넣었다가 흘러넘치는 물을 빨아 삼켰다.

"아! 으읏……."

그녀가 그의 머리카락에 손가락을 찔러 넣었다. 물컹한 혀가 예민한 속살을 전부를 핥아 올릴 때마다 온몸이 저릿했다. 질구의 경련은 좀처럼 가라앉지 않고 계속 팔딱팔딱 뛰면서 수축과 이완을 반복했다.

진하게 풍기는 그녀의 냄새에 그는 정신을 차릴 수가 없었다. 흐느끼는 그녀의 신음 소리가 어떤 천상의 음악보다도 감미로웠다. 혀로 핥는 거로는 부족했다. 아예 비부에 입술을 붙여 그녀의 맛과 향을 음미하다가 도드라진 작은 돌기를 강하게 흡입했다.

"흐으윽!"

그녀의 몸이 크게 휘었다. 척추를 타고 오르는 쾌감에 그녀는 전율했다. 갑자기 온몸에 피가 빠르게 도는 것처럼 찌릿찌릿했다.

절정의 쾌감에서 채 벗어나지 못한 그녀의 다리 사이에 거대하게 덩치를 키운 사내의 물건이 닿았다. 흠뻑 젖은 입구를 열고 두툼한 귀두가 거침없이 파고들었다.

그녀가 눈을 크게 떴다. 소리조차 내지 못하고 입만 크게 벌어졌다. 느릿하게 진입하는 그의 것이 잘게 경련하는 질벽을 한계까지 벌렸다. 질벽이 저항하듯 완전히 수축하자 질벽을 긁고 지나가는 느낌이 훨씬 더 강렬했다.

그가 그녀의 허벅지를 더 벌리고 뿌리 끝까지 밀어 넣었다. 오늘따라 그녀의 안쪽은 뜨겁고 미끈거렸다. 살점이 성기에 착 달라붙어 마치 혀로 핥는 것처럼 움직였다. 잠시만 방심해도 쏟아 낼 것 같아서 긴장을 늦출 수 없었다.

그녀 안에 완전히 몸을 묻은 채 쿤은 잠시 숨을 몰아쉬었다. 열이 오르는 눈을 꾹 감았다가 떴다.

아래 흐트러져 누워 있는 그녀는 허리께까지 말려 올라간 잠옷 차림이었다. 자신은 옷을 벗을 정신도 없어 바지의 허리춤만 내렸다. 정욕에 미친 자들처럼 엉망진창이었다. 그런데 그는 이런 난잡함이 몹시 마음에 들었다. 오직 두 사람만 공유하는 은밀함이었다. 이 순간만큼은 온전하게 서로가 서로의 것이었다.

그가 허리를 뒤로 뺐다가 끝까지 박아 넣었다. 그녀의 다리를 잡아 자신의 어깨로 올리고 빠르게 허리를 움직였다. 살이 부딪치는 소리가 음란하게 울렸다.

"아! 아웅!"

그녀가 신음을 내지르며 몸부림쳤다. 그가 흉포하게 안쪽을 짓이겨 박을 때마다 저절로 턱이 위로 들렸다. 막대기처럼 단단한 살기둥이 그녀를 꿰뚫을 기세로 깊이 안쪽을 찌르고 내벽을 할퀴며 빠져나갔다.

"흐웃! 으웅! 아!"

통각 같은 쾌감이었다. 온몸이 성감대가 된 것 같았다. 시야가 환해졌다가 어두워지고 드문드문 정신이 사라졌다. 그가 치밀고 들어올 때는 숨이 턱 막히면서도 뿌듯한 만족감으로 희열을 느꼈다. 유난히 민감한 그녀의 반응을 그 역시 감지했다.

"후우……. 당신 오늘 좀……."

쫙쫙 조여드는 내벽은 마치 깨무는 것 같았다. 내벽에 마찰하는 쾌감 이상으로 그녀의 숨넘어가는 신음이 그를 자극했다. 정수리에서 김이 모락모락 난다고 느껴질 정도로 흥분이 극에 달했다.

그녀의 몸을 반 접듯이 허벅지를 잡아 누르며 내리꽂았다. 그의 강건한 몸에 짓눌릴 때마다 그녀의 낭창한 몸이 시트에 파묻혔다.

"아! 으웃!"

그녀의 두 다리가 공중에서 흔들렸다. 거대한 말뚝이 몸을 관통하는 것 같았다. 쑥 빠져나간 성기가 묵직하게 박힐 때는 날카로운 쾌감이 몸을 후려쳤다.

"흐으웅!"

그녀의 몸이 일순 경직하며 길게 신음했다. 발가락이 곱아들 듯한 쾌락이 그녀를 덮쳤다. 몸이 붕 떠오르는 것 같았다. 눈앞이 몇 번이고 점멸했다.

제멋대로 경련하는 그녀의 안쪽을 그가 뭉근하게 문지르며 허리를 움직였다. 고조된 쾌감에 부드러운 자극이 더해져 그녀는 길고 긴 절정의 파도를 탔다. 눈꼬리를 타고 눈물이 흘러 떨어졌다.

"하아……. 하아……."

긴장이 풀린 그녀의 몸이 늘어졌다. 가쁘게 호흡하는 가슴이 오르락내리락했다. 그가 쑤욱 빠져나가자 아직 여운이 남은 그녀의 몸이 흠칫했다. 원래 있어야 하는 것이 사라진 것처럼 다리 사이가 허전했다. 힘없이 눈을 가늘게 뜨고 그를 보다가 눈이 동그랗게 커졌다.

그가 자신의 성기를 손으로 훑으며 파정하는 순간을 봤다. 살짝 눈을 내리뜨고 미간에 주름이 잡힌 그의 표정이 너무 야해서 심장이 더 빨리 뛰었다. 시선을 든 그와 눈이 마주쳤다. 그녀는 놀라 얼른 고개를 돌렸다.

그가 마른 입술을 혀로 축이며 입술 끝을 비틀어 올렸다. 셔츠를 위로 올려 벗어 던졌다. 허벅지 아래 걸려 있는 바지도 끌어 내렸다. 이제 시작이었다.

*   *   *

"변명으로 들리겠지만."

쿤이 그녀의 정수리에 입을 맞추며 말했다.

"이럴 의도로 온 게 아니야."

말하면서도 그는 겸연쩍었다. 정말 전혀 생각조차 하지 않았느냐고 물으면 자신 있게 대답할 수가 없었다. 비록 시작은 그녀가 했지만, 그 정도 유혹에 기다렸다는 듯이 덥석 미끼를 물었다. 방금전까지 탐욕스럽게 그녀의 온몸을 물고 빨았다.

쿤은 침대의 헤드보드에 기대앉아 그녀를 뒤에서 끌어안고 있었다. 두 사람의 맞닿은 피부를 가로막는 것은 아무것도 없었다. 그에게 축 늘어져 안긴 시에나가 감았던 눈을 천천히 떴다.

"몸이 달아 담벼락을 타 넘는 놈은 아니라고. 오해는 하지 마."

시에나는 뭐라고 하지도 않았는데 지레짐작으로 변명하는 그의 태도가 의아했다.

"그러면 안 되는 거야?"

"음?"

"난 당신이 좋고 당신 몸도 좋아."

"……."

뒤에서 작은 한숨 소리가 들렸다. 그런데 한숨이 아니라 숨죽인 웃음이라는 것을 곧 알게 되었다.

"내가 어리석었지. 그런 쓸데없는 말을 신경 쓰다니."

"누가 뭐라고 했어?"

"아……. 나한테 조언을 하려는 놈들이 있거든. 그…… 남녀 관계에 관해서."

"무슨 조언이었는데?"

"이런저런 잡소리. 여자한테 몸만 원한다는 인상을 주면 안 된다는 말 같은 거."

"당신과 나의 문제인데 왜 남의 조언을 들어?"

쿤이 다시 웃었다.

"당신 말이 맞아. 우리 얘기는 우리만 알면 되지."

쿤은 그녀의 몸을 휘감아 안은 팔에 더 힘을 주어 품으로 당겼다. 그녀의 어깨와 목덜미, 귓가에 입을 맞췄다.

"오늘, 멀리 다녀올 일이 있었어."

쿤은 온종일 배를 타고 먼 곳을 다녀오느라 입궁하지 못한 사정을 설명했다. 페로 연합국의 왕의 죽음과 후계자 자리를 놓고 벌어지는 다툼, 심상치 않게 돌아가는 사막의 정세를 말했다.

"유단이라는 사람은 괜찮아?"

"목숨은 건졌어. 꽤 오래 요양은 해야겠지만."

유단이 가져온 사막의 소식은 골치 아팠다.

연합국의 왕이 생뚱맞은 어린 아들을 후계로 정하고 죽으면서 일왕비인 레카와 레카의 양아들, 요타 투이사 군장의 위치가 모호해졌다.

연합국은 본래 세 부족이 손을 잡아 건국했다. 몇 개의 작은 부족도 합류했지만, 그들은 워낙 미약하여 변변한 세력을 이루지 못했고 투이사, 라마, 호투, 세 부족이 가장 강대했다. 연합국의 왕은 본래 투이사 부족의 부족장이었다.

왕의 열두 번째 아들 아힌은 모친이 라마 부족 출신이었다. 부족장은 평화 동맹을 군건히 하기 위해 다른 부족의 여자를 아내로 맞이하곤 했다.

라마 부족은 아힌을 왕위에 올린 후 어린아이를 눈가림용으로 내세워 연합국을 장악할 심산이었다. 그런데 아힌의 모친은 사막의 일반적인 관습에서 벗어난 존재였다. 정실이 아닌 후궁이었다. 사막에서는 부인을 네 명까지 들일 수 있지만, 첩은 인정하지 않았다.

투이사 부족은 왕의 자리를 갖기 위해 건국 당시 나름대로 가진 것을 많이 내놓았다. 고작 1년 만에 왕좌를 빼앗긴다면 투이사 부족으로서는 미치고 팔짝 뛸 노릇일 것이다.

당연히 레카는 왕의 유지를 따를 생각이 없었다. 아힌을 감금하고 양아들의 등극을 선포했다.

라마 부족이 아힌을 빼내어 대피시키면서 문제가 커졌다. 둘 중 누구에게 정통성이 있는가. 왕좌를 두고 국론이 분열됐다.

"연합국에 내란이 일어날지도 몰라."

레카는 파티마 공주를 인질로 삼아 유단을 제국으로 보냈다. 쿤에게 소식을 전하고 도움을 청하려 했다.

쿤은 투이사 부족장이 왕이 되도록 크게 도움을 주었다. 쿤이 연합국의 외교 대리인이 된 것도 그래서였다.

하지만 라마 부족은 쿤이 간섭하면 자신들에게 불리하므로 어떻게 해서든 막으려 했다. 습격받은 유단은 겨우 도망쳤으나 크게 다쳤다. 그래도 살아남아서 라드 일족과 접선에 성공했으니 임무는 완수했다.

"당신은 왜 투이사 부족을 택했어?"

"개중 가장 나았으니까. 라마 부족은 교활하고 호투 부족은 너무 호전적이거든."

시에나는 혹시 파티마 공주 때문일까, 잠시 의혹을 품었다. 쿤의 대답을 듣고 자신의 질투심이 부끄러웠다.

"시에나."

쿤의 목소리가 가라앉았다. 시에나는 선뜻 대답하지 못했다. 그가 무슨 말을 꺼낼지 알 것 같았다.

"내가 사막에 다녀와야겠어."

시에나는 무겁게 눈을 감았다. 그가 지금 자신의 표정을 보지 못해 다행이다. '싫어!'라고 외치는 속내가 그대로 드러났을 것이다.

"언제 떠나?"

시에나는 짐짓 담담하게 물었다.

"해가 뜨는 대로 폐하를 뵙고 떠날 거야."

"언제 오는데?"

"모르겠어. 순조로우면 한두 달. 아니면 그보다 오래. 사실 전혀 예측은 안 돼."

쿤이 그녀의 목덜미에 코를 묻고 숨을 들이켰다. 향긋한 체취에 취한 듯 어지러웠다.

"석 달만 있으면 일 년이라고 생각하자마자 떠날 일이 생기네."

"응?"

"아니, 혼잣말이야. ⋯⋯가지 말까?"

시에나는 '가지 마'라고 대답하고 싶었다. 붙잡으면 그는 정말 가지 않을지도 모른다.

하지만 어린애 같은 투정으로 그가 해야 할 일을 막을 수는 없었다. 이미 그의 미래를 바꿔 버렸으니까.

'나 때문에 쿤은 일족의 염원이 걸린 일을 포기했어.'

알고 있던 사실이 새삼 큰 깨달음으로 다가왔다. 명치가 꽉 막힌 듯 답답했다. 꿈에서 들었던 말이 손끝에 박힌 가시처럼 따끔거렸다.

'내가 쿤에게 해로운 존재면 어쩌지?'

자신이 그에게 악연일까 봐, 그를 망칠까 봐 두려웠다.

서로를 안은 채 두 사람은 말이 없었다. 시간은 계속 흘렀다. 각자의 생각에 빠져 잠이 오지 않았다. 그들은 한숨도 자지 않고 그대로 밤을 새웠다.

어두웠던 침실에 서서히 새벽빛이 밀려 들어왔다. 해가 완전히 뜨기 전에 쿤은 나갈 준비를 했다. 그녀를 안고 있던 팔을 풀어 미련을 떨치는 일이 무척 힘들었다.

그는 침대 아래에 흩어진 옷을 주워 입었다. 재킷을 걸치다가 주머니에 든 딱딱한 것을 발견했다.

"아, 참. 이거."

쿤은 주머니에서 꺼낸 그것을 시에나에게 내밀었다. 그녀가 펼친 손바닥 위에 원석을 올렸다. 창으로 들어오는 빛이 조금 전보다 강해졌다. 그녀는 손바닥 위에서 원석이 무지개색으로 빛났다.

시에나는 크게 뜬 눈으로 돌을 응시했다. 그녀의 속눈썹이 파르르 떨렸다. 틀림없이 꿈에서 봤던 그 돌이었다.

"이건……."

"내 어머니 유품이야. 어머니가 아버지께 선물했으니 아버지 물건이라는 편이 더 정확한가?"

"이걸 왜 내게……."

"고마움의 선물."

"고마움?"

"언젠가 당신이 내 약점이 뭐냐고 물은 적이 있잖아. 그 말을 듣고 주변 단속을 하다가 큰 사고가 일어날 뻔한 일을 미리 막을 수 있었어."

그녀는 번쩍 고개를 들었다.

"막았다고?"

"응."

"그럼 이제 약점은 없어? 당신 주변 사람이 다칠 일도 없는 거지?"

"응. 당신 덕분이야."

그럼 레반은 죽지 않는 건가. 그가 레반을 잃고 괴로워하는 비극적인 미래는 오지 않는 걸까.

"이 돌은 원래 당신이 갖고 있었어?"

"아니. 다른 사람 손에 들어갔다가 내가 회수했어. 이번 일에 연루된 자가 갖고 있었거든."

시에나가 꿈에서 들었던 내용과 일치했다. 정말 미래가 바뀐 거구나. 그녀는 감격에 겨워 돌을 두 손으로 소중하게 감싸 쥐었다.

"다행이다."

시에나는 그를 보며 활짝 웃었다.

쿤이 넋 나간 표정으로 말갛게 웃는 그녀에게서 눈을 떼지 못했다. 아침 햇살에 비친 그녀의 피부가 투명하게 반짝거렸다.

디안이 반 농담처럼 했던 말이 떠올랐다.

「은왕을 볼 때마다 놀란다니까. 점점 더 예뻐져. 은왕이 사교
활동을 안 하기에 망정이지 자주 얼굴 비쳤으면 미친 척 추근대는
놈이 한둘이 아닐걸.」

디안의 말대로 그녀는 갈수록 찬란하게 빛이 났다. 웃어도 예쁘
고 웃지 않아도 예쁘고 생각하는 모습도 예쁘고 인상 쓴 모습도 예
쁘다. 자신의 눈이 그녀를 미화하는 것이 아니었다. 차라리 그랬으
면 좋겠다.

곁을 지키고 있어도 호시탐탐 기회만 엿보는 놈들이 천지다.

'그놈 같은.'

안드레를 떠올리자 울컥 짜증 비슷한 분노가 치밀었다.

시에나가 후작 저를 방문해서 함께 밤을 보내는 날, 이런저런 대
화를 하다 보면 그녀의 주된 일정인 알현이 화제로 등장했다. 안드
레 블레스. 그놈은 무려 세 번이나 은왕궁에 알현을 청했다.

그녀는 아무렇지 않게 '오늘 블레스 경과 차를 마셨어.'라고 얘기
하는데 '그놈 만나지 마!'라고 쪼잔하게 굴 수가 없었다. 내색은 못
하고 속으로만 끙끙댔다.

안드레가 공작의 아들이라는 신분이 쿤의 심기를 더욱 불편하게
했다. 그자는 황족의 배우자감 후보로 손색이 없었다. 그리고 시에
나는 그놈의 부친에게 호의적이었다.

'떠나기 전에 그놈을 처리해야 하나?'

그는 심각하게 고민했다. 부평초처럼 떠도는 자신의 운명이 이번처럼 원망스러웠던 적이 없었다.

사막의 정세가 어떤 방향으로 흘러갈지 도저히 예측이 안 되었다. 적당히 수습하기까지 짧게는 수개월, 우왕좌왕하는 사이에 올해를 훌쩍 넘길지도 모른다.

그런데 최근 제국의 정계도 만만치 않게 불안했다. 제프리, 황제, 적왕 전부 제 꿍꿍이에만 몰두했다. 그녀는 어디에도 기댈 곳이 없었다. 이 중요한 시기에 자리를 비워야 한다니.

그녀가 누군가의 보호를 바라는 약한 사람이 아니라는 것은 알지만, 곁에 있는 것만이라도 해 주고 싶었다. 붙잡으면 가지 않을 텐데. 책임이고 뭐고 다 버릴 수 있는데.

'하지만 당신은 붙잡지 않겠지.'

쿤은 한쪽 팔을 뻗어 그녀의 볼을 감싸 쥐었다. 엄지손가락으로 그녀의 아랫입술을 누르고 문질렀다. 붉은 입술이 손끝에서 부드럽게 뭉개졌다. 언제 다시 이 부드러운 입술을 핥을 수 있을까.

"당신 없이 내가 얼마나 견딜 수 있을지 모르겠네. 말라 죽을지도 몰라."

시에나가 인상을 썼다.

"그게 무슨 소리야!"

쿤이 놀라 흠칫했다.

"죽는다니. 그런 말은 입에 올리지도 마!"

쿤의 눈이 휘둥그레졌다.

언성을 높이는 그녀의 모습이 생소했다.

"다치지 마."

시에나가 제 볼을 감싼 그의 손등을 자신의 손으로 감싸 눌렀다. 이제는 희미해서 거의 보이지 않는, 그의 눈썹 위 흉터에 그녀의 시선이 스쳤다.

"지금 이 모습 그대로 돌아와야 해. 다치면 안 돼. 허락할 수 없어."

"허락?"

"당신은 내 것이잖아."

쿤이 눈을 끔벅였다. 똑바로 시선을 마주치며 소유권을 주장하는 그녀는 몹시 도도했다. 그의 입가에 미소가 번졌다.

사랑한다. 하나뿐인 심장을 뽑아 기꺼이 바칠 수 있을 정도로 이 여자를 사랑한다. 그는 환호하듯 뛰는 자신의 심장 박동을 느끼며 그녀를 품으로 끌어당겼다.

"맞아. 난 당신 거야."

두 팔 가득히 그녀를 가두어 품에 안았다.

온 세상 어디든 갈 수 있는 자유로움이 있지만, 반드시 가야만 하는 곳은 없었다. 드디어. 비로소 찾았다. 돌아올 곳이다. 그녀가 자신이 돌아올 집이었다.

"칼리 경 형제는 당신과 함께 가?"

"그럴 예정……. 하나는 남으라고 해야겠다. 만약을 대비해서 당신 곁에……."

"아니야. 다 데려가. 수도에서 지내는 내가 무슨 위험이 있다고. 데려가. 응?"

"……알았어."

시에나는 팔에 힘을 주어 그의 목을 꽉 안았다. 밀착한 몸이 더 바짝 붙었다.

"무슨 일이 생기면 라드 상회에 사람을 보내서 레반을 찾아."

"무슨 일?"

"뭐든. 사소한 것도 괜찮아. 당신 보좌관으로 또 들여보낼까?"

"아니야. 눈에 띄지 않는 편이 낫지."

"내 소식을 가장 먼저 들을 수도 있을 거야. 레반은 알고 있을 테니까."

"응."

"조만간 당신에게 리먼 공작령에 관한 정보가 갈 거야. 추가된 내용이 있어."

"응."

"아케론 조사관을 조심해. 이상하다 싶으면 철왕에게 말하고. 철왕은 모른 척하지 않을 테니까."

"응."

"뭐든 무모한 짓은 하지 마. 당신은 겁이 없으니까 걱정이 돼."

"응."

시에나는 뜨거워지는 눈을 깜빡거렸다. 그의 당부를 듣고 있으니 그가 정말 떠난다는 실감이 났다.

"그리고…… 그리고 또."

쿤이 초조하게 중얼거리며 한숨을 내쉬었다.

'어떡해.'

시에나는 더욱 빠르게 눈을 깜빡거렸다. 눈물이 날 것 같았다.

"그리고 이건 가장 중요한 건데."

시에나는 긴장해서 그의 말에 귀를 기울였다.

"딴 놈에게 웃어 주지 마."

"……."

"만나지 말고 말도 섞지 말고……."

시에나는 쿤의 목을 감았던 팔을 풀어 그를 밀어내듯 상체를 뒤로 젖혔다. 그의 표정은 아주 진지했다.

"다들 틈만 나면 당신에게 수작을 부리려고 눈이 벌게져 있어. 음흉한 속셈으로 당신에게 접근할 거라고."

시에나는 눈을 가늘게 좁혔다. 그녀의 표정을 불쾌함으로 해석한 쿤이 얼른 덧붙여 말했다.

"당신을 못 믿어서가 아니라 속 시커먼 다른 놈들을 못 믿어. 요즘 당신이 알현 일정을 늘리면서 사람들을 많이 만나잖아. 그걸 이용한다니까."

"지금껏 내게 누구도 그런 수작질은 못 했어. 누가 감히?"

"난 했잖아."

시에나가 실소를 흘렸다.

"요컨대 당신 같은 남자가 또 나타날까 봐 걱정된다?"

입을 꾹 다무는 남자의 표정은 심통이 난 소년 같았다. 시에나는 그의 볼을 가볍게 두드렸다.

"하늘이 무너질 걱정은 하지 말고 그만 가. 날 밝는 대로 폐하를 뵐 거라며. 곧 시녀들도 들어올 거야."

"약속을 해 줘야 가지."

"쿤."

"약속."

이 남자가 유치하게 왜 이런담. 약속하지 않으면 꼼짝하지 않을 기세였다. 시에나는 전쟁터로 떠나는 심각한 상황에서 쓸데없는 고집을 부리는 그가 어이없었다.

"알았어. 당신 같은 남자가 열 명이 말을 붙여도 무시할게."

"그런 예시는 마음에 안 든다고."

시에나는 투덜거리는 남자의 등을 떠밀어 발코니로 몰아냈다.

열린 발코니 창을 사이에 두고 두 사람이 마주 섰다. 떠나야 하는 사람과 남아야 하는 사람이 서로에게서 눈을 떼지 못했다. 흐르는 시간이 아까웠다. 이대로 시간이 멈추기를 바라는 두 사람의 심정이 같았다.

"다녀올게."

"조심히 다녀와."

쿤은 반쯤 몸을 돌렸다가 다시 돌아섰다. 한 손으로 그녀의 목덜미를 감싸 쥐어 당겼다. 고개를 기울여 그녀의 입술에 자신의 입술을 포갰다. 부드럽게 입술이 맞물리고 서로의 숨결을 받아 삼켰다.

키스가 길어졌다. 시에나는 두 손으로 그의 가슴을 짚어 밀었다. 더는 안 된다. 그를 붙잡을 것 같았다. 결심이 흔들릴 것 같아 시선도 아래로 내렸다.

"사랑해."

그녀가 고개를 들었을 때 이미 그의 모습은 없었다. 시에나는 발코니로 뛰어나갔다. 그녀의 침실은 2층이었다. 발코니 난간 아래를 내려다보니 어느새 저만치 가는 그의 뒷모습이 보였다.

그녀는 아프도록 꼭 쥐었던 왼손 주먹을 폈다. 꿈에서 봤던 원석이 이른 아침의 햇살을 받아 영롱하게 빛났다. 꿈속의 황제는 흑암성을 떠날 때 이 돌을 몰래 가지고 나왔다고 했다. 그 말을 곱씹을수록 숨기고 감추려 했던 황제의 마음이 보였다.

꿈속 미래에서 두 사람이 서로 사랑했는지는 알 수 없지만, 나쁜 감정만 품은 사이는 아니었을 것이다. 그녀는 다시 주먹을 쥐어 가슴에 댔다.

'부디 그에게 아무 일도 없기를. 건강한 모습으로 내게 돌아오기를. 신이시여. 그를 보살펴 주세요.'

그녀는 처음으로 제국의 안녕이 아닌, 자신의 개인적 소망을 신께 기도했다.

*　　*　　*

며칠 후 시에나는 두툼한 봉투를 받았다. 귀가했다가 아침에 입궁한 베스가 가져와 시에나에게 주었다.

"아침 일찍 모르는 사람이 찾아와 주고 갔습니다. 은왕 전하께 전해 드리면 전하께서 아실 거라고 하더군요."

"고맙소. 혹시 앞으로도 종종 백작부인이 중간에서 받아 전달해야 할지도 모르겠소."

베스가 미소지었다.

"기꺼이요, 전하. 차를 새로 올릴까요?"

"괜찮소. 필요하면 부르겠소."

"예, 전하."

베스가 집무실에서 나간 후 시에나는 봉투를 열어 내용물을 꺼냈다. 쿤이 보낸다고 했던 리먼 공작령의 현황 보고서였다. 시에나가 아는 내용도 있었고 새로 접하는 정보도 있었다. 그녀는 두꺼운 책 한 권 분량의 서류를 꼼꼼하게 정독했다.

리먼 공작이 공작령으로 떠난 지 한 달 반이 지났다. 블레스 공작 가문을 제외하면 모든 공작가의 가주들은 수도에 상주했다. 리먼 공작의 장기 부재는 이례적이었다.

'슬슬 사람들이 이상하다고 생각할 텐데.'

리먼 가문에서 입단속에 힘쓰겠지만 한계가 있다. 조만간 리먼 공작령에서 무슨 일이 벌어지는지 소문이 날 테고 사람들은 강 건너 불구경하듯 흥미진진해 할 것이다.

리먼 공작령의 사정은 극단으로 치달았다. 준전시 상태였다. 공작령을 약탈하는 자들의 공격은 더욱 주도면밀해졌다. 치고 빠지는 수법을 구사하여 공작령의 기사들을 농락했다.

그리고 그들을 은밀히 지원하는 배후에 황제가 있다고, 보고서에 첨부되었다.

'배후가 황제 폐하.'

그녀는 다 읽은 서류를 밀쳐 놓고 의자에 기대 생각에 잠겼다.

'폐하께서는 이미 아케론 가문의 비극을 어느 정도 알고 계셨던 것인가.'

황제와 아케론 공녀의 열애는 정말 뜻밖이었다. 차갑고 냉정하며 사람을 가까이 두지 않는 황제가 한때 뜨거운 사랑에 빠졌다는 점이 믿기지 않았다.

'리먼 가문이 아케론 멸문에 적극적으로 관여했다면 왜 그동안 리먼 가문은 승승장구했을까.'

이미 당사자인 선대 공작은 죽고 없다. 그전까지 조용했던 황제가 이제 리먼 가문을 향해 칼을 빼 든 이유가 무엇일까.

'혹시 아케론 조사관을 만나서 뭔가를 알게 되셨나?'

그녀는 고개를 저었다. 아케론 조사관이 나타난 지 얼마 되지 않았다.

'준비에는 시간이 필요하지. 리먼 공이 고전한다는 것으로 봐서는 치밀한 작업을 해 두셨어. 하루 이틀이 아니야.'

죄가 있다면 잘잘못을 따져 절차에 따라 리먼 가문을 벌해야 한다. 뒤에서 혼란을 부추기는 일은 절대 황제로서 해서는 안 될 짓이었다.

가장 피해를 보는 자들은 힘없는 백성이기 때문이다. 공작령의 영지민도 제국의 백성이었다.

'폐하께서는 중심을 잃으셨어.'

입맛이 썼다. 황제는 그녀가 항상 닮고 싶은 대상이었다. 우상이 눈앞에서 무너졌다.

'옳지 않아. 하지만……'

머리로는 황제를 비난하면서 가슴으로는 황제를 이해했다.

'만약 나라면……'

누군가의 음모에 휘말려 쿤이 죽는다면.

시에나는 미간을 찌푸렸다. 저절로 손에 힘이 들어갔다. 주먹이 부들부들 떨렸다. 상상만 해도 속이 뒤집혔다.

범인을 용서하지 못할 것이다. 범인을 색출하고 처벌하기 위해 뭐든 할 것이다. 내 속이 타들어 가서 죽을 지경인데 백성의 고통, 올바른 절차, 그런 것들이 안중에 있을까.

"약점……."

시에나는 언젠가 그에게 했던 말을 되뇌었다.

'쿤이 내 약점이구나.'

서로가 상대의 약점이 되었다.

그 사람 때문에 무력해지고 그 사람을 위해서 뭐든 할 수 있을 것 같다.

시에나는 서랍을 열었다. 작은 나무 보석함을 책상에 올렸다. 보석함을 열어 꺼낸 원석을 공중으로 높이 들어 이리저리 돌렸다. 반사각에 따라 다양한 색으로 빛났다.

'보고 싶다.'

고작 며칠이었다. 아직 그는 사막에 도착하지도 못했을 것이다. 그런데 벌써 그리웠다.

그녀가 집무실을 나오자마자 시녀가 기다렸다는 듯 다가왔다.

"전하. 손님이 오셨습니다. 철왕 전하께서 기다리고 계십니다."

"언제?"

"한 시간 정도 기다리셨습니다."

"백작부인은?"

"외출 나가셨습니다. 전하께서 중요한 업무 중이시니 방해하지 말라고 당부하고 나가셨습니다."

시에나가 짧게 혀를 찼다. 이렇게 융통성이 없어서야. 백작부인이 있었으면 철왕의 방문 소식을 전했을 것이다.

시에나는 응접실로 들어갔다. 디안이 일어났다.

"오래 기다리게 했습니다. 철왕."

"아니에요. 내가 갑자기 온 거고 당장 급한 일도 없어요."

시에나가 디안의 앞에 마주 앉았다.

"지난번에 비올렛의 일, 고마워요. 그날 은왕궁에 다녀온 후 많이 안정됐어요. 은왕의 위로가 큰 도움이 되었다고 하더군요."

"난 한 일이 없어요. 백작부인이 비올렛과 대화하는 동안 듣기만 한걸요."

"비올렛은 갑자기 찾아와 이런저런 실례되는 행동을 했는데도 은왕이 쫓아내지도, 화를 내지도 않았다고 무척 감격하던데요."

시에나가 미간을 찡그렸다.

"난 그렇게 고약한 사람이 아니에요."

디안이 웃었다.

"그런 뜻이 아니라, 비올렛은 은왕에게 완전히 반해 있잖아요. 아마 은왕이 화를 냈어도 좋아했을 거예요."

시에나는 멋쩍은 기분이 들어 헛기침했다.

"나도…… 철왕비를 좋아해요."

"오. 그 말, 비올렛이 들으면 진짜 기뻐할 거예요."

"언제든 와도 괜찮다고 전해 주세요."

"비올렛이 낮잠이 늘어서 밤늦게 자요. 오밤중에 불쑥 나타날지도 몰라요."

"늦은 시각에 오는 편이 오히려 좋아요. 내가 궁에 있을 테니까."

잠시 시에나를 바라보던 디안이 미소지었다.

"비올렛에게 전할게요."

"입덧이 심하다던데, 좀 어때요?"

"약으로 치료할 수 없는 증상이라서요. 시간이 지나면 나아지기도 한다는데 출산 직전까지 입덧하는 사람도 있다고 하더군요. 영 식사를 못 하니 보약이라도 챙겨 먹이려고요. 라드 후에게 좋은 보약을 부탁했다가 오늘 받았는데…….."

디안이 눈치를 살피며 물었다.

"라드 후가 요즘 안 보이던데요. 혹시 라드 후가 수도에 없나요?"

"아…….."

시에나가 놀란 감탄사를 중얼거렸다. 설마 철왕이 몰랐을 줄이야. 조만간 사막의 정세는 제국 내에도 알려질 것이다. 굳이 비밀은 아니라서 시에나는 간략히 설명했다.

이야기를 듣던 디안이 기가 막힌다는 듯 허탈하게 웃었다.

"아무리 그래도 그렇지. 어떻게……. 와, 진짜. 칼 같이 자르네."

"네?"

"은왕. 쿤과 내가 알고 지낸 세월이 얼만데요. 이제 서로 각자 갈 길 가자, 합의했다지만 수도를 떠나면서 나한테 언질도 없고. 너무한다고 생각하지 않아요? 사람이 진짜 매몰차다니까."

"…….."

"은왕도 겉으로 보이는 모습에 속지 마요. 되게 냉정한 놈이에요."

쿤을 평가절하하는 철왕의 말에 기분이 썩 좋지 않았다. 시에나는 시선을 슬쩍 돌렸다.

"곰곰이 생각해 봐요. 싸한 기분이 들었던 적 없어요?"

"……글쎄요."

디안은 딱히 악의로 험담을 늘어놓은 것이 아니었다. 그저 형식적인 맞장구 쳐 주기를 바랐다. '맞아, 그 사람이 그런 점이 있지.' 같은.

사람들은 함께 흉을 보면서 친해지곤 하니까. 하지만 전혀 동조하지 않는 시에나의 태도에 디안은 시무룩한 표정으로 돌아갔다.

7장

마지막 꿈

블레스 공작이 은왕궁을 방문했다. 시에나는 반가운 손님을 환대로 맞아들였다.

블레스 공작은 이동의자에 올라탄 상태로 은왕궁에 들어왔다. 공작은 자신이 탄 것과 똑같은 형태의 이동의자에 탄 베스를 보며 껄껄 웃었다.

"백작부인이셨구려. 전하께서 꼭 선물하고 싶은 사람이 있다면서 내 여분의 이동의자를 빼앗아 가셨다오."

베스가 웃으며 응대했다.

"공작님께서 기꺼이 내어 주셨다는 말은 전하께 들었습니다. 감사히 잘 쓰고 있습니다. 이 의자 덕분에 움직이기가 얼마나 편해졌는지 모릅니다."

"고장 나면 언제든 연락 주시오. 아무나 수리를 못 한다오."

"배려에 감사드립니다. 공작님."

시에나는 화기애애한 대화를 나누는 두 사람을 흐뭇하게 바라보았다.

시에나와 블레스 공작만 남겨 두고 다들 물러갔다.

"오랜만입니다. 블레스 공. 그간 평안하셨습니까?"

"저야 그만저만합니다. 다시 뵙고 인사드리게 되어 기쁩니다. 그 사이 더욱 아름다워지셨습니다. 전하의 얼굴에서 광채가 납니다."

공작이 과장해서 놀란 표정을 지었다.

시에나가 쿡쿡 웃었다.

"공께서 수도로 출발하신다는 소식을 들은 것이 한 달 전입니다. 생각보다 늦게 오셨습니다. 혹시 여정이 고되어 지체된 겁니까?"

"아닙니다. 모처럼 외출하려니 가던 길에 붙잡는 사람이 왜 그리 많던지요."

이어지는 공작의 이야기를 들으며 시에나는 대충 사정을 짐작했다. 공작이 영지를 지나면서 눈에 띄는 일을 그냥 지나치지 못한 모양이었다. 영지민들의 민원을 해결해 주다 보니 일주일이면 충분할 마차 여정이 20일이 걸렸다.

블레스 공작답다고, 시에나는 생각했다.

"제가 온다는 말을 어디서 들으셨는지……. 안드레입니까?"

"예."

"그 녀석, 촌놈이 수도에 올라와 어수룩하게 다니지는 않았나 모르겠습니다."

"아닙니다. 사교 모임에서 블레스 경의 인기가 아주 좋다고 들었습니다."

"전하께서는요?"

"예?"

"전하께서는 제 아들놈, 어떠십니까?"

공작이 싱글싱글 웃었다. 말을 돌리지도 않고 직설적으로 본론을 꺼냈다.

"제 아들 데려가시라는 말, 농담 아니었습니다. 전하."

시에나가 말없이 웃었다.

"좀 알아보니까 다른 공작가에 전하의 배우자감으로 적당한 자가 없더군요. 제 아들이라서가 아니라 쓸만합니다. 기사가 되기 위해 집과 훈련장만 오가느라 애먼 짓 한 것도 없고요."

"공. 제안은 고마우나 블레스 경에게는 더 좋은 사람이 나타날 겁니다."

공작이 크게 눈을 떴다.

"전하. 지금 거절하시는 겁니까? 나중에 거절하시더라도 일단 지금은 생각해 본다고 하셔야지요. 제 아들만 들이미는 게 아닙니다. 뒤에 블레스 가문이 있음을 생각지 않으십니까?"

공작의 말투는 가벼웠으나 내용까지 가볍지는 않았다. 정치적인 계산을 하라는 충고였다.

"공. 나는 블레스 경과 혼인할 생각이 없습니다. 어차피 거절할 일로 시간을 끌어서 내 이득을 계산한다면 내가 공을 기만하는 것이 아니겠습니까?"

공작이 이맛살을 찌푸렸다.

"전하. 전하의 성정을 모르는 바 아니지만, 지나치게 곧으면 부러지기 마련입니다."

시에나는 빙그레 웃었다.

"공. 혼인 관계로 맺어지지 않더라도 우리는 서로가 만족할 합의점을 찾을 수 있을 겁니다."

"혼인만큼 강력한 동맹은 없습니다."

"나는 예전부터 자손을 내 남편으로 만들기 위해 다투는 공작 가문들을 이해할 수 없었습니다. 나는 부군의 출신 가문이라고 특혜를 주지 않을 것이며 오히려 외척 가문의 권력 남용을 우려하여 더 멀리할 테니까요. 내가 인정에 흔들릴 사람 같습니까? 하물며 정치적 필요에 의한 결합에요?"

블레스 공작이 '으음.' 하고 탄식했다. 한 길 사람의 속은 모른다지만 은왕은 지나치게 잘 보였다. 사람이 얄팍해 속이 뻔히 보인다는 게 아니라 은왕은 자신만의 기준이 확고했다.

올바른 원칙에 관한 소신이므로 설득으로 꺾을 수 있는 게 아니다.

"그러니 공. 나와 마음을 터놓고 대화하고 싶다면 오히려 혼인 동맹은 피해야 합니다."

공작이 쓴웃음을 지었다. 고개를 설레설레 내저었다.

"제 완패입니다. 전하."

한숨을 내쉬며 아쉽게 입맛을 다셨다.

'형편없는 놈.'

공작은 속으로 막내아들에게 혀를 찼다. 잘 해 보라고 미리 수도로 보내 났더니만.

"그 녀석 아버지로서 드리는 질문입니다. 그놈이 마음에 차지 않으셨습니까?"

"블레스 경은 나무랄 데 없는 사람입니다."

"그럼 곁에 두어 좀 더 지켜보심이……."

미련이 질겼다. 권력이 탐나서가 아니라 은왕이 며느릿감으로 욕심났다.

"공. 내가 한 번에 두 사람을 마음에 담지 못합니다."

공작은 말문이 막혔다. 은왕과 라드 후작의 소문은 들어 알고 있었지만, 은왕이 대놓고 인정할 줄은 몰랐다.

라드 후작이라니. 공작가 혈통이 아니며 더구나 제국인도 아니었다. 은왕과 라드 후작, 두 사람의 관계에 과연 미래가 있겠는가.

공작은 군이 그 점을 지적하지 않았다. 은왕이 모를 리가 없거니와 한창 불붙은 남녀에게 주변의 말이 들릴 리가 없을 테니까.

'아직 기회는 있는 건가?'

아무리 명석해도 막 성년이 지난 나이의 순진함은 어쩔 수 없나 보다. 은왕도 더 나이를 들면 알게 될 것이다. 세상일이 그렇게 뜻대로 되지 않는다는 것을.

"공. 긴히 의논하고 싶은 일이 있습니다. 공의 도움이 필요해요."

"허어. 벌써 본론을 꺼내시는 겁니까?"

"변죽만 울리는 대화는 공도 싫어하지 않습니까? 그 점에서 나와 공의 뜻이 같다고 생각했는데요."

공작이 껄껄 웃었다.

"제게 무엇을 주실 겁니까?"

"공께서 내게 줄 수 있는 것이 무엇인지 살펴본 후 생각해 보겠습니다."

공작은 또다시 웃었다.

"제 밑천을 모두 가져가신다고 해도 어찌 거부할 수 있겠습니까. 장차 이 제국을 이끌고 가실 분인데요."

시에나의 안색이 흐려졌다. 공작의 오해를 바로잡고 싶지만 아직은 아니었다. 철왕의 출생의 비밀이 드러나기 전에 먼저 폭로할 수 없었다.

공작이 여기저기 떠들고 다닐 사람이 아니라는 것은 알지만, 비밀은 한 사람이라도 알게 되는 순간부터 비밀이 아니다.

"공. 리먼 공작령에서 벌어지는 일을 알고 있습니까?"

시에나는 공작의 표정을 통해 공작에게 생소한 이야기가 아님을 눈치챘다.

"리먼 공이 궁지에 몰려 있습니다."

"그 정도입니까? 자세히는 알지 못해서……."

"배후에 폐하가 계십니다."

공작이 눈을 부릅떴다.

"그 말씀……. 책임지실 수 있습니까?"

"예."

시에나는 쿤이 준 정보에서 알게 된 내용을 정리해 공작에게 리먼 공작령에서 벌어지는 일을 설명했다.

공작은 무거운 침음성을 흘렸다. 앞뒤가 맞고 상당히 구체적이었다. 그는 내심 놀랐다. 은왕에게 대단한 정보 제공자가 있는 듯했다.

'적왕과 리먼 가문 때문에 은왕 전하의 눈 귀가 막혀 있다더니, 와전된 소문이었나.'

"제가 무엇을 도와드릴까요?"

"리먼 공을 도와주세요."

공작의 눈썹이 꿈틀했다. 그는 섣부르게 실망하지 않았다. 은왕이 단지 사사로운 감정에 치우쳐 외가를 돕고자 하는 뜻은 아닐 것이다.

"무슨 생각이신지 말씀해 주십시오."

"리먼 가문이 과거에 죄를 지었다면 절차에 따라 처벌을 받아야 합니다. 이런 식으로 리먼 가문이 무너지면, 리먼 공작령은 또 하나의 아케론 공작령이 될 겁니다. 공도 알지 않습니까? 주인을 잃은 아케론 공작령의 영지민들이 지난 세월 얼마나 고통스러웠는지."

"전하께서는 과거에 아케론과 리먼 사이에 벌어진 일을 아시는군요."

공작이 가라앉는 눈빛으로 중얼거렸다.

"예. 알아요."

"제가 그 일과 전혀 무관하지 않습니다. 그래서 저는 리먼 공이 겪는 고통에 동정이 가지 않습니다."

시에나는 말없이 고개를 끄덕였다.

"하지만 전하의 말씀이 옳습니다. 폐하께서 과거의 비극을 되풀이하시려는군요. 가장 고통을 받는 사람은 죄 없는 백성들입니다."

"공이라면 내 뜻을 이해해 줄 거라고 믿었습니다."

"그럼 전하께서는 리먼 공을 재판에 세우려 하십니까?"

"재판에 세울 만큼의 증거가 있을 것 같지 않습니다. 아니면 폐하께서 저러실 리가 없지요."

"음……."

"나는 다른 방식으로 리먼 공작가에 책임을 물으려 합니다."

시에나는 오랫동안 고민했다. 리먼 가문은 과거의 죄를 사죄하고 배상해야 한다. 하지만 증거 없이 순순히 인정할 리가 없었다.

겉치레의 사과를 끌어내려고 많은 시간과 노력을 들이느니 피해자에게 충분한 보상을 하도록 협상하는 편이 낫지 않을까.

리먼 가문이 그동안 끌어모은 재산을 남김없이 박박 긁어서라도, 배상 후에 리먼 가문의 곳간이 텅텅 비게 되더라도 죗값을 치러야 한다. 물욕이 많은 자의 재물을 빼앗는 것만큼 고통스러운 처벌은 없을 것이다.

그날 두 사람의 대화는 밤늦게까지 이어졌다.

며칠 후.

황제는 페로 연합국 왕의 서거를 발표했다. 그리고 연합국은 다음 왕의 등극 문제로 내전에 휩싸일 위기에 처했으며 연합국에서는 사신을 보내어 혼란을 수습할 도움을 요청했다고 말했다.

연합국의 외교 대리인 라드 후작은 이미 사막으로 떠났다는 사실을, 대부분 귀족은 처음 알았다.

사람들은 '어쩐지. 요즘 라드 후작이 안 보이더라니.' 같은 말을 수군거렸다. 아마 며칠 더 지났으면 라드 후작이 중병이 걸려 거동하지 못한다는 소문이 돌았을 것이다.

황제의 뜻에 따라 군대 파견을 안건으로 긴급 국정 회의가 열렸다. 회의 결과, 제국은 기사를 포함한 군대의 파견을 결정했다.

모든 절차의 진행은 신속하게 이루어졌다. 고작 며칠 만에 군대를 태운 배가 수도의 선착장을 떠났다.

* * *

"곧 해가 뜨겠소."

―꿈이구나!

시에나는 비명처럼 외쳤다. 지난번 꿈을 꾼 이후 거의 두 달만이었다. 설마 이대로 꿈이 끝난 것인가 싶어서 무척 초조했다. 약간의 몽롱한 느낌이 이렇게 반가울 줄이야.

황제의 시선은 어스름한 빛이 감도는 창밖의 하늘을 향했다. 황제 말대로 곧 해가 뜰 것 같았다. 해가 뜨면 영영 이 꿈은 끝나는 걸까, 아니면 또 하루가 시작될까.

―위대한 소원. 그게 뭔지 말해 줘.

시에나는 현실에서 어떤 단서도 찾지 못했다. 위대한 소원이 무엇인지 알려 주지 않아도 좋으니 최소한 어디서 그 정보를 얻는지 만이라도 힌트를 줬으면 좋겠다.

황제는 공왕을 돌아보지 않은 채 일어났다.

"그만 가시오."

─안 돼!

아직 더 듣고 싶은 게 많았다. 이대로 끝나면 안 된다.

황제와 공왕, 두 사람의 관계가 정확히 어떤 것인지도 속 시원하게 말해 주지 않았다.

두 사람은 정말 서로를 고통스럽게만 했던 관계였을까. 두 사람 사이에 진정 아무것도 없는가.

"폐하."

"나는 더는 할 말이 없소."

"폐하. 진심으로 하는 말씀입니까?"

황제는 침묵했다.

"폐하. 저 좀 보십시오."

"……."

"저는 약속을 지킬 겁니다. 이대로 나가서 다시는 수도에 얼씬도 하지 않겠습니다. 폐하께서 흑암성으로 오시지 않는 한 두 번 다시 서로 볼 일이 없을 겁니다. 정말 그러기를 바라십니까?"

황제가 눈을 감았다.

─이 고집불통!

시에나는 미래의 자신에게 버럭 소리쳤다. 또 하나의 자신이니까, 그래서 고집부리면 물러서지 않는 성격을 아니까 더 답답했다.

"폐하. 절 보십시오."

─봐. 보라고! 고개만 돌리면 되잖아!

"폐하."

―이대로 끝내면 안 돼!

"시에나. 나 봐."

―흡.

시에나가 놀란 숨을 들이켰다. 그녀는 온몸이 찌릿찌릿한 감각의 환상을 느꼈다. 쿵쿵 울리는 자신의 심장 소리가 들리는 것 같았다.

황제가 움찔했다. 눈을 뜨고 천천히 돌아섰다.

―쿤…….

나이가 들었지만, 저 쿤은 자신이 아는 그 남자가 아니지만, 그래도 눈물 나도록 반가웠다. 시에나는 중년의 쿤 얼굴에 그의 얼굴을 덧씌웠다. 잘 지내고 있을까, 다친 데는 없을까. 걱정되고 보고 싶다.

"한 번도 묻지 않는군."

공왕의 목소리에 꾹 눌러 담은 노기가 느껴졌다. 황제는 말없이 공왕을 응시했다.

"궁금하지 않은가? 전혀?"

"……."

"그래도 한 번은, 최소한 안부 정도는 물을 줄 알았지."

공왕의 목소리가 점점 커졌다. 내내 냉정함을 지키고 있던 공왕의 급격한 감정 변화가 이상했다. 시에나는 왠지 모를 불길한 예감이 들어 숨소리조차 죽였다.

"어떻게 지내는지, 건강한지, 얼마나 컸는지, 궁금하지 않던가?"

―설마…….

"생일이 언제인지는 기억해?"

―아니야. 아닐 거야.

"고작 몇 개월 남았어. 그 애가 벌써 성년이 되지."

―아니라고 해 줘.

"에카르트는 당신 아들이야!"

―아…….

"당신이 아무리 부정해도! 당신이 열 달을 배 속에서 키우고 배 아파 낳고 이름도 직접 지어 준, 우리 아들이라고."

시에나는 헉, 헉 가쁜 숨만 내쉬었다. 손이 있다면 콱 막히는 가슴을 내리치고 싶었다. 언젠가 꿈속에서 공왕이 '다시 돌아올 줄 알았다'라고 했던 말 속에 담긴 진짜 뜻을 이제 깨달았다.

설마 자식마저 버리고 떠나리라고는 생각하지 못했다는 뜻이었겠지.

시에나는 황제의 눈을 통해 공왕을 본다. 그래서 공왕의 눈에 비치는 황제의 모습이 어떤지 알 수 없었다. 지금 황제가 어떤 표정을 짓고 있을지 궁금했다.

"공왕."

황제의 목소리는 소름이 끼치도록 침착하고 차가웠다. 시에나는 지금 황제의 표정도 목소리와 다르지 않으리라고 짐작할 수 있었다. 그래서 참담했다.

"나는 결혼한 적이 없소. 미혼인 내게 어찌 자식이 있단 말이오?"

공왕이 황제를 노려보다가 말했다.

"황제가 아닌, 공왕비에게 묻지. 그 아이가 당신에게 어떤 의미도 없나?"

황제가 눈을 천천히 감았다가 떴다.

"공왕비의 의무를 다했을 뿐."

공왕이 하, 차가운 웃음을 흘렸다.

"그저 의무였다?"

"당신이 의무를 요구했고 나는 당신이 바라는 후계를 줬어. 이제 와서 왜 문제로 삼지?"

황제의 목소리에 증오, 혹은 원망, 그런 감정이 담겼다면 차라리 나았다. 말끔히 털어내지 못한 찌꺼기가 남았다는 뜻일 테니까.

하지만 황제의 목소리는 차갑다 못해 건조했다. 남의 이야기를 하는 것처럼.

"내 말은……."

공왕은 아연한 표정으로 말을 잇지 못했다. 그리고 공왕의 표정은 지금 시에나의 심정과 같았다.

"당신에게는 그 아이가 당신의 아들이 아니라 내 후계일 뿐이군."

시에나는 황제의 눈을 통해서 절망하는 남자를 멍하게 바라보았다. 모든 희망을 잃은 사람의 표정이 저렇지 않을까.

저 남자는 눈물만 흘리지 않을 뿐 지금 비통하게 울고 있다.

현실에서 보는 쿤은 강한 의지와 자신감이 흔들린 적이 없었다. 그는 철왕과 동맹을 깨고 일족의 염원이 걸린 거대한 계획을 무위로 돌린다고 말할 때도 눈빛이 굳건했다.

저런 쿤의 모습은 절대 보고 싶지 않았다.

"그게…… 당신의 진심인가?"

공왕이 가라앉은 목소리로 중얼거렸다. 황제에게 묻는 것이 아니라 마치 혼잣말을 하는 듯했다.

공왕이 시선을 내렸다. 자신의 감정을 추스르는지 한참 말이 없었다.

"……나는 언젠가 당신이 말한 것처럼 천박한 장사꾼이라 그런지, 안 될 일에 오래 매달리지 않아. 장사꾼은 손을 털고 물러설 시기를 놓치면 손해가 막심하니까. 하지만 인생은 장사가 아니니까 좀처럼 내 마음대로 되지 않는 일도 있더군."

공왕이 고개를 들었다. 짧은 시간에 그는 몹시 피로해 보였다.

"그래서 오랫동안 당신을 성가시게 했지. 오늘로 마지막이야. 약속하지."

그의 담담한 목소리에 시에나는 가슴이 미어졌다.

―지독해.

미래의 자신, 황제에게 치가 떨렸다. 어떻게 저 남자가 저런 표정으로 말하는데 담담히 볼 수 있단 말인가.

"그 아이를 내세워 뭘 어찌해 보려는 꿍꿍이가 있었던 것은 아니야."

─알아. 당신이 그럴 사람은 아니지.

그에게 자신의 목소리를 전달할 수 있다면, 침묵하는 황제는 대신해서 말하고 싶었다.

"우리의 시작이 그런 식이 아니었으면……. 아니, 이제 이런 말이 다 무슨 소용일까."

공왕은 넋두리처럼 중얼거렸다. 그가 소파 테이블에 뭔가를 내려놓았다. 황제의 시선이 따라갔다.

그것의 정체를 확인한 시에나는 작게 탄식했다. 얼마 전현실에서 시에나가 쿤한테 받은 그 원석이었다.

"이 방에서는 아무것도 가져가지 않겠습니다. 폐하."

어떤 미련도 남기지 않겠다는 말로 들렸다.

공왕이 정중하게 천천히 허리를 깊이 숙였다가 고개를 들었다. 그의 눈빛에는 조금의 원망도 없었다. 그저 약간의 안타까움만 드러났고 그마저도 곧 사라졌다.

"부디 옥체 만강하시기 바랍니다. 당신의 제국에 축복이가득하길."

공왕은 무슨 말을 더 꺼낼 것처럼 입을 벌렸다. 하지만 말없이 다물었다. 그는 잠시 황제와 눈을 마주쳤다. 그리고 돌아섰다.

시에나는 믿기지 않는 심정으로 출입문으로 향하는 그를쳐다봤다.

—설마.

정말 가는 건가. 이대로 정말 끝인가?

공왕은 주저하지도 뒤돌아보지도 않았다. 아무리 응접실이 넓어도 남자 걸음으로 출입문까지 금방이었다. 공왕이 나가면서 열린 문이 그의 모습을 삼키면서 다시 닫혔다.

—갔어…….

시에나는 오랫동안 닫힌 문을 바라보았다. 황제가 계속 보고 있으니 그 시선을 따라갈 수밖에 없었다.

"앞으로 넉 달하고도 열이틀."

황제가 영문 모를 말을 중얼거렸다.

"어떻게 그날을 잊을까. 내가 어떻게……."

—생일…… 말하는 거야? 그 아이?

황제가 소파로 걸어갔다. 테이블 위의 원석을 집어 손바닥에 올렸다. 황제는 또 한참 동안 원석을 내려다보았다. 덩달아 시에나도 계속 원석을 보게 되었다.

시에나는 그저 시야만 공유하는 이 상황이 답답했다. 황제가 대체 무슨 생각인지, 지금 무슨 심정으로 원석을 보는 것인지 궁금했다.

황제가 고개를 들었다. 그리고 침실로 걸어갔다. 침실 문을 열고 안으로 들어가 아까 열었던 비밀 금고를 다시 열었다. 금고를 열고 원석을 그 안에 넣고 다시 금고를 닫는 일련의 과정은 느릿하지만, 감정이 없는 사람의 움직임처럼 속도가 일정했다.

닫힌 금고 앞에서 황제는 또 한참을 멍하게 서 있었다. 그리고 또 불쑥 중얼거렸다.

"성년이구나. 다 컸어."

가늘게 떨리는 목소리가 묘했다. 슬픈 것도 같고 기쁜 것도 같았다.

황제는 침대로 갔다. 시에나는 황제가 이대로 자려나 싶었다. 그런데 황제는 또 침대에 앉아서 또 멍하게 허공을 응시했다. 아까부터 정신이 다른 곳에 있는 사람처럼 행동하는 황제가 조금씩 이해가 갔다.

황제는 슬픔을 표현하는 방식을 배우지 못했다. 홀로 삭일 뿐이었다.

"제 아버지 판박이겠지. 어릴 때도 그랬으니까."

─잊지 않고 있잖아. 왜 공왕에게 그런 식으로 말했어?

"네 아버지가 네 곁에 있어서 다행이다. 이 진흙밭에 너까지 발을 담글 일은 없겠지."

─공왕에게 솔직히 그런 말을 하고 도움을…….

시에나는 말을 멈추고 한숨을 내쉬었다.

─못 하지. 당신은 나니까. 왜 그 심정을 모르겠어.

시에나는 막다른 구석에 몰린 황제의 선택을 알 듯 말 듯했다. 자존심은 황제에게 남은 거의 유일한 것이리라.

스스로 함정에 빠진 이 상황에서 오롯이 혼자만의 힘으로 벗어나지 못하고 누군가에게 도움을 청한다는 것은 절대 용납할 수 없을 것이다.

─지금의 난 할 수 있지만.

쿤에게 약한 모습을 보이는 것도, 도와 달라고 말하는 것도 부끄럽지 않다. 사랑하는 사람이니까. 그에게 자신의 부족함을 보여 줘도 수치스럽지 않았다.

하지만 미래의 황제와 공왕 사이에 그런 감정적인 교감이 있었던 것 같지 않다.

─이렇게 어긋날 수도 있는 건가?

미래의 두 사람과 현실의 두 사람은 너무 달랐다. 현실이 이 미래처럼 흘러갈 수도 있었다. 눈앞이 아찔했다.

황제가 침대 옆 협탁의 서랍을 열었다. 벨벳 천으로 둘둘 감싼 것을 꺼냈다. 황제는 세상에서 가장 귀한 보물인 듯 조심조심 벨벳 천을 풀었다. 원형의 작은 회중시계가 나왔다.

회중시계는 시곗바늘이 전혀 움직이지 않았다. 황제는 회중시계의 위에 달린 버튼을 눌렀다. 그러자 달칵, 열리는 소리가 들렸다.

열린 안쪽에 작은 초상화가 있었다. 은발의 여인은 시에나 자신의 모습이었다. 시에나는 의아했다. 자기 자신의 초상화를 담은 시계를 애지중지한다는 게 이상했다.

─특별한 선물이었나?

황제는 회중시계를 닫았다가 위에 달린 버튼을 두 번 눌렀다. 다시 열린 안쪽의 초상화가 바뀌었다. 안이 이중 구조였다. 작은 초상화의 주인공은 어린아이였다. 그리고 머리카락 색이 짙었다.

—아…….

초상화 속 아이의 정체가 누군지 알 것 같다.

시야가 흐려졌다. 황제의 눈에서 하염없이 눈물이 흘렀다.

시에나는 아이의 생김새를 자세히 보고 싶었지만, 황제의 눈물이 앞을 가려 가뜩이나 작은 초상화의 모습을 더 알아볼 수 없었다.

"에카르트……."

황제는 아이의 이름을 부르며 때로는 회중시계에 입을 맞추며 흐느꼈다.

시에나는 애끓는 황제의 울음소리를 들었다.

계속, 이 꿈이 끝날 때까지.

눈을 떴다. 시에나의 눈에 맺힌 눈물이 또르르 흘렀다.

'끝났어.'

꿈속 하루가 끝났다.

그리고 어젯밤으로 꿈도 끝났다. 이유는 알 수 없지만, 막연히 마지막이라고 느꼈다.

시에나는 옆으로 돌아누우며 베개에 얼굴을 파묻었다. 그녀의 어깨가 흔들렸다. 새어 나오는 울음소리가 점점 커졌다.

눈물이 멈추지 않았다.

누가 심장을 쥐어뜯는 것처럼 아팠다.

　　　　*　　　*　　　*

패트리샤는 낮 휴식 시간에 시녀가 가져온 소식을 듣고 미간을
찌푸렸다.

"어제 온종일, 그리고 지금까지?"

"예, 적왕."

은왕이 갑자기 칩거에 들어갔다. 어제 아침부터 지금까지 은왕
궁 밖으로 한 발자국도 나오지 않았다고 했다.

패트리샤는 일 년에 한두 번 누구도 만나지 않고 며칠간 궁에 틀
어박혀 휴식했다. 황제조차도 가끔은 하루나 이틀 동안 아무 일정
도 없이 쉬었다.

하지만 은왕이 휴식의 당사자가 되면 절대 예사롭지 않았다.

뭘 모르는 사람들은 사교 활동을 하지 않는 은왕이 궁 안에서 대
체 뭘 할까 궁금해했지만, 은왕만큼 바쁜 사람도 없을 것이다.

패트리샤는 은왕이 게으름 부리는 모습을 본 적이 없었다. 자신
의 딸이지만 때로는 경이로웠다.

"알현은? 요즘 은왕이 알현 일정에 들이는 시간을 대폭 늘렸다던
데."

"알현이 예정된 자들 쪽에 알아보니 무기한 연기된다는 연락을
받았다고 합니다."

"흐음……."

'속을 알 수가 없으니…….'

언제부터였을까. 은왕이 도통 무슨 생각을 하는지 모르겠다.

요즘 패트리샤는 모든 수단을 동원해 리먼 공작령의 소식을 알아내려고 혈안이 되어 있었다. 공작가에 사람을 보내도 변변치 않은 대답만 돌아왔다. 정말 모르는지, 함구령이 내려졌는지 알 수 없었다.

전에는 패트리샤가 임의로 공작가의 힘, 지닌 정보나 재물 등을 요량껏 가져다 쓸 수 있었다. 원칙적으로는 안 되지만, 그녀는 자신의 특권을 당연하게 누렸고 선대 공작은 딸의 월권을 적당히 눈감아 주었다.

그런데 더그가 공작 위에 오르면서 사정이 달라졌다. 공작의 딸과 공작의 누이동생은 온도 차가 컸다.

특히 지금 같은 상황—패트리샤는 현재 리먼 공작가 내부에 비상 경계령이 발동한 상태라고 추측했다—에서 패트리샤는 리먼 공작가에 어떤 영향력도 행사할 수 없었다. 다른 건 제쳐 두고 패트리샤의 정보력에 큰 타격을 입었다.

패트리샤는 리먼 공작령에서 벌어지는 변고를 라드 후작이 은왕에게 보낸 정보를 몰래 훔쳐본 덕분에 처음 알았다. 그만큼 그녀의 눈과 귀가 막혔다.

꼴 보기 싫은 라드 후작이 수도를 떠났다는 말을 듣고 은근히 아쉬웠다. 요긴한 정보 출처였는데.

"은왕이 궁에 있는 것은 확실한지 알아보거라."

"예, 적왕."

패트리샤는 은왕이 자리를 비웠을 가능성을 생각했다. 전적이 있으니 의심이 갔다.

'믿을 만한 자를 공작령으로 보내서 오라버니한테 자세한 이야기를 들어야겠어. 누구를 보내야 좋을까.'

패트리샤의 지금 관심은 리먼 공작령에 쏠렸다. 리먼 가문을 등 뒤에 세운 덕분에 지금껏 승승장구할 수 있었다. 리먼가는 건재해야 한다. 최소한 은왕이 제위에 오를 때까지는.

밤새워 뒤척인 패트리샤는 다음 날 아침, 은왕궁에서 온 소식을 받고 허겁지겁 달려갔다. 그녀는 마차에서 내리자마자 체면이고 뭐고 양손으로 치맛자락을 움켜쥐고 뛰었다.

침실로 들어가 곧바로 침대에 누워 있는 시에나에게 다가갔다. 눈을 감은 시에나의 안색이 창백했다. 딸을 내려다보는 패트리샤의 얼굴은 오히려 제가 환자인 것처럼 핏기가 없었다.

"아침 시중을 들러 시녀가 들어왔다가 전하께서 아직 기침하지 않으셨기에 다시 나왔다고 합니다."

베스가 정황을 설명했다. 시녀는 물러갔다가 잠시 후 다시 들어갔다. 그때도 여전히 시에나는 침대에 누운 상태였다.

시녀는 평소 윗전의 생활 습관을 잘 아니까 아무래도 이상하다 싶었다. 다가가 조심스럽게 불렀다. 두세 번을 불러도 대답이 들려오지 않았다. 시녀는 그제야 사태의 심각성을 알아차렸다. 다급히 베스를 불렀다. 베스가 의관을 부르고 적왕궁에도 소식을 전했다.

패트리샤가 베스의 설명을 들으며 주변을 둘러보았다. 아까는 눈에 들어오지 않았던 광경이 이제 보였다. 포프 백작부인, 시녀들, 의관도 보였다. 패트리샤는 의관에게 물었다.

"은왕께서 어디가 편찮으신가?"

"열이 높고 의식이 없으십니다."

패트리샤가 시에나의 이마를 짚었다가 흠칫 놀라 손을 뗐다. 이마가 끓는다는 표현 그대로 몹시 뜨거웠다.

"뭐든 조치해야 할 것 아닌가. 왜 손 놓고 있는 게야?"

"억지로 체온을 내리려 했다가 자칫 증상이 더 악화할 수도 있기에 전하께서 어떤 병증이신지 확인하고 있었습니다. 살펴본 바로는 전하께 전염성 질병의 현상은 나타나지 않았습니다. 지금으로서는 단지 고열 증상뿐이니 열이 내리면 곧 의식도 찾으실 겁니다."

의관과 시녀들에게 조치를 맡기고 패트리샤는 베스에게 말했다.

"자네는 나 좀 보세."

두 사람은 침실과 연결된 응접실로 나왔다.

"어찌 된 건가? 언제부터 은왕이 저리되었어?"

"오늘 아침에 시녀가 발견하기 전까지만 해도 어젯밤까지는 괜찮으셨습니다. 어젯밤에 전하께서 주무시러 가시기 전에 제가 저녁 인사를 드렸습니다."

"어제는? 그제는? 은왕이 이틀 동안 궁 밖으로 나오지 않았다던데."

"무슨 문제를 고심하는지 온종일 침실에서 꼼짝하지 않으셨습니다."

"이유는?"

"넌지시 여쭈었으나 혼자 생각하고 답을 찾는 분이시라……."

패트리샤가 고개를 끄덕였다.

"진지는 챙겨 드리는 대로 전부 드시기에 전하의 건강에 문제가 생길 거라고는……."

베스가 무거운 한숨을 내쉬었다.

"송구합니다. 제가 전하를 제대로 보필하지 못했습니다."

"자네의 정성이 부족해서는 아니겠지."

베스는 불호령을 각오했다. 적왕이 어떤 비난을 해도 감수하려 했다. 그런데 적왕의 관대한 말이 뜻밖이었다.

놀란 표정의 베스를 본 패트리샤가 코웃음 쳤다.

"자네가 썩 마음에 들진 않아도 은왕에게 성심을 다한다는 것은 알아. 그마저도 아니었으면 진즉 자네를 쫓아냈을 거야."

베스가 시선을 내렸다. 싸늘한 빈정거림이 그다지 거슬리지 않았다. 누가 뭐래도 이분 역시 자식을 사랑하는 어머니였다. 욕심이 많고 방식이 잘못되었을 뿐이다.

"자네는 은왕이 어릴 때부터 곁에서 보살폈지. 혹시 내게 은왕의 병증을 감춘 적이 있나? 이번처럼 심하지는 않더라도 미열 같은."

"아닙니다. 전하께서는 아주 건강하셨습니다. 하다못해 넘어져 무릎이 깨진 적도 없으십니다. 막 걸음마를 시작하실 때도 신중하고 야무지셨지요."

"그래. 그랬지. 은왕은 그랬어. 자존심도 보통이 아니었지. 또렷하게 발음할 수 있게 되기까지 남들 앞에서는 옹알이도 하지 않았다네."

"예. 그래서 적왕께서 한때 속을 태우셨지요. 혹여 말씀을 못 하시는가 해서요."

"맞아. 그랬었어."

옛 기억을 떠올리며 두 고슴도치가 질세라 칭찬을 늘어놓았다.

내 새끼가 이렇게 대단해, 아무렴요, 이런 적도 있었지요. 장단이 맞아 주거니 받거니 하던 두 사람이 어느 순간 입을 다물었다. 항상 서로를 껄끄러워했다. 이토록 화기애애한 대화를 나눈 것이 처음이 었다. 공연히 어색해졌다.

패트리샤가 크흠, 헛기침했다.

"어릴 때도 병치레 한 번 하지 않았던 은왕이 갑자기 아프다니 내 가 놀라서 식겁했어."

패트리샤는 잠시 말이 없다가 덧붙였다.

"내게 바로 소식을 준 것은 잘했네."

"……괜찮으실 겁니다. 곧 쾌차해 언제 그랬냐는 듯 일어나실 겁 니다."

"그래야지."

항상 두 사람 사이에 감돌던 날 선 분위기가 미세하게 누그러졌 다.

"열이 좀 내렸나 모르겠군."

패트리샤가 다시 침실로 들어갔다. 이동의자를 굴려 베스도 뒤 를 따라 들어갔다.

의관의 지시에 따라 하녀들이 은왕의 열을 내리기 위해 움직이고 있었다. 이불은 전부 걷었고 차가운 물수건을 이마에 올렸다. 미지 근한 물수건으로 팔과 다리를 닦았다.

의관이 패트리샤에게 말했다.

"잠시라도 의식이 돌아오셔야 후처치를 할 수 있습니다. 열이 조 금 내리면 정신이 드실 겁니다."

패트리샤는 고개를 끄덕이며 침대로 다가갔다.

"이리 다오."

시녀가 얼른 자리를 비키며 물수건을 패트리샤에게 건넸다.

패트리샤가 침대에 걸터앉아 시에나의 팔을 닦아 냈다. 열기로 뜨듯해진 수건을 시녀에게 건네면 시녀가 준비된 수건을 얼른 내밀었다.

꽤 시간이 흘렀다. 시에나는 여전히 열이 높았고 눈도 뜨지 않았다. 의관은 워낙 고열이라서 열을 내리는 데 오래 걸릴 것 같다고 말했다.

패트리샤가 근심 가득한 표정으로 시에나를 바라보다가 일어났다.

"자네가 은왕 곁을 지키겠지?"

베스가 대답했다.

"예."

"은왕이 나보다는 자네를 편하게 생각하니까. 내가 없는 편이 낫겠군."

"잠시도 눈을 떼지 않겠습니다."

"뭐든, 변화가 있으면 내게 즉시 알리게."

"예, 적왕."

베스는 침실에서 나가는 적왕의 뒷모습을 물끄러미 쳐다봤다. 피도 눈물도 없는 괴물 같다고 생각했던 적왕이 오늘은 사람 같았다.

은왕의 열은 내리지 않았다. 하루가 더 지났다.

다음 날 아침에 패트리샤는 날이 밝자마자 은왕궁을 찾아왔다. 수시로 은왕궁에 사람을 보내 시에나의 상태에 관한 소식을 들었다.

그러나 좀처럼 차도가 있다는 말이 들리지 않으니 답답해서 직접 온 것이었다.

"은왕께서 어제 잠시 정신이 들어 약을 드셨다 하지 않았나? 한데 왜 열이 내리지 않지?"

패트리샤가 서슬 퍼런 기세로 의관을 추궁했다.

"아무래도 약이 듣지 않는 듯합니다."

"무슨 소리야, 그게?"

"황족이 독에 강한 특이체질임을 알고 계시는지요?"

"알다마다."

"그 때문에 약재의 효능도 잘 듣지 않는 듯합니다."

"명색이 황궁에 상주하는 의관이 그걸 이제 파악했다는 건가!"

패트리샤는 크게 언성을 높이지는 않았으나 금방이라도 노여움이 터질 것 같았다.

"소, 송구합니다. 하오나 저희가 황족을 진료하는 경우가 거의 없습니다."

의관이 필사적으로 변명했다. 무능한 정도를 넘어 제대로 소임을 다하지 못했다고 적왕에게 찍히면 절대 명예롭게 퇴직할 수 없을 것이다.

패트리샤는 말없이 의관을 노려보았다. 의관의 변명이 터무니없지 않았다.

황족은 튼튼했다. 어쩌나 건강한지 어릴 때도 열감기 한 번 걸리는 적이 없었다. 아프지 않으니 의관의 진료를 받을 일이 없고 약을 쓸 일도 없다.

그렇다고 만일을 대비해서 이 약재, 저 약재를 시험 삼아 황족에게 써 볼 수도 없었다. 목숨이 아깝지 않고서야 누가 감히.

황궁 의관들은 적왕, 철왕비 같은 황족의 배우자 안위를 보살피기 위해 존재했다. 그리고 아주 가끔 황족의 외상을 치료했다. 사냥이나 승마 등으로 다치는 일이 드물게 있었다.

"방법은?"

"예?"

"약이 듣지 않으면 다른 방법을 찾아야지. 아무 생각도 없으면 그 머리를 왜 달고 있나!"

"다, 다른 약재를 찾고 있습니다."

의관은 자신도 모르게 군기 잡히는 병사처럼 허리를 곧추세웠다.

"어떤 약재?"

"몸에 한기를 일으키는 독성이 강한 약재라면 은왕 전하께도 효과가 있지 않을까 생각합니다."

"독이라니? 아무리 황족의 체질이 남다르다 해도 과하지 않나?"

"이대로 고열이 내리지 않으면 더 위험합니다."

패트리샤는 약재에 관심이 많아 의학적인 지식도 어느 정도 있었다. 그래서 의관의 경고가 무슨 뜻인지 알았다. 고열이 계속되면 시각, 청각에 문제가 생길 수 있고 최악은 백치가 될 수도 있다.

"그럴듯하군. 무엇을 쓸 거지?"

의관은 패트리샤의 눈치를 보면서 몇 가지 찬 성질을 지닌 약초를 말했다.

패트리샤는 고개를 끄덕였다.

"시도해 보게."

"예, 적왕."

적왕의 허락을 얻었으니 의관은 부담을 한결 덜었다. 그런데 패트리샤는 머릿속으로 다른 생각을 했다.

'약해.'

의관이 부른 약초들은 너무 무난했다. 하지만 몸을 사리느라 과감한 시도는 못 할 것이다. 약을 잘못 썼다가 탈이 나면 죄다 뒤집어쓸 테니까.

'몸을 차게 하는 성질이 아주 강한 약초.'

적절한 약초가 온실에 있었다.

'열을 내려야 해. 벌써 이틀이야.'

후유증으로 귀나 눈이 멀 은왕을 상상하면 끔찍한 공포가 밀려왔다.

패트리샤는 조용히 벤을 불렀다. 그리고 남의 눈을 피해 온실로 데려갔다.

'여기가 그 온실이군.'

벤은 태연한 척 눈동자를 이리저리 굴렸다. 그는 많은 장면을 보고 기억하려 했다.

그는 적왕한테 특이한 약초의 종류와 조제법을 배워 은왕께 고했다. 그런데 은왕은 벤의 예상보다 더 반색하며 흥미로워했다.

「경은 기회를 봐서 적왕께 약초의 생태도 알고 싶다고 말씀드
리게. 그래서 혹시 적왕께서 자네를 온실로 데려가면 그곳에서 무
엇을 봤는지 내게 말해 주게. 하지만 내가 온실에 관심이 있다는
것을 적왕께서 절대 알도록 해서는 안 돼. 수고해 주게.」

벤은 은왕의 격려에 잔뜩 고무되었다.

어떻게 하면 자연스럽게 말을 꺼낼지 고민했다. 적왕은 의심이
많았다. 조금이라도 이상한 낌새를 느끼면 모든 게 끝이었다. 그런
데 이런 기회가 저절로 주어지다니.

적왕은 안으로 계속 들어갔다. 반투명한 유리 벽을 세워 구역을
나누었고 구역을 지날 때마다 잠긴 문을 열고 통과했다.

문은 벽에 연결한 철창문이라 문 너머의 안쪽이 보였다. 하지만
구역마다 문이 달린 방향은 일직선이 아니었다. 문을 열고 들어가
서 꺾어지면 다시 문이 나오는 식이었다. 철창문으로 안쪽을 들여
다볼 수는 있어도 안쪽의 또 다른 방까지는 볼 수 없는 구조였다.

마침내 목적지에 도착했는지 적왕이 걷는 속도를 늦추었다.

'저기 문이 또 있군.'

또 다른 구역이 있는 듯했다. 지금까지 통과한 문의 개수가 아홉
이었다.

"은왕께서 위중하다는 것을 너도 알지?"

"예."

벤이 침통하게 대답했다. 거짓 표정이 아니라 정말 주인이 걱정되어 속이 탔다.

"저것."

패트리샤가 손가락으로 가리키는 방향에 긴 이파리의 풀이 있었다.

"뽑아라."

"예?"

"여러 사람의 손을 타면 금세 뿌리가 마른다. 그러면 효능이 거의 사라져. 금속이 닿아도 안 된다. 손으로 흙을 파거라."

벤은 조심조심 주변의 흙을 손으로 파헤쳤다. 뿌리가 반 이상 드러난 후 약초를 뽑았다.

"너는 그것을 가지고 출궁했다가 다시 입궁해라. 반입품 조사관들이 용도를 묻거든 은왕궁으로 들어갈 물건이라고 해라."

약초는 엄격히 구별하면 독초에 가까웠다. 벤에게 굳이 나갔다가 들어오라고 하는 것은 독초를 외부에서 들여왔다는 증거를 남기기 위해서였다.

"내가 있을 때 넌 그 약재를 의관에게 보이고 은왕의 열을 내릴 특효약이라고 해라. 뒷일은 내가 알아서 할 터이니."

"예, 적왕."

사흘째.

의관이 처방한 약은 효과가 없었다. 은왕의 열은 내리지 않았다.

패트리샤는 어젯밤부터 밤새워 시에나의 곁을 지켰다.

'무던히 어미 속을 썩이더니 이젠 아프기까지 합니까? 차라리 다른 일로 속을 뒤집으세요.'

항상 완벽하고 강한 딸이었다. 무력하게 누워 있는 모습이 부서질 것처럼 약해 보였다. 딸이 가장 약했던 시기인 갓난아기 때에도 이런 안쓰러움은 몰랐다.

시에나의 땀에 젖은 이마를 쓸어 주며 패트리샤는 속이 울컥했다. 이만큼 애틋한 모정이 자신에게 있었나 싶어 스스로 놀랐다.

아침에 입궁한 벤이 결연한 표정으로 들어왔다.

"제가 개인적으로 아는 분을 통해 구한 귀한 약재입니다. 틀림없이 은왕 전하의 열을 내리게 할 겁니다."

역시나 의관을 펄쩍 뛰었다.

"난 그런 약재를 본 적 없소. 그게 무엇인지 알고 은왕 전하께 드린단 말이오?"

적왕이 한마디로 상황을 정리했다.

"다른 방도가 없지 않나? 내가 책임지겠다. 은왕께 그 약재를 달여서 올리게."

의식이 없는 시에나에게 약을 먹이는 과정은 조심스러웠다. 시녀가 은왕을 부축하여 상체를 일으키고 패트리샤가 숟가락에 조금씩 약을 떠서 입안에 넣었다.

약이 기도로 넘어가 숨을 막지 않도록 거의 흘려 넣다시피 했다. 그 후 숨 막히는 기다림이었다.

두 시간쯤 지난 후 의관이 환호성을 지를 것 같은 표정으로 말했다.

"열이 내렸습니다."

패트리샤와 베스, 두 사람이 거의 동시에 안도의 한숨을 내쉬었다.

"다들 물러가라. 내가 은왕을 살필 테니 필요하면 부르겠다."

침실에 모녀만 남았다.

패트리샤는 따뜻한 물수건으로 시에나의 바싹 마른 입술을 축였다. 시에나의 속눈썹이 파르르 떨리는 것을 보고 패트리샤가 움찔했다.

"은왕? 정신이 들어요?"

감은 눈이 잦게 깜빡거리더니 시에나가 천천히 눈을 떴다.

"은왕."

시에나가 소리가 들리는 방향으로 시선을 돌렸다.

"어미예요. 날 알아보는 거지요? 내 말 들리지요?"

"어머니……."

"아아. 다행입니다. 이제 됐어요."

"왜 그러셨어요?"

꽉 잠긴 목소리는 고통스러운 신음 같았다.

당장 바깥의 누구든 들어오라고 외치려던 패트리샤가 멈칫했다.

"예?"

"왜……. 꼭 그러서야 했어요?"

"은왕."

"어머니가 미워요."

시에나의 눈에 가득 차오른 눈물이 눈 옆을 타고 흘러내렸다.

"어머니가 원망스러워요. 어머니와 저야말로…… 지독한 악연이에요."

시에나는 눈을 감았다. 곧 잠이 들었는지 색색거리는 고른 숨소리가 흘러나왔다.

패트리샤는 그대로 굳어 한참을 움직이지 못했다. 그녀의 미간이 미세하게 꿈틀거리며 주름이 생겼다가 사라지기를 반복했다. 시에나를 바라보는 눈동자가 사정없이 흔들렸다.

베스는 이동의자를 굴려 응접실을 초조하게 돌아다녔다. 당장 침실로 들어가 시에나의 상태를 살피고 싶었다.

하지만 모처럼 모녀가 함께 있는데 방해받으면 적왕이 언짢아할 것이다. 조금이나마 거리를 좁혔으니 다시 적왕의 심기를 거스르고 싶지 않았다.

침실 문이 열리자 베스의 고개가 획 돌아갔다. 패트리샤가 나왔다.

"적왕."

베스는 넋이 나간 것 같은 패트리샤의 안색을 살폈다.

"괜찮으십니까? 은왕 전하의 증세가 혹시……?"

"음? 아닐세. 잠깐 눈도 뜨고 대화도 했네. 열도 더 내렸고. 들어가 보게."

"예, 적왕."

베스는 바퀴를 굴려 몸의 방향을 틀었다. 응접실에서 나가는 적왕의 뒷모습 뒤로 문이 닫혔다. 조금 전 적왕의 표정이 뭐라 설명할 수 없이 이상했다.

하지만 베스는 곧 잊었다. 은왕을 보겠다는 마음이 급해 얼른 침실로 들어갔다.

열이 떨어지면서 시에나는 빠르게 회복했다. 반나절도 지나지 않아 곧 정상 체온을 되찾았다. 고열로 인한 어떤 후유증도 없음을 확인한 후 의관이 물러갔다.

며칠 동안 의식 없이 누워 있었던 환자 특유의 초췌함은 없었다. 그녀의 피부는 윤기가 흘렀고 눈빛은 맑고 또렷했다.

그런데 베스는 시에나가 어딘가 달라졌다고 느꼈다. 딱 꼬집어 설명할 수 없고 이유도 알 수 없었다.

호되게 앓는 경험은 보통 사람이면 누구나 겪는 일상이지만, 은왕에게는 생소한 경험이었을 것이다. 그래서 그런가, 베스는 기분 탓으로 넘겼다.

시에나는 그날 저녁에 바로 자리를 털고 일어났다. 좀 더 누워 계시라는 베스의 우려에 고개를 저었다. 목욕을 마치고 옷을 갈아입었다. 시에나는 완벽하게 평소의 모습으로 돌아왔다.

"전하께서 깨어나시기 얼마 전까지 적왕께서 전하의 곁을 지키며 간호하셨습니다."

베스는 이번 기회에 냉랭한 모녀 관계가 회복하기를 바랐다.

"그랬소?"

"적왕께서 어찌나 근심하시던지 곁에서 지켜보기 안타까울 정도였습니다. 전하의 열을 내린 특효약도 적왕께서 모든 책임을 지겠다며 강하게 밀어붙이지 않았다면 쓰기 어려웠을 겁니다."

시에나는 열심히 적왕의 편을 드는 베스를 물끄러미 바라보았다. 피식 웃으며 말했다.

"속도 좋소."

베스가 얼굴을 붉혔다. 무안한 듯 웃었다.

"성품이 순한 분은 아니지요."

베스는 만감이 교차하는 표정으로 중얼거렸다.

"그래서 그분은 이만큼이나 본인의 자리를 만들고 지키셨습니다. 역대 청왕이나 적왕은 대부분 존재감이 거의 없었습니다."

"……."

"전하. 주제넘은 한 말씀 올리겠습니다. 그분의 욕심은 본인을 위한 것도 있지만, 전하를 위해서이기도 했습니다."

시에나는 베스의 호소를 감흥 없는 표정으로 들었다. 실제로 전혀 가슴에 와 닿지 않았다.

"전하. 적왕궁에 방문하시어 마음고생하셨을 적왕을 위로하심이……."

"적왕궁에 내가 일어났다는 소식은 전했소?"

"예."

베스는 적왕이 당장 달려올 줄 알았다. 그런데 지금까지 조용했다. 적왕궁에 다녀온 시녀는 적왕을 만나지도 못했다고 했다.

"그럼 됐소."

"전하."

시에나가 소파에서 일어났다.

"몸이 굳은 느낌이오. 산책 좀 하고 오겠소."

"전하. 이제 막 일어나셨는데……. 날도 저물었습니다."

"한밤중인들 무슨 상관이겠소."

베스는 더 말을 붙이지 못하고 나가는 시에나의 뒷모습만 바라보았다.

'내가 모르는, 두 분 사이에 무슨 일이 또 있었나?'

적왕에 대한 시에나의 감정이 전보다 더 차갑게 느껴졌다. 모녀 사이에 끼어들 수는 없으니 그저 속이 답답했다.

시에나의 옆에서 시녀가 등을 들고 걸었다. 몇 걸음 뒤에서는 기사들이 따라왔다.

특별한 목적지 없이 시에나는 발 닿는 대로 걸었다. 마지막 꿈 이후 그녀가 느끼는 상실감, 허전함, 비애감이 그녀를 괴롭혔다.

마지막 꿈에서 알게 된 진실은 충격적이었다. 한편으로 자신의 어리석음을 자책했다. 결혼한 두 사람 사이에 자식이 있을 거라는 생각을 왜 하지 못했을까. 사랑하는 사이에서만 아이가 태어나는 것도 아닌데. 제국의 대부분 귀족이 다 그런 식으로 결혼하고 아이를 낳는다.

아마 마지막 꿈을 훨씬 오래전에, 첫 꿈을 꾸었던 그쯤에 봤다면 놀라기는 했어도 충격은 없었을 것이다.

시에나는 꿈을 꾼 다음 날, 침실에 틀어박혀 그 두 사람이 과연 어찌 되었을지 생각하고 또 생각했다. 꿈에서 얻은 정보를 기반으로 두 사람의 상황을 분석하고 황제의 입장에 자신을 대입했다.

꿈속의 황제는 시에나이므로 어떻게 행동할지 예측할 수 있었다. 두 사람은 정말 그날을 마지막으로 끝났을 것이다. 공왕은 다시는 수도에 오지 않았을 테고 황제는 공왕을 만나러 흑암성으로 가지 않았을 것이다.

'아이는…… 아이를 그 후 한 번이라도 봤을까.'

그건 모르겠다. 시에나는 어머니가 된 자신이 자식의 일로 어떻게 행동할지는 짐작 가지 않았다. 꿈속 황제가 아들을 모른 척한 이유 중 하나는 확실히 알겠다.

'나와 쿤 사이에 태어난 아이면 신족은 아닐 테니까.'

신족이 아닌 황제의 자식은 비참하다. 황족으로 인정받지 못하고 황가의 족보에도 오르지 못한다.

황가는 손이 귀하므로 금욕은 절대 바람직한 가치가 아니었다. 하지만 그것도 어디까지나 신족의 탄생을 전제로 했다.

지금의 황제에게 애인이 있는 것처럼 역대 황제들에게 정부가 한둘이었겠는가. 하지만 제후 혈통이 아닌 정부와의 사이에 아이를 낳은 적은 없었다. 정말 한 명도 없었는지는 알 수 없다. 그런데 기록에 남은 자는 아무도 없었다.

시에나는 걸음을 멈추고 시선을 들었다. 곁을 따르던 자들도 덩달아 멈추었다. 밤하늘이 맑았다. 촘촘히 박힌 별이 보석처럼 반짝거렸다.

'그 꿈은 정말 미래에서 일어난 사실일까, 그런 미래도 있을 수 있다는 가능성일까.'

마지막 꿈을 꾼 후에도 여전히 신의 뜻은 알 수 없었다. 그런데 어쩌면 거창한 신탁이 아닐지도 모른다는 생각이 들었다.

황제와 공왕, 두 사람의 어긋남이 속상했다. 미래의 자신은 쿤이라는 남자가 얼마나 근사하고 사랑하기에 충분한 사람인지 모른 채 자식도 외면하며 쓸쓸한 인생을 보냈을 것이다. 너무 화가 났다.

두 사람이 그렇게 된 가장 큰 이유는 어머니다. 어머니는 현실에서도 계략을 써서 자신과 쿤을 갈라놓으려 했다. 차이점은 현실에서는 실패했고 미래에서는 성공했다는 것.

시에나는 다시 걸었다. 얼마나 걸었을까. 저 멀리 불빛이 보였다.

"저긴 어디냐?"

시녀가 대답했다.

"철왕궁입니다."

은왕궁에서 나와서 걷기 시작했을 때는 철왕궁과 전혀 반대 방향이었다. 걷다가 어느새 방향이 바뀌었나 보다. 시에나의 발걸음이 이끌리듯이 철왕궁으로 향했다.

〈다음 권에서 계속〉